# La Familia

# NAOMI KRUPITSKY

# La Familia

Traducción de
Toni Hill

**Grijalbo**

Penguin
Random House
Grupo Editorial

Título original: *The Family*

Primera edición: febrero de 2023

© 2021, Naomi Krupitsky
Todos los derechos reservados incluida la reproducción total o parcial en cualquier formato.
Publicado por acuerdo con G.P. Putnam's Sons, un sello de Penguin Publishing Group,
una división de Penguin Random House LLC.
© 2023, Penguin Random House Grupo Editorial, S. A. U.
Travessera de Gràcia, 47-49. 08021 Barcelona
© 2023, Toni Hill, por la traducción

*Printed in Spain* – Impreso en España

ISBN: 978-84-253-6294-1
Depósito legal: B-22.353-2022

Compuesto en Fotoletra, S. A.

Impreso en Black Print CPI Ibérica
Sant Andreu de la Barca (Barcelona)

GR 6 2 9 4 A

*Para Lil y Marty Krupitsky,*
*quienes, aunque no llegaron a leer esta novela,*
*siempre estuvieron convencidos de que podría escribirla.*
*Y para la ciudad de Nueva York*

# Prólogo
## Julio, 1948

Disparar con una pistola es como zambullirse de un salto en agua fría.

Estás parada allí, en el borde, con los músculos listos para saltar, y en todo momento, hasta el final, existe la posibilidad de que no llegues a hacerlo. Todo está en tus manos: no cuando saltas, sino justo antes. Y cuanto más tiempo lo demoras, más crece ese poder; de manera que, cuando por fin te lanzas, el mundo entero lo está esperando.

Pero en cuanto das el paso estás perdida: a merced del viento, de la gravedad y de la decisión tomada apenas unos segundos atrás. Ya no puedes hacer más que contemplar cómo el agua se acerca cada vez más hasta que, por fin, te sumerges en ella y el hielo te aprieta el pecho con sus manos hasta cortarte el aliento.

Una pistola cargada conserva el poder, pero solo hasta que aprietas el gatillo, hasta que la bala se libera y viaja por su cuenta, escapando a tu control. Mientras un trueno resuena en las lejanas nubes y la electricidad del aire te eriza el vello de los brazos. Mientras te mantienes erguida, con los pies firmes en el suelo, tal y como te enseñó tu papá solo por si alguna vez te hacía falta, y el hombro tenso, preparado para el retroceso.

Mientras le das vueltas una y otra vez.

Y al final disparas.

# LIBRO PRIMERO

## 1928-1937

Sofia Colicchio es un animal de ojos oscuros, una corredora veloz, una chica de voz fuerte. Es la mejor amiga de Antonia Russo, su vecina.

Viven en Brooklyn, en un barrio llamado Red Hook, junto a la zona que con el tiempo se convertirá en Carroll Gardens y Cobble Hill. Red Hook es más nuevo que el Lower Manhattan, pero tiene más años que Canarsie y Harlem, esas zonas periféricas donde puede pasar casi de todo. La mayor parte de los edificios son cobertizos de madera que bordean el río, pero los tejados se alejan de la orilla en dirección a otras casitas adosadas, de ladrillo visto, también bajas pero más sólidas, todas tiznadas de gris por el viento, la lluvia y el hollín del aire.

Las familias de Sofia y de Antonia se mudaron al barrio por orden del jefe de sus respectivos padres, Tommy Fianzo. Tommy vive en Manhattan, pero necesita ayuda para manejar las operaciones de Brooklyn. Cuando los vecinos preguntan a Carlo y a Joey que a qué se dedican, Carlo y Joey dicen: a cosas varias. Hablan de exportaciones e importaciones. A veces comentan que su negocio consiste en ayudar a la gente, y los nuevos vecinos se dan por enterados y paran de hacer preguntas. Lo dejan claro a través de unas persianas siempre bajadas, y cuando les dicen a sus hijos que «eso no es asunto vuestro», en voz alta, en el recibidor.

Los demás habitantes del barrio son de origen italiano e ir-landés; trabajan en los muelles; construyen los rascacielos que crecen como champiñones en el paisaje de Manhattan. Aunque la violencia ha descendido desde la época en que los adultos del barrio eran niños, esta sigue allí, flotando en los huecos que quedan entre los círculos luminosos de las farolas.

Sofia y Antonia saben que deben avisar a los adultos antes de ir a casa de una de las dos, pero no el porqué. Su mundo consiste en pasear hacia y desde el parque en verano, en el zumbido de los radiadores en invierno, y en el eco del agua y de los hombres que trabajan en el muelle durante todo el año. Saben algunas cosas de manera absoluta e ignoran que haya algo que no sepan; en reali-dad, el mundo se define mejor ante sus ojos a medida que crecen. «Eso es un olmo», dice Antonia una mañana, y Sofia se da cuen-ta de que hay un árbol delante de su casa. «El tío Billy viene esta noche a cenar», dice Sofia, y Antonia comprende de repente que odia al tío Billy: esa nariz afilada, el lustre de sus zapatos, la peste a puros y a sudor que deja cuando se marcha. «Cruza la calle si no quieres despertar a la maga», se recuerdan mutuamente, y dan un amplio rodeo al pasar delante del edificio más pequeño de la manzana, donde, como todo el mundo sabe (aunque, en realidad, ¿cómo pueden saberlo?), vive una bruja en el tercer piso.

Sofia y Antonia saben que el tío Billy no es su tío de verdad, pero no importa, porque es de la Familia de todos modos. Saben que deben llamarlo tío Billy, como al tío Tommy, y que deben jugar con los hijos de este último en las cenas dominicales. Saben que este tema no admite discusión.

Saben que la Familia lo es todo.

Sofia vive en un piso de tres habitaciones, con un gran ventanal en la cocina que da a un patio trasero al que no puede acceder.

El casero sale a echarse la siesta en verano, descamisado, y se queda dormido con un cigarrillo colgando de sus dedos gruesos. El calor del mediodía le quema las partes del cuerpo que han quedado expuestas al sol y le deja la parte inferior de la barriga y la parte trasera de los brazos de un color blanco papel. A Sofia y a Antonia les han dicho muchas veces que no deben quedarse mirándolo. En la habitación de Sofia hay una cama con una colcha nueva, de lana roja; tres muñecas con las caras de porcelana dispuestas sobre un estante y una alfombra mullida en la que le gusta hundir los dedos de los pies.

Al final del pasillo está el dormitorio de sus padres, un lugar al que no debe ir salvo en casos de emergencia. «*Cara mia* —le dice su padre—, tiene que haber algún lugar de la casa solo para la *mamma* y papá, ¿no crees?». «No», responde ella, y él pone las manos como si fueran garras y la persigue por todo el pasillo para hacerle cosquillas mientras ella corre y grita. Y luego está el cuartito de la cuna, de cuando Sofia era pequeña, que ahora no es de nadie. Su madre entra a veces y dobla unas prendas de ropa diminutas. Su padre le dice: «Venga, deja eso. Vamos». Y la saca de la habitación.

Sofia ha empezado a notar que su padre inspira miedo.

En el restaurante o en la cafetería siempre le sirven el primero. «*Signore* —dicen los camareros—, es un placer volver a verlo. A esto le invita la casa. Es nuestra especialidad. *Prego*». Sofia va de su mano como si fuera un champiñón que crece a la sombra de un árbol. Él es su sombra, su alimento, su base. «Y esta debe de ser Sofia», le dicen. Le estrujan las mejillas, le alborotan el pelo.

Sofia apenas se fija en los demás adultos. Se percata de su existencia solo cuando irrumpen en el campo visual de su padre y este les presta atención. Percibe que su padre siempre da la sensación de ser el hombre más alto de la sala. Acepta los caramelos y las galletas que le ofrecen unos hombres que, incluso a sus ojos, están pendientes de ganarse la confianza de su padre.

Después de esas reuniones, el padre de Sofia la lleva a comer helado; se sientan en el mostrador de Smith Street y él se toma un solo expreso mientras ella intenta no mancharse la blusa de *stracciatella*. El padre de Sofia fuma unos cigarrillos largos y finos, y le comenta las reuniones. «Nuestro negocio consiste en ayudar a la gente —le dice—. Y, a cambio de eso, ellos nos pagan un dinerito de vez en cuando». Y así Sofia aprende que es posible ayudar a los otros a pesar de que estos te tengan miedo.

Ella es su niña, y lo sabe. Su preferida. Él se ve reflejado en ella. Sofia puede oler el peligro en su padre como un perro huele las tormentas: un temblor de tierra cuando se levanta. Un sabor como a óxido. Sabe que eso significa que él haría cualquier cosa por ella.

Sofia siente el pulso del universo latiendo a través de sus venas en todo momento. Está tan viva que no consigue separarse de lo que la rodea. Es una bola de fuego que en cualquier momento podría devorar el piso donde vive, la calle, el parque al que va con Antonia, la iglesia y las calles por las que su padre pasa cuando trabaja, e incluso los altísimos edificios de Manhattan que se alzan al otro lado del agua. Podría arrasar con todo.

En lugar de quemar el mundo, Sofia se conforma con preguntar el porqué. «Papá, ¿por qué? ¿Qué es eso?».


Antonia Russo vive en un piso de dos habitaciones, la suya y la de sus padres. Estos siempre dejan la puerta de su cuarto abierta y Antonia duerme mejor cuando alcanza a oír los ronquidos más fuertes de su padre. La cocina no tiene ventanas y sí una mesita redonda, distinta de la mesa cuadrada que tiene la familia de Sofia. Su madre friega el suelo una y otra vez, y acaba suspirando y diciendo que «ya no se puede hacer más». Hay fotos en todas las paredes del comedor, esa clase de fotos anticuadas de un tono marrón grisáceo en las que todo el mundo parece enfadado. En ellas aparecen los abuelos de Antonia, antes de que partieran de «lamadrepatria». A veces su madre las contempla, da un beso al collar que lleva siempre puesto y cierra los ojos con fuerza solo durante un momento.

Antonia descubre que, aunque se supone que debería permanecer dentro de su cuerpo, a menudo siente que está en el de Sofia, o en el de su madre, o en el de la princesa de un cuento. Le resulta fácil deslizarse, escapar, existir en todo el universo en lugar de quedarse confinada en los límites que impone su propia piel.

Por las mañanas, Antonia pone en fila a sus peluches y los saluda. Hace la cama sin que nadie tenga que pedírselo.

Sofia aparece en la puerta de casa de Antonia con el pelo alborotado y las uñas sucias; brilla sin esfuerzo, como el sol, segura de que va a salir, confiada en que puede despertar a todo el mundo. Antonia se siente atraída y repelida a la vez: fascinada de la misma manera que un niño observa un pájaro muerto y lo rodea, admira una pluma, le construye un sepulcro. Ella es muy escrupulosa con su aspecto. Quiere beberse a Sofia, saciarse con la magia adictiva de su amiga.

Sofia y Antonia pasan todo el tiempo juntas porque son pequeñas, porque viven una al lado de la otra y porque sus padres alientan esa amistad. A los padres siempre les conviene saber con quién andan sus hijos.

La textura de los pasos de Sofia le resulta tan familiar como el ritmo y la cadencia de los suyos propios; su reflejo en los ojos castaños de Sofia es más revelador que cuando se mira al espejo. Por su parte, Sofia reconoce a Antonia a través del aroma a talco y a lirios que permanece en su habitación cuando su amiga ya se ha marchado a cenar; por la torre de bloques perfectamente colocada en el estante; por la onda del peinado de su muñeca favorita.

Sofia y Antonia no se percatan de que su amistad no se ve turbada por ningún otro niño.

Sofia y Antonia cierran los ojos y construyen el mundo. Juntas van de safari y escapan por los pelos de una muerte sangrienta en las fauces de un león. Viajan en avión a Sicilia, de donde proceden sus familias, y también a Japón y a Panamá. Sobreviven en la selva con la ayuda de dos palos y una lata de galletas de Navidad como único sustento; huyen de las arenas movedizas y de las langostas. Se casan con príncipes que las llevan a caballo por las fangosas calles del barrio de Red Hook. Sofia y Antonia ensillan sus propias monturas. Hablan en susurros con sus caballos. Gritan «¡Vuela como el viento!» y sus madres las hacen callar. «Id a jugar a otro sitio», les dicen. Sofia y Antonia juegan en la luna.

Antonia se siente libre al lado de Sofia: en el interior de su amiga arde una llama en la que ella puede calentarse las manos y la cara. A veces Antonia se descubre observando a Sofia; contemplando cómo se le arruga el vestido entre los hombros cuando se encarama a una mesa o se olvida de enjuagarse las manos cuando las dos se las lavan en el cuarto de baño antes de cenar. «Si puedo verte, es que estoy aquí». Antonia tiene la impresión de que, sin Sofia, podría desvanecerse, desintegrarse en el aire nocturno. Y Sofia, cómoda bajo los focos de la atención absoluta de su amiga, siente que su brillo es cada día más fulgurante. «Si me ves, es que estoy aquí».


Antonia y Sofia pasan la mayor parte del tiempo con sus madres y en su mutua compañía. Sus padres se ausentan a menudo, aunque el de Sofia va a cenar a casa lo bastante a menudo como para que ella sienta que su presencia es el prólogo y el epílogo del día: por las mañanas llena la casa con el olor a brillantina y expreso, y por las noches, justo antes de que ella se acueste, ronda por la cocina. A veces oye el crujido de la puerta y los pasos de su padre cuando ella está casi dormida: él sale otra vez.

Antonia no tiene ni la menor idea de que el hecho de que su

padre se ausente dos o tres noches por semana es poco habitual si se compara con la rutina que siguen los otros padres del barrio, ni de que su madre se echó a llorar un día en la carnicería, abrumada por el agotamiento profundo y existencial que le suponía planear comidas para «dos o tres personas», ni de que cuando su padre vuelve a casa, de madrugada, entra de puntillas en su habitación, le acaricia la frente y reza a su lado con los ojos cerrados. Antonia no sabe a qué se dedica, solo que trabaja con el tío Billy o el tío Tommy. «Tiene reuniones —le dijo una vez Sofía—. Reuniones para ayudar a la gente». Pero Antonia intuye que esa es una explicación insustancial, incompleta. Lo que sí que sabe es que, mientras su padre está fuera, su madre no se comporta como siempre: a veces se convierte en una presencia enorme que arrastra el caos consigo mientras limpia, ordena, arregla y protesta de manera obsesiva, y otras disminuye hasta quedar reducida al tamaño de un esqueleto minúsculo, a una mera sombra de lo que era. Y Antonia, con cinco años, depende de su madre del mismo modo que el océano depende de la luna: crece y se encoge siguiendo su estela.

Se imagina a su padre sentado en una sala pequeña. El tío Billy fuma puros y gira en la silla, hace aspavientos feroces y grita por teléfono. El tío Tommy permanece en un rincón y los observa: él es el jefe. Su padre está sentado en silencio, con lápiz y papel. Antonia lo coloca frente a un escritorio y le da una expresión de concentración profunda. Él mira por la ventana y de vez en cuando baja la vista para garabatear algo en el papel. Está al margen del tumulto.

Antonia cree que, si cierra los ojos, puede inventar el mundo.

Por la noche, cuando su madre la acuesta, ella siente que el piso se separa de los cimientos. Su peso y el de su madre no bastan para mantenerlo pegado a la tierra, y por ello se alza y flota. Antonia cierra los ojos y construye unos nuevos cimientos, ladrillo a ladrillo, hasta que el sueño la vence.

En la habitación contigua, su madre lee o, en más de una

ocasión, se pone los zapatos y va al piso de al lado a tomarse tres dedos de vino con la madre de Sofia, Rosa. Ambas mujeres están deprimidas, agobiadas por el hecho de que sus maridos están por esas calles haciendo Dios sabe qué, Dios sabe dónde. Las dos tienen veintisiete años; durante el día aún logran conjurar el brillo cegador de la juventud, pero por la noche, a la luz de las lámparas, surcos de inquietud les arrugan la cara, partes de su piel se ensombrecen debido al cansancio mientras otras se les pegan a los huesos. Ellas, como tantas otras mujeres que las precedieron, están envejeciendo por la preocupación, estresadas por esos segundos que, según ellas, parecen pasar más despacio por la noche que durante el día.

La madre de Antonia, Lina, es de constitución nerviosa. De niña solía quedarse en casa leyendo en lugar de salir a jugar a la calle. Miraba a ambos lados cinco o seis veces antes de cruzar la calle. Cualquier cosa la sobresaltaba. Su madre a menudo la miraba con severidad, negaba con la cabeza y suspiraba. Lina no lo olvidará nunca: mirada, negación, suspiro. Casarse con Carlo Russo no ha apaciguado sus nervios.

Cada vez que Carlo, el padre de Antonia, sale de casa, el miedo devora a Lina hasta que lo tiene de vuelta. Y cuando Tommy Fianzo decide que necesita que Carlo trabaje de noche, recibiendo y transportando cajas de licor canadiense, el miedo agarra a Lina por el cuello y no la deja dormir.

De manera que ella ha desarrollado una estrategia: no empieza a preocuparse hasta que sale el sol. Cuando la despierta el aire meloso que se extiende entre ella y Carlo, el hecho de saber que él está en otro lugar y se ha llevado consigo la parte más vulnerable de ella, Lina baja de la cama y aterriza en el suelo con suavidad, como lo haría un pajarillo. Baja las escaleras de su piso y sube al de los Colicchio, en el bloque de al lado. Usa la llave y se sienta en el sofá con Rosa hasta que se ve capaz de soportar el silencio de su propio hogar.

Justo antes del amanecer, Lina sabe que la puerta principal

se abrirá y que Carlo entrará sin hacer ruido en casa. Y tanto esta como ella misma volverán a aposentarse en la tierra a la que pertenecen.

La madre de Sofia, Rosa, recuerda bien los turnos de noche de su padre. Rosa se quedaba en casa con su madre, que pasaba los días terminando de coser ojales para camisas de hombre, haciendo remiendos y preocupándose por el padre de Rosa, mientras desgranaba ante sus hijos retales de su propia infancia antes de que el barco los llevara a América, y les regañaba a gritos para que hicieran los deberes, para que estudiaran, por el amor de Dios; para que se sentaran erguidos, tuvieran cuidado y llegaran a ser personas de provecho. La madre de Rosa, con los dedos enrojecidos de coser, cortando cebollas para la cena sin alterarse nunca: de vez en cuando cerraba la boca, se callaba, y Rosa y sus hermanos captaban entonces su dolor. Para Rosa todo eso tenía sentido: construir una comunidad y un hogar, sin importar el cómo, ni el dónde, ni el precio a pagar.

De manera que cuando conoció al alto y deslumbrante Joe Colicchio, que había aceptado un trabajo del socio de su padre, Tommy Fianzo padre, Rosa supo lo que le haría falta para construir su propia casa.

Antonia y Sofia no siempre se acuestan cuando se lo ordenan sus respectivas madres. Pasan muchas horas intercambiándose mensajes a través de las paredes de sus habitaciones. Duermen a ratos. El sueño no es tan definitivo para ellas como lo es para los adultos: no hay motivo que les impida continuar su conversación en sueños. Se dicen «Tu *mamma* está aquí esta noche», porque, por supuesto, lo saben. Y las madres se sientan en la cocina, muy juntas, y beben vino a sorbitos, a veces riéndose, otras llorando, y, por supuesto, saben cuándo se duermen sus hijas porque aún pueden sentir las formas de esas niñas acomodándose en el interior de sus barrigas.

Recuerdan que estuvieron embarazadas a la vez: tiernas al tacto, colmadas de ilusiones. Fue eso, más que el trabajo común de sus maridos, lo que las unió.

Sus embarazos fueron el inicio de esas conversaciones a altas horas de la noche, en cualquiera de las dos casas. En ellas, con la luz baja, se abrieron la una a la otra. Hablaron del futuro, lo que siempre significa hablar del pasado: de los padres de Rosa, de ese hogar siempre lleno y bullicioso, y del deseo de Rosa de llegar a tener una casa parecida. «Pero nada de costura —decía siempre Rosa—, ni hilos ni agujas». Ni dedos enrojecidos por los pinchazos. A sus hijos no les faltaría de nada. Lina, para quien el futuro siempre había sido un espacio tenso, comprobó con alivio que el bebé que crecía en su interior le inspiraba más amor que miedo. Pensó en su propia infancia, en la que no había espacio para lo que se quería, sino solo para lo que se necesitaba. «Sin obligaciones —le dijo a Rosa—. Sin deberes». Sus hijos tendrían un amplio abanico de posibilidades para elegir. Ella les enseñaría a leer.

«Tiene pinta de ser un niño», le decían a Rosa las otras mujeres de la Familia cuando se la encontraban en la carnicería o en el parque. «Lo tuyo parecen gemelos», le decían a Lina, que estaba grande, grande, grande; no podía calzarse los zapatos de siempre; de hecho, ni siquiera se veía los pies, y pensaba: «Claro, esto tampoco se me va a dar bien». Las mujeres extendían las manos para pellizcarles la cara y les daban palmaditas en las barrigas. Rosa y Lina se cogían del brazo y caminaban por la calle. Se percataron ya de que sus bebés no partirían de una página en blanco: nacerían en un mundo que esperaba de ellos que tuvieran el tamaño y la forma correctas. «Si es un chico, que salga mañoso», rogaban. «Si es niña, que sea cauta con lo que le pide el corazón».

Lina, con las manos hinchadas y la espalda dolorida, añadía: «Que este niño no le tenga miedo a nada».

En el otoño de 1928, Sofia y Antonia empiezan a ir al colegio juntas, y el mundo crece de manera exponencial con cada día que pasa. Corren hacia la escuela todas las mañanas, tropezándose con los pies y las piernas de la otra. Son pequeñas y feroces, y llegan temprano y sin aliento. Aprenden los números, las letras y geografía.

El primer día de clase se enteran de que la mitad de los niños de su clase son italianos y la otra mitad, irlandeses. Se enteran de que Irlanda es una pequeña isla situada muy lejos de Italia, aunque no tanto como América, «... donde estamos todos», según el señor Monaghan. Sofia y Antonia se hacen amigas de Maria Panzini y de Clara O'Malley. Todas llevan lazos azules en el pelo. Deciden que también se los pondrán mañana. Toman el almuerzo juntas y se dan la mano mientras esperan que sus madres vengan a recogerlas. «*Mamma, mamma*», se disponen a gritar en cuanto las ven, pero las madres ponen mala cara. Al día siguiente, Maria Panzini come en compañía de otras niñas y Clara lo hace al otro lado del patio. «Los irlandeses comen allí», piensa Antonia. «Tú sigue con Antonia», dice la madre de Sofia. «Nuestras familias tienen algo distinto», les dicen Rosa y Lina a sus hijas, y las niñas no terminan de entender si ese algo es mejor o peor, pero enseguida se acostumbran a comer las dos solas.

Aun así, el colegio les encanta, sobre todo por el señor Monaghan, que cojea debido a su participación en la Gran Guerra y vive en el sótano de un viejísimo edificio de piedra rojiza, a un tiro de piedra de la fundición de piezas para los barcos. El señor Monaghan tiene un brillo especial en la mirada. Es alto, larguirucho y animado. Los mira a los ojos cuando les habla.

Cada mañana, los niños hacen girar un globo terráqueo y escogen un lugar del mundo sobre el que aprender. Es así como se han enterado de que existen las pirámides, el Taj Mahal y la Antártida. Da igual donde caiga el dedo del señor Monaghan, él sabe muchas cosas del lugar, tiene fotos de él, y les cuenta grandes y fascinantes historias, casi inventadas, que logran mantener a los niños cautivados, inmóviles en sus sillas. Y hoy Marco DeLuca le ha quitado a Sofia el turno a la hora de hacer girar el globo.

Lo hizo sin darse cuenta, lo que significa que cuando ella lo mira con el ceño fruncido y una furia intensa en el pecho, él se limita a devolverle la mirada con su aire bovino e impasible de siempre, sin entender a qué viene ese enojo, y eso empeora las cosas. El cuerpo de Sofia se calienta por dentro, la cara se le sonroja y se le agitan los dedos de las manos, la respiración se le vuelve amarga. En momentos posteriores de su vida, los amigos y parientes llegarán a reconocer ese mohín revelador de la boca y los ojos entrecerrados como avisos de su enfado. También ella llegará a apreciar ese fuego ardiente y devorador que anuncia la pelea inminente.

Hoy Sofia no participa en los comentarios de sus condiscípulos mientras estos miran fotos de criaturas marinas en viejos ejemplares del *National Geographic* y de la *Enciclopedia Británica* especial del señor Monaghan. No comparte sus expresiones de sorpresa y admiración cuando el señor Monaghan dibuja en la pizarra la figura de un ser humano a escala, y a su lado, también a escala, la de un calamar gigante, y luego la de una ballena azul. Ella no aparta la vista de Marco mientras espera en vano que el señor Monaghan recuerde que aquel día le tocaba a ella. Siente que la gran injusticia de la vida invade todas las fibras de su cuerpo.

Antonia intuye que a Sofia le pasa algo con ese sexto sentido de alguien que, todavía, no entiende que los seres humanos piensan en sí mismos como en contenedores separados. Está atenta a la lección de criaturas marinas, aunque participar en el tumulto de niños sin Sofia la pone nerviosa. Estira el cuello, como todos, para ver las fotos de los tiburones ordenados por tamaños, y se sobresalta adecuadamente ante el diagrama que muestra las múltiples filas de siniestros dientes enrojecidos de un tiburón, pero permanece sentada y en silencio cuando el señor Monaghan pide a los niños que nombren los siete mares y no levanta la mano, ni siquiera cuando el resto de la clase se queda atascada en el «Índico». Se mira los zapatos, que se ven muy negros en contraste con las medias blancas de sus piernas. Por un instante se imagina que su altura es de cinco centímetros. En ese caso podría vivir dentro del pupitre: tejer mantas con trozos de papel, tal y como habían hecho los ratones que encontró en su armario; comer migas y restos de croquetas de arroz y algún trocito de chocolate con leche olvidado. No se percata de la mirada aviesa de Sofia cuando Marco vuelve a su pupitre.

Es entonces cuando la ira de Sofia explota y se sale de su piel. Mientras Marco DeLuca se acerca a su asiento, Sofia aprieta los puños y extiende la pierna para ponerle la zancadilla.

Antonia levanta la vista cuando Marco DeLuca ya está llorando mientras se levanta del suelo. En el alboroto que sigue, Antonia se queda con imágenes sueltas que más tarde revisará: Sofia, su pierna aún estirada en el pasillo y su boca abierta de asombro; Maria Panzini, que solloza y se agarra al borde del pupitre en una buena imitación de una anciana; el señor Monaghan, mostrando su sorpresa horrorizada; y un diente brillante, rojo en los bordes, sobre el suelo de cerámica.

Y mientras Antonia observa, ve que la cara de Sofia queda

invadida por una expresión extraña: una versión de la que adopta el padre de Sofia cuando pisa un escarabajo o le saca las tripas brillantes a un pescado.

Esa expresión perseguirá a Antonia durante muchos años. Volverá a ella en los periodos en que no esté segura de poder confiar en Sofia, en los instantes más débiles y sombríos de su amistad. En Sofia existe la semilla de la inestabilidad. Antonia busca en sí misma y no logra encontrar nada similar. No sabe muy bien si eso supone un alivio o no.

Por la tarde, Sofia está sentada en la cocina, cortando las puntas de las judías verdes. Por la rigidez de los hombros de su madre y por el silencio que reina en el ambiente, deduce que está metida en problemas. La zancadilla de Marco la había hecho sentir casi mareada y un poco sorprendida. Ella no quería hacerle daño, pero tampoco puede decirse que se arrepienta.

Todos los domingos, después de la misa, los Russo y los Colicchio se montan en un único coche y cruzan el puente de Brooklyn para ir a cenar a la casa de Tommy Fianzo.

Tommy Fianzo vive en un ático de cuatro habitaciones que está tan cerca de Gramercy Park que todos los que pasan por delante de su casa llevan vestidos de seda o cuero, pieles y perlas. Él no tiene la llave del parque, pero a menudo se le oye decir a cualquiera que quiera escucharlo que no la quiere, que esas cosas típicas de americanos le importan un bledo. «Eh, ¿qué hace ese vaso vacío? Ven a beber algo, échate un poco de vino». Los Colicchio y los Russo llegan como si fueran una unidad y se unen al desfile lento de los empleados de Tommy.

Sobre las tres, el amplio piso de los Fianzo está lleno hasta los topes de voces y ruidos, de olor a vino y a ajo. En invierno las ventanas se empañan y la casa se impregna del olor a humedad de los guantes y las bufandas que se han puesto a secar sobre los radiadores; en verano se huele el sudor, y hay cubiteras con hielo para la limonada y botellas de vino blanco frío por todas partes. Antonia y Sofia pasan pronto desapercibidas entre el gentío y se unen a los demás niños de la Familia, a los que ven una vez por semana, pero no conocen bien, porque sus familias son las dos únicas que viven en Red Hook.

Tommy Fianzo tiene un hijo, Tommy Jr., que es mayor que Sofia y Antonia. Y malo, propenso a pellizcar y a hacer gestos obscenos a espaldas de los adultos. Viene también el hermano de Tommy, Billy, que todavía les cae peor que el hijo de Tommy. No tiene esposa ni hijos, y da la impresión de clavarse en los rincones de las habitaciones como si fuera un percebe sobre una roca. Tiene los ojos pequeños y negros, y los dientes se le apiñan en la boca como si fueran pasajeros a las puertas de un vagón de tren. Apenas habla con ellas, pero las observa con esos ojos rapaces; Sofia y Antonia lo evitan.

A las seis, Tommy Fianzo y su mujer sirven las bandejas de comida en el salón. «*Bellissima*», celebran los invitados. Acogen de buena gana los boles de pasta, las fuentes con el cordero, las bandejas de judías y anillas de calamar empapadas de aceite de oliva, los resbalosos pimientos rojos tostados. Los invitados se chupan los dedos. Están radiantes. «*Moltissime grazie*», exclaman. «Estoy lleno. Nunca había visto una comida tan bien servida».

En general nadie les hace mucho caso a ellas dos: abandonadas a su suerte, se entregan a jugar al pillapilla y se persiguen alrededor de la mesa, entre las piernas y los codos en movimiento de los adultos. La casa se llena del olor a tabaco de pipa y a perfumes femeninos; es un caos acogedor, familiar, la espumosa cresta de la ola. Finalmente, sus padres les llenan los platos de comida.

Sofia y Antonia hacen el camino de vuelta a casa medio dormidas; se les cierran los ojos, les pesan los brazos. Al otro lado de las ventanillas, mientras cruzan el puente de Brooklyn, centellea Manhattan. Y si están de suerte, el padre de Antonia les apoyará una mano en la espalda y les cantará en voz baja canciones que recuerda de su propia madre, de la isla donde creció. Les habla de la tierra caliente, de la vieja iglesia encalada, de la fragancia que se respiraba a la sombra de los limoneros, de la anciana de pelo blanco y enmarañado que vivía en una cabaña enfrente del mar.

Cuando llegan a casa, los Colicchio y los Russo bajan del coche y los adultos se besan antes de meterse en sus respectivos pisos. Carlo lleva a Antonia a su cuarto en brazos y Sofia sube al suyo de la mano de Joey. Rosa y Lina se despiden con una mirada que las abarca a ellas, a sus maridos y a sus hijas.

«Papá —dice Antonia antes de quedarse dormida—, tú preferirías estar aquí todo el tiempo en lugar de ir a trabajar, verdad». No es una pregunta. «*Cara mia* —susurra Carlo—. Por supuesto».

En la otra habitación, Lina Russo siempre sabe cuándo Carlo da esa respuesta. Sabe cuándo Carlo pone a dormir a su hija. «*Cara mia*». Al oírlo, Lina se siente por fin tranquila, equilibrada y en paz. «Por supuesto».

Los domingos, cuando Sofia se ha dormido, Rosa permanece en la cocina y contempla sus dominios. «*Cara mia*», piensa ella. Su niña dormida, a la que no le falta de nada. Su marido, con las cejas enarcadas, espera a que ella decida que ya es hora de salir de esa estancia, hasta la mañana siguiente. «Por supuesto».

A la mañana siguiente, Sofia se despertará en su cama y Antonia en la suya. Los camiones de basura pasan los lunes por la mañana y si los basureros levantan la cabeza, a veces ven, en esos edificios contiguos de un callejón de Red Hook, a dos niñas en camisón asomadas a la ventana, listas para estrenar la semana.

En el verano en que Sofia y Antonia tienen siete años, sus padres deciden que ya están hartos de ese calor insoportable y planean una excursión a la playa.

Parten a principios de agosto. La madre de Antonia va en el pequeño asiento posterior con Sofia, Antonia y el equipaje, y los demás adultos viajan delante. Se unen a las filas de neoyorquinos que abarrotan la autopista de Long Island y se mueven, a cuatro kilómetros por hora, durante toda la tarde.

El sol castiga el coche y dentro de él los pasajeros notan la ropa y los asientos sudorosos, intentan no rozarse. El tráfico avanza como una serpiente grande y lánguida a través de Long Island.

Sofia se cansa enseguida de mirar a los ocupantes de los otros coches y empieza a contar los topos de su falda nueva, pero Antonia se inclina hacia delante y descubre a un hombre trajeado que se hurga en la nariz, a una mujer con una blusa blanca que desliza su uña pintada por la base de la ventanilla, a dos niños que se pelean en un asiento trasero que parece limpio y espacioso en comparación con el suyo, donde viaja apretujada como una sardina en lata.

Afuera, el paisaje empieza a parecerse a un páramo. Los árboles se encogen y se doblan, vencidos por toda una vida soportando el viento del Atlántico. Es una vista serena y desolada.

El padre de Antonia, Carlo, contempla la hierba amarillenta y azotada por el viento. Sabe en qué momento exacto su vida tomó esta dirección en lugar de otra distinta. Fue en el verano de 1908, diez días antes de que el transbordador atracara en la Isla Ellis. Él tenía dieciséis años y estaba hambriento. Su madre le había llenado un baúl con salchichas y queso; con denso pan negro; con naranjas del huerto. También le había enrollado el rosario de su abuela en la muñeca, lo había abrazado con fuerza y había sollozado.

Carlo comió como un rey durante los primeros dos días de viaje. Pasó la semana siguiente tumbado en posición fetal cerca de un cubo lleno de residuos hediondos.

Fue en ese viaje cuando conoció a Tommy Fianzo, que había cruzado el océano cinco veces. Tommy sacó a Carlo de ese estado de mareo absoluto y le dio agua caliente, migas de galleta y un caldo suave. Tommy le dijo que evitara toser cuando llegara a la cola de inmigración de la Isla Ellis. Tommy le ofreció un empleo.

Al principio el trabajo consistió en una serie de encargos inexplicables. «Quédate en esta esquina —le decía Tommy— y vigila a ese hombre, el de la camisa roja que está sentado en la cafetería. Síguelo si se marcha. Luego nos vemos y me cuentas». O: «Cuando salga un tipo alto por esta puerta, dile que el señor Fianzo le manda saludos». Él llegaba cuando le decían y se quedaba hasta que le ordenaban que se fuera. Recogía y entregaba paquetes. Finalmente empezó a acompañar al hermano de Tommy, Billy, en sus expediciones nocturnas a recoger cargamentos de licor de primera calidad al norte del estado. Le pagaban, y muy bien, por su diligencia y por todas las preguntas que se abstenía de hacer. Le enviaba paquetes llenos de dinero a su madre.

Carlo despertaba todas las mañanas con el zumbido de Nueva York reverberando en su corazón. Con el tiempo aprendió a andar deprisa por las abarrotadas avenidas de Manhattan; a ver a la gente que pasaba sin mirarlos de verdad; a dejarse embargar por aquel bullicioso enjambre humano. El olor a fruta podrida, carne en descomposición y asfalto caliente del verano dio paso al de las hojas húmedas y las castañas asadas del otoño; luego llegó el invierno. Carlo se sentía más alto con cada estación que pasaba.

Y Tommy Fianzo era una especie de guía turístico amable y experto. Tommy le presentó a otros tipos de su edad; uno de ellos, Joey Colicchio, se convirtió en su mejor amigo. Juntos bebieron hasta el amanecer; engulleron ostras por docenas en bares de mala muerte; empezaron a plantar las raíces que los atarían a la ciudad de Nueva York. Y Tommy estuvo allí cuando lloraron por sus respectivas madres mientras el viento de invierno les marcaba la piel, y cuando necesitaron a una mujer, una oficina de correos o que les instalaran el teléfono.

En realidad, Carlo no sabía cómo se las habría apañado sin Tommy durante los primeros meses. Fue Tommy quien le indicó dónde podía ir a buscar ropa, muebles, tabaco, comida, o qué iglesia convertía el sótano en una pista de baile llena de apetecibles chicas italianas los viernes por la noche.

Tuvieron que pasar varios años desde su llegada a América cuando, en medio del runrún agitado de uno de esos bailes, entre las bandadas de hombres y mujeres jóvenes que, como aves presumidas, exhibían sus mejores galas en un ambiente turbulento y expectante, Carlo conoció a Lina, que poco después se convirtió en su mujer en una tarde tormentosa de otoño. Carlo despotricaba contra la lluvia, contra ese manto de agujas heladas que llegaba con cada ráfaga de viento, pero Tommy afirmó que «*sposa bagnata, sposa fortunata*», y ajustó la corbata de Carlo antes de la ceremonia mientras lo miraba como si fuera un hermano.

Tommy alentó a Carlo a que se tratara solo con un determinado tipo de inmigrante: el de pelo engominado y cara afeitada. Carlo aprendió a preguntar si alguien era de la Familia, y a mantener las distancias si la respuesta era negativa.

Tuvo que pasar muchos años trabajando para Tommy antes

de caer en la cuenta de que contestaba a las preguntas con respuestas del estilo de: «Bueno, a Tommy no le gustaría que…» o «Tommy suele decir que…». Tuvieron que transcurrir aún más años antes de que empezara a inventariar las piezas de la vida que se había construido a sí mismo (el piso, el guardarropa, el entorno) y constatara que todas y cada una de ellas tenían su origen en Tommy. Para cuando un Carlo de pulso tembloroso y aliento entrecortado se encontró apostado frente a la puerta de una sala donde se infligían inenarrables actos violentos como castigo por la infracción más nimia contra la Familia Fianzo, ya era demasiado tarde para salir de allí.

La misma semana en que supo que iba a ser padre, Carlo recorrió las avenidas de Nueva York en busca de empleo: fue a Brooklyn, a Manhattan, a restaurantes, fábricas, a una imprenta; se ofreció como portero, jardinero o aprendiz de fontanero. Intentó conseguir trabajo como albañil. Entró en una tienda donde pedían una dependienta. En todas partes le rehuían la mirada. Más tarde descubrió que el único encargado que le había estrechado la mano acabó tres días después con el brazo roto y los ojos morados. Tommy llevó a Carlo a cenar y, entre filetes que se deshacían en la boca, le dijo que eran familia; que eran hermanos; que si Carlo andaba preocupado por algo podía confiar en él. «Con nosotros siempre estarás a salvo», le había dicho Tommy, y la tenue luz de las velas del restaurante confirió a su expresión un cariz siniestro. Después de cenar, los dos hombres salieron del brazo a unas calles iluminadas por farolas, Tommy apoyó la mano en la nuca de Carlo y volvió a llamarlo hermano. «El negocio va viento en popa», añadió Tommy mientras se alejaba.

Carlo no pudo dormir en toda la noche. «Con nosotros estarás a salvo», repetía Tommy en su cabeza.

Mientras contempla esas hierbas pardas, azotadas por el viento, que forman una masa de maleza indistinguible a medida que el coche acelera en el pesado tráfico neoyorquino, Carlo Russo siente que algo se afloja en su interior. De repente podría ser cualquier persona: un maestro, un dentista, un herrero. Un hombre corriente que va de vacaciones con su familia. Carlo se asoma a la ventanilla, siente el aire caliente en la cara y todo él se impregna de una cierta ligereza.

Aunque no se lo ha contado a nadie, ni siquiera a Joey, Carlo tiene un plan. Este año dejará de trabajar para los Fianzo. Ha estado ahorrando billetes pequeños que guarda enrollados debajo del suelo de su casa. Peniques, afanados en distintos momentos, del dinero que recoge para Tommy Fianzo. Ha estado preguntando, esta vez de manera más sutil, sobre empleos en otros estados. Hay granjas en Iowa; pescadores en Maine; ha oído que, en California, se recogen uvas y naranjas bajo un sol acogedor. Carlo se está construyendo su propio futuro. Se imagina en un coche, dentro de unos meses, con Lina a su lado y Antonia durmiendo en el asiento trasero. Llevando a su familia hacia el oeste a la velocidad de la luz.


Joey Colicchio tamborilea con los dedos en el volante al ritmo que marca su cabeza y tampoco piensa en el trabajo. Sobre todo no piensa en el hecho de que Carlo —el amable Carlo, el Carlo padre de familia, el bondadoso Carlo— ha estado llevando menos dinero del que se le había asignado desde hace varios meses; no mucho, pero lo bastante para que Tommy Fianzo se haya percatado, le haya preguntado a Joey y haya soltado un «mmm» en un tono que, Joey lo sabe, esconde una mezcla de sospechas e ira. Se esfuerza en no pensar en eso porque está con su familia, porque su mujer sonríe por primera vez desde hace semanas, y porque ese hilo de sudor que no ha parado de descenderle por la espalda durante todo el verano sentirá la brisa marina este fin de semana. Joey sabe que Carlo no está satisfecho. Voluble, lo llama Tommy. «Nuestro voluble amigo», dice al referirse a él. Tommy aprieta los labios: «Esto no puede seguir. El compromiso es esencial dentro de cualquier familia». Y en esos momentos Joey le da la razón, aunque a la vez se siente como un traidor. Es bueno en su trabajo. No alberga la menor inquietud ni ambivalencia, como le sucede a Carlo. Ya no. No desde que tomó la decisión de, en su lugar, sentirse agradecido, aceptado e importante.

Joey Colicchio llegó a América con sus padres cuando aún cabía en brazos de su madre. Se imagina que recuerda la litera de madera sujeta al suelo y al techo; el barco que se mecía con firmeza de camino a alguna parte. La letanía de las esperanzas que sus padres tenían para él susurrada en esas noches de vaivén mareante.

Sabe que su padre insistió en vivir en Brooklyn en lugar de en el pequeño barrio italiano del corazón de Manhattan porque había oído que allí aún quedaban granjas. «Somos gente de campo», recordaba Joey haberle oído a su padre. «¿Cómo sabes qué camino es el que asciende si no puedes ver la tierra?». El padre de Joey había querido más que nada en el mundo que sus hijos conservaran sus raíces. Le había dolido en el alma meter a su mujer y a su hijo en un barco que los llevaría a un país distinto, donde nunca volverán a sentir la tierra cálida de Sicilia entre los dedos de los pies; donde perderían la capacidad de saber qué hora era por la calidad de la luz y por el canto de las cigarras; donde se olvidarían de su antiguo dialecto y adoptarían esa sintaxis híbrida italoamericana que no era ni americana ni italiana. El padre de Joey había querido que su hijo supiera lo que es pertenecer a un lugar.

Por desgracia, América parecía no tener ningún interés en que Joey y su familia se sintieran partes de ella. Se instalaron en Bensonhurst, un barrio creciente poblado por italianos y judíos al sur de Brooklyn. Joey creció con la broma de que era más fácil descender hasta el Polo Sur y rodearlo para llegar a Manhattan que enfrentarse al tráfico del puente de Brooklyn. Era una comunidad cerrada; apenas salían de su barrio; se sentían mal recibidos en cualquier zona donde la mayoría de la población no fuera italiana. El padre de Joey se puso a trabajar en la construcción, y se pasaba más horas suspendido en el aire, precariamente sujeto por cuerdas, que cavando la tierra. Cuando lo hacían, era para alisar el paisaje, para domar y aplanar las colinas de Manhattan y los grandes barrios de Brooklyn. En Nueva York, el progreso iba ligado a la industria: los edificios cubrían cada centímetro de esas islas ya en pleno proceso de expansión.

Aunque sus padres le llenaban la cabeza con los sueños que tenían para él —ser médico, científico, montar su propio negocio, darles nietos—, Joey descubrió que, a pesar de haber crecido allí, América solo lo aceptaba bajo unas condiciones muy marcadas: «Quédate con los tuyos; acepta los empleos que nosotros no queremos». El sueño americano tendría que ser cosechado, comprado o robado.

En cuanto cumplió los dieciséis, Joey se unió a su padre y a toda una tropa de sicilianos de pecho ancho, boca sucia y gran corazón que se pasaban los días construyendo la ciudad. Joey terminaba todos los días rebozado en polvo. Volvía a casa con su padre, caminando entre las casas de todos los demás inmigrantes, y con el paso del tiempo fue sintiendo la decepción que emanaba de su padre como si fuera fiebre.

En el transcurso de esos paseos hacia casa, Joey fue adoptando su forma de adulto, alta y ancha, de hombros cuadrados y con los brazos surcados de cuerdas tensas debido al trabajo. Se le afiló la nariz y se le agudizó la mirada. Y, al mismo tiempo, empezó a dejar atrás la empatía que siempre había sentido hacia su padre. Se imaginaba diciéndole: «Tú nos trajiste aquí. ¡Es culpa tuya!».

Los oídos de Joey también comenzaron a estar más alerta: empezó a prestar atención al runrún que corría por la cuadrilla mientras colocaban techos y cavaban cimientos. Se comentaba que en Manhattan había «organizaciones»; pequeñas camarillas de italianos con auténtico poder que iban adonde les daba la gana. Que comían en bonitos restaurantes, no solo en los italianos, sino en esos que servían filetes americanos; que frecuentaban cafeterías pequeñas donde los dueños les ofrecían *delicatessen* de su país: carnes especiadas envueltas en hojaldre o pescado crudo con salsa de jengibre. Esos hombres no vivían en pobres remedos de los pueblos que habían dejado atrás. Vivían en América.

Como Joey era joven y rebosaba potencial, no le resultó difícil encontrar la manera de congraciarse con Tommy Fianzo, quien advirtió en él una mezcla de determinación y avidez que le sería muy provechosa en los intestinos de la ciudad de Nueva York.

Así, sin tener en cuenta los lamentos de su madre y el silencio perplejo de su padre, ni los rumores de que, a medida que esas *organizaciones* crecían, también lo hacían los actos violentos que sus hombres se veían forzados a cometer y las condenas de cárcel que podían caerles, Giuseppe Colicchio avanzó a pecho descubierto y con los ojos brillantes hacia ese mundo que era nuevo para él.


Tal vez la diferencia entre Joey y Carlo pueda explicarse así: cuando nació Antonia, Carlo lloró y se disculpó ante aquel gorrito de seda que le coronaba la cabeza por no haber sido capaz de escapar de su trabajo antes de que ella llegara. Cuando Sofia nació, Joey besó a Rosa, se puso el sombrero, fue en coche hasta el Lower East Side y se compró una pistola.


En el asiento delantero, al lado de Joey, Rosa Colicchio piensa en el nombre que le pondrá a su próximo bebé, aunque al mismo tiempo la asusta que eso traiga mala suerte. Baraja la posibilidad de llamarla Francesca, como su abuela. Su abuela, a quien Rosa nunca conoció, envió a sus hijos a América con un tarro lleno de lágrimas y otro de rabitos de aceituna, para la buena suerte.

Rosa Colicchio necesita un poco de suerte. Cuando Sofia era un bebé, Rosa se imaginó rodeada de críos. Ahora que, ¡de repente!, Sofia se ha convertido en una niña, de manos y pies grandes, ojos feroces y lengua larga, Rosa ha disminuido sus deseos a solo uno: un hijo más. Piensa en Sofia, que crece sin la compañía de hermanos. Está Antonia, y Rosa no podría sentirse más agradecida por ello. Pero su propia infancia estuvo llena de una inimitable sensación de pertenencia, y ella quiere que su hija disfrute de algo parecido. Rodearla de otras personas que salieron del mismo núcleo. Conformar un río con ellas en lugar de mantenerse como un charco solitario.

Rosa no posee el vocabulario necesario para expresar lo decepcionada que se siente por el funcionamiento de su cuerpo. Pero algo que no sabe nombrar se sentiría más lleno, más completo, mejor, si tuviera otro hijo. Se sentiría bien: una buena madre, una buena esposa. Rosa siempre ha querido ser buena. Aparta la cara de la ventanilla y parpadea para aclararse los ojos, respira hondo para ahuyentar un súbito ataque de pánico.

—El aire empieza a oler a océano —dice Joey.

Ahora avanzan en paralelo a la arena y a unos cuantos arbustos. Unos pájaros cruzan la carretera sin miedo al peligro.

Se produce una inspiración colectiva y un suspiro de bienestar, y luego todos los ocupantes del coche vuelven a sumirse en sus pensamientos. Para cuando llegan al hostal, todos están ya hartos, nerviosos.

La cena se sirve en el porche, y el viento mece con indolencia las servilletas y las mangas de las camisas. Es la primera vez que Antonia y Sofia prueban la langosta, e intentan pincharse con las pinzas hasta que estallan en un ataque de risa histérico que es acallado por Rosa con un susurro severo. Pero Sofia ve que sonríe, a regañadientes, cuando aparta la mirada de las niñas.

El océano se extiende ante ellos, interminable y agitado, como si no hubiera más que agua en todas direcciones. El crepúsculo tiñe el cielo y el agua de color rosa, y luego naranja, y por último de un brillante e intenso tono rojo antes de que el sol se ponga del todo. Todos lo contemplan hasta que lo único que alcanzan a ver son los destellos de la luna que flotan en las crestas de las olas.


Por la mañana, Carlo enseña a las niñas a meterse en el agua cuando la marea aún está baja y las olas son débiles. Sus madres descienden del porche sombreado y usan las manos a modo de visera para vigilarlas sin que las deslumbre el sol.

—Tened cuidado —dice Carlo—: si veis que la ola se llena de espuma, es que va a romper.

Sofia se adentra corriendo en el mar, detrás de él, y enseguida está empapada. Antonia se queda donde el agua le llega solo hasta los tobillos y se deja mecer por la marea. Se siente muy pequeña, y cansada, como si el mundo entero la estuviera acunando para hacerla dormir. Tiene los pies enterrados en la arena submarina.

No ve que Sofia la está saludando.

—¡Tonia, mira lo lejos que estoy! —Sofia se vuelve hacia su amiga, que es una silueta oscurecida por el contraste del sol—. ¡Estoy en lo hondo!

Ni Antonia ni Sofia ven venir la ola hasta que esta rompe justo en la parte baja de la espalda de Sofia, la ataca por sorpresa y la arrastra bajo las aguas. Antonia suelta un grito, arranca los pies del suelo y siente que el océano y la tierra se alían para retenerla mientras ella intenta correr hacia el lugar donde se hundió Sofia. Pero, con la misma rapidez, esta emerge a la superficie, secándose los ojos y tosiendo, escupiendo babas. Carlo la tiene agarrada con su manaza por el hombro, y Antonia se queda con el corazón acelerado y un montón de adrenalina por usar. La sorprende y reconforta el pensar que habría sido capaz de internarse en el océano. Habría sido capaz de llegar hasta el fondo si hubiera hecho falta. Vuelve la mirada hacia las madres, que están de pie en la orilla. Son sombras lejanas, pero Antonia sabe que también habrían sido capaces de acudir al rescate.

Carlo saca a Sofia en brazos, las piernas de la niña le rodean la cintura. Le coge la carita con la mano y le dice algo que Antonia no alcanza a oír.

Cuando los tres están en la orilla de nuevo, les dice:

—Nunca le deis la espalda al océano, niñas. Es traicionero y os pillará desprevenidas en cuanto dejéis de prestarle atención.

Se le nota la preocupación en la cara y Antonia siente la necesidad de decirle: «No pasa nada, papá». Pero no lo hace.

Por su parte, Sofia no puede olvidar el momento que pasó sumergida bajo las olas. El océano era mucho más grande y más poderoso de lo que había imaginado. El agua le había cubierto la cara, se le había metido en la nariz y en los ojos como si ya la conociera. Y qué raro había sido perder el equilibrio de esa manera. Y cómo de repente la sensación de arriba y abajo se había convertido en algo tan irrelevante.

El resto del día transcurre en una especie de calima lenta. Las niñas están absortas en sus cosas, y sus padres, levemente achispados y borrachos de sol, se dejan impregnar por la indolencia del verano. La cena consiste en pescado con patatas hervidas, y después, con un guiño, la señora del hostal saca una botella marrón de un armario cerrado. Los mayores mandan a las niñas a la cama, desde donde oyen cómo la brisa vespertina hace crujir los huesos del hostal y la letanía de sus padres, que hablan en voz baja en el porche. Sofia y Antonia se sumen en ese sueño profundo que acoge a los niños en la playa, sintiéndose extrañamente indefensas y a la vez extrañamente libres.


Carlo Russo despierta en plena noche debido a un golpe suave en la puerta. Es el encargado, quien se deshace en disculpas por molestarlo antes de decirle que alguien pregunta por él al teléfono.

Carlo se echa encima una bata. Solo hay una persona capaz

de llamarlo a esas horas de la noche. Solo hay una persona que podría arrancarlo del sueño y de su familia, sin avisar, para hablar con él.

Y a Carlo se le ocurre una única razón que explique la llamada de Tommy Fianzo.

—Diga, jefe —dice Carlo, hablando desde el aparato del pasillo. Endereza la espalda, como si Tommy pudiera verlo. El miedo crece en el interior de su cuerpo, le llena los pulmones. Carlo imagina el mar. Se ahoga incluso mientras sigue de pie en el pasillo. «Os pillará desprevenidas en cuanto dejéis de prestarle atención».

—Necesito verte —dice Tommy—. Será solo un corto paseo.


Y la mañana llega enseguida. Lina Russo se despierta más tarde de su hora habitual. Se despereza estirando brazos y piernas bajo las sábanas y se da la vuelta. Recuerda que está de vacaciones, y que cuando se levante tomará café y verá que el sol se alza sobre el océano. Piensa en acercarse a su marido si Antonia todavía duerme.

Pero entonces Lina ve el largo rectángulo que el sol matutino dibuja a través de la ventana. Se percata de que el lado de la cama de Carlo está vacío. Y siente, con una fuerza terrible, como si todos los rascacielos de Nueva York se hubieran desplomado a la vez, como si alguien le echara ácido en las articulaciones de todos los huesos, como si el mismo Dios hubiera descendido a contárselo, que Carlo ya no está en este mundo.


Antonia está abajo, comiendo cereales con Sofia, cuando oye el grito. Es imposible relacionarlo con su madre hasta que esta entra, aún lamentándose, en el porche sombreado donde desayunan. El grito hace vibrar los platos de las mesas. Eriza el pelo de la nuca de Antonia.

Es así como siente esta la pérdida de su padre: como si una luz que la conectaba al resto del mundo se apagase de golpe. El camino que se abre ante ella está amortajado en sombras. Antonia suelta la cuchara y en el costado del cuenco de los cereales aparece una grieta del grosor de un cabello. El miedo se desliza por su garganta como una babosa espesa.

Y antes de que Lina consiga pronunciar ni una palabra, ella sabe que tanto su padre como su madre se han ido para siempre.

El día de la desaparición de Carlo se convierte en una pesadilla. Algo desenfocado, como si le estuviera sucediendo a otra persona, salvo por algunos instantes aislados en que la realidad se manifiesta de manera diáfana, tan real como el sol o el asfalto. Durante el resto de sus vidas, las niñas sabrán que convencieron a Lina de que se tomara un dedito de whisky caliente acompañado de una pastilla que el encargado sacó de una alacena, diciendo: «A mi mujer le iban muy bien, esto la ayudará». Recordarán a Joey y a Rosa, sus caras heladas.

Hay un momento en que Sofia y Antonia se quedan solas en la habitación que compartían. Están haciendo las maletas. Ambas se hallan absortas en el proceso de ir recogiendo las cosas —un calcetín, una camisola, una muñeca— y metiéndolas en las maletas. Cuando sus miradas se cruzan, las dos quieren hablar. Pero no logran oírse por encima del rugido del viejo mundo que ya no es el mismo.

Al llegar a casa, Joey le da un beso a Sofia en la cabeza y le dice a Rosa que tiene que asistir a una reunión. Antonia cambia la mano sudada de Sofia por la fría de Lina, y la dos suben hacia su piso. Rosa prepara una *minestrone* densa que empaña la cocina, hasta que abre la ventana y el vapor se escapa con un gemido fundiéndose con el aire vespertino. Mientras reposa la sopa, incapaz de quedarse quieta, se decide a hacer albóndigas.

Utiliza una receta celosamente guardada que incluye ternera, cordero, cerdo y, Rosa puede jurarlo tal y como lo hizo su madre antes que ella, una lágrima del tarro que rellenó su abuela cuando envió a sus hijos a América. Las albóndigas sirven para cualquier ocasión, son el plato estrella en bautizos y cumpleaños, pero también son un remedio para los exámenes suspendidos, los corazones rotos y la innombrable melancolía del mes de noviembre.

Rosa no es ajena a los riesgos de la vida en la que nació y, por tanto, mientras amasa la mezcla de carne, la asalta el recuerdo de su propia madre haciendo la cena mientras esperaba a su padre. Joey se pone en peligro y Rosa soporta en silencio el miedo de que algo le suceda. Lo hace por Joey, que no tiene tiempo para miedos, y por Sofia, quien, aunque quizá algún día tenga que pasar por lo mismo, de momento vive ajena a él. El corazón le sangra por Lina, que siempre tuvo miedo y nunca supo guardárselo para sus adentros, usarlo como combustible. Frente a la tragedia de Lina, Rosa no se siente paralizada; en su lugar, nota que su fuerza se expande para controlar el menor atisbo o muestra de temor. Ella protegerá a su familia. Luchará por ellos. A costa de todo.

Rosa contempla el surtido de zanahorias, tomates y judías que giran en el caldo hirviente; es una imagen que le reporta sosiego. Recuerda a su madre en la cocina, tarareando con las manos metidas en la masa de carne. Mientras tanto, su padre deambulaba por las calles, trabajando Dios sabe dónde, Dios sabe con quién, Dios sabe hasta qué hora.

Joey es consciente, sin tener que preguntarlo, de que debe reunirse con Tommy Fianzo. Donde solían estar su estómago y su corazón hay ahora un hueco turbulento y mareante.

Joey sabe que Carlo nunca habría abandonado a su familia.

También sabe que Tommy Fianzo es capaz de cualquier cosa para proteger su estatus como uno de los hombres más poderosos de Brooklyn. La ambivalencia de Carlo se había convertido en una debilidad.

En la boca del muelle de Red Hook se alza un astroso edificio de cemento que los Fianzo usan como cuartel general. A su llegada, Joey respira el olor del mar y tiene que parar a llevarse una mano al pecho para controlarse. Vio a Carlo la noche pasada. Joey sabía que esto pasaría, ¿no es verdad? Y, de alguna manera, sabía que era inminente. «Deberías habérselo advertido», se dice. Y, en el mismo momento: «No podía avisarlo. Habría terminado exactamente como él». La cara de Sofia se le aparece por delante de cualquier otra idea. «Él tomó sus propias decisiones».

Y luego: «Es culpa tuya».

Tommy está en su despacho, de pie al lado de la ventana. Al ver a Joey, va a abrazarlo. Le da una palmada en la espalda que resuena en el corazón y los pulmones de Joey.

—Lamento todo esto —dice.

Joey oye la voz de Tommy moviéndose alrededor de ambos en forma de ondas. Absorbida por las paredes de cemento. Joey lucha contra la tentación de hundirse en el abrazo acogedor del hombre que lo ha guiado en la vida desde su adolescencia.

Tommy sirve dos vasos de vino. Señala la silla que tiene a un lado de su mesa y se sienta en la otra.

—La tensión no da buena imagen a una familia —dice—. El conflicto no queda bien. —Da un sorbo de vino—. Nos expone. Nos vuelve vulnerables. ¿Conoces a Eli Leibovich?

Joey menea la cabeza. No.

—Pronto lo conocerás. Se está creando un nombre en el Lower East Side. Judío. Listo como el hambre.

Joey está acostumbrado al tono de las reuniones con Tommy Fianzo. Al final, Tommy llegará al quid de la cuestión. Su poder le da el derecho de expresarse como le dé la gana. «Incluso cuando tu mejor amigo acaba de desaparecer».

—Tengo a mucha gente bajo mi responsabilidad, Colicchio. No solo a ti, y no solo a tu voluble amigo. Son muchos hombres, y todos tienen una familia de la que ocuparse. Así que miro a alguien como Carlo, y donde tú ves a un hombre que se arrepiente de sus decisiones, que quiere algo distinto para él y para los suyos, yo veo a un hombre que se pone en peligro no solo a él, sino a mí, a ti, y a todos los miembros de esta Familia. Nos robaba, ¿lo sabías?

Joey lo ignoraba. Sabía que Carlo andaba inquieto, que se mostraba ambiguo. «Voluble». No sabía que era descuidado. Idiota. Se imagina a Carlo sacando un billete de un dólar del fajo. Una mosca que revolotea en torno a la llama de la libertad. Un cuerpo que deja tras de sí una estela de sangre en la corriente del East River. El aliento se le queda atascado en la garganta. Traición de la confianza: el peor crimen posible. Imperdonable.

—No lo sabía, jefe.

—Pues así era —afirma Tommy.

Hace una pausa. Un músculo se le tensa en un lado del cuello. Tommy Fianzo es un buen cocinero. Un padre cariñoso, cuando quiere. El hombre más violento que Joey ha conocido nunca. Controlarse en este momento debe de suponerle un gran esfuerzo.

—Me robaba. A mí. A nosotros. Y mi trabajo consiste en no perder de vista el otro lado del río, donde opera alguien como Eli Leibovich, y en pensar en cómo protegernos. En cómo presentar un frente unido.

Joey, incapaz de evitarlo, se ve atrapado en la cadencia de las palabras de Tommy. Tommy Fianzo, con ese mentón firme y ese tono profundo y cavernoso en la voz, desprende confianza, justicia, poder. Joey sabe todo eso. Sabe cómo funcionan las cosas. El paso de saber cómo funcionan a experimentarlo directamente lo marea.

—Siempre he esperado que fueras mi segundo de a bordo, Colicchio. Eres como un hermano para mí. Se te da bien. Por eso entenderás que es bueno para todos que Carlo Russo ya no esté. Entenderás que eso nos resuelve un problema.

Joey lo entiende y no lo entiende. Una pérdida como esa. El mundo se dibuja y se difumina ante sus ojos: en un momento es el lugar donde vives y al siguiente es un territorio extraño, donde ni siquiera puedes respirar.

—Sin embargo, temo que esta pérdida te afecte —prosigue Tommy—. Me preocupa que tu opinión de mí haya cambiado. Si te soy sincero, creo que la desaparición de Carlo ha roto la confianza entre ambos. ¿Estás de acuerdo?

Joey se oye asentir, el silbido del aire que pasa ante sus oídos. Se siente como si estuviera flotando encima de su cuerpo, pero sabe que mantiene los puños apretados, la respiración entrecortada, que dentro de él hierve algo parecido al odio o al miedo, y que va dirigido hacia Tommy Fianzo.

—Así que esto es lo que me gustaría hacer —dice Tommy—. Me gustaría otorgarte el ascenso que siempre pensé para ti, aunque sea un poco antes de lo previsto. Y con ciertas condiciones.

Tommy saca un mapa de Brooklyn del cajón de la mesa y empieza a subrayar una sección, que incluye Red Hook, Gowanus y un largo rectángulo que asciende hasta Brooklyn Heights.

—Esta será tu zona —expone—. Menos esta oficina, claro.

Le explica que los Fianzo lo dejarán operar con relativa independencia. No tendrá que reunirse con ellos; ya no comerán juntos todas las semanas; Joey puede contratar a quien quiera, siempre y cuando Tommy Fianzo consiga un buen porcentaje de sus ganancias de manera mensual. Esto, le explica Tommy, lo hace en interés de preservar la paz.

—La guerra no ofrece buena imagen de una familia —repite—. Perder a dos miembros jóvenes y fuertes, cuando es posible perder solo a uno, no queda bien.

Quedar bien es algo que la Familia necesita delante de sus enemigos, e incluso, aunque Tommy no lo admita, delante de los americanos, que consideran que la Familia no es más que una banda de gánsteres y que estarían encantados de ver cómo la de Tommy se descompone desde dentro. La viuda Russo quedará en manos de Joey, dice Tommy.

—Lo habitual es cuidar de ella —señala Tommy—. Eso siempre facilita las cosas.

Tommy Fianzo es un hombre de honor. Puede matar a un padre, pero no perder el honor. Esas cosas coexisten.

—Es cosa tuya —le dice Tommy mientras se levanta para acompañarlo a la puerta—. Si prefirieras cambiar, empezar de nuevo, puedes intentarlo en el Bronx. Puedes probar en Chicago. Pero una Familia unida da impresión de fuerza. Y es duro empezar de cero, solo, por tu cuenta. Te costaría.

Joey interpreta que Tommy se lo pondría difícil. Se lleva la mano al sombrero. Se dispone a irse.

—Eh, Colicchio —le dice Tommy cuando ya le ha dado la espalda. Joey se vuelve—. Este tren pasará ante de ti una sola vez.


Desde la silla de la cocina donde se supone que está doblando servilletas, Sofia ve que su padre llega a casa. Joey es tan grande que la cocina parece enana en comparación. Él cuelga el sombrero del gancho y se pasa los dedos por los cabellos, por las fugaces canas grises y blancas de las sienes. Se coloca detrás de Rosa, apoya sus manazas en esos hombros redondeados y hunde la cara en su pelo. Ella deja que todo su peso recaiga en esas manos y dobla el codo para entrelazar los dedos con los suyos. Él dice: «Me he ocupado de eso». Y Sofia, desde la mesa, dice: «¿Ocupado de qué?». Y él dice: «De nada, *cara mia*».

Así pues, Joey Colicchio se queda de pie en la cocina. Ve que su esposa remueve la sopa y que su hija mantiene la mirada clavada, con el ceño fruncido y los labios apretados, en un montón de servilletas arrugadas. Él está pegado al suelo.

Se siente inmensamente solo.

En la puerta de al lado, Antonia y Lina Russo se encuentran en el ojo mudo del huracán.

Antonia está en su cuarto, sentada en el borde de la cama recién hecha. Asustada.

Todo se ha vuelto del revés, patas arriba. Todo ha quedado ahora reducido a la sensación nerviosa, mareante, de estar metida en un lío serio.

«*Cara mia*», Antonia imagina la voz de su padre. Añora su olor, la suave calidez de sus manos, la gravedad que la llevaba a acomodarse contra su pecho, ese lugar donde su cuerpo encajaba.

«Por supuesto».

Ya con la mesa lista, Sofia mordisquea una goma de borrar. El colegio empieza dentro de una semana. Su madre pone los platos hondos en la mesa, sin mantel. Su padre escancia unas generosas dosis de vino de la jarra que guardan al fondo de la despensa. Llegan Antonia y su madre, y los cinco se sientan en torno a la mesa. Lina Russo siempre ha sido menuda, pero hoy se la ve casi translúcida. Mantiene la postura inmóvil, tranquila, de alguien a quien le ha pasado lo peor. Ante ella hay un plato humeante de sopa, intacto.

Las niñas comen deprisa, con torpeza. Sofia está llena de una inquietud incómoda, y desea romper la tensión de la mesa y a la vez esconderse debajo y quedarse tumbada bajo ese peso. Antonia observa a su madre de reojo. Lina no come. Antonia tiene la sensación de haber despertado en otro planeta. Quiere estar en otro sitio. Así que, cuando Sofia habla, siente que el alivio recorre su cuerpo y tiembla por esa descarga de adrenalina, por el miedo, por la sorpresa de verse empujada con brusquedad hacia el futuro.

—Tengo ropa nueva —dice Sofia.

Antonia levanta la mirada de la sopa. «Gracias».

—¿Qué es?

—Tonia —dice Sofia, que quiere llenar el comedor con algo, aunque sea solo el sonido de su propia voz—, ¡tienes que verlo!

La frase le sale demasiado fuerte. Se da cuenta de ello al instante.

Los tres adultos apartan la mirada de sus platos humeantes y silenciosos, y su madre la reprende con los ojos y le dice: «No grites». Y su padre dice: «Niñas, ¿por qué no os vais a jugar a la habitación?». Y así Sofia y Antonia se levantan sin ganas, se estremecen al oír el roce de las sillas sobre el suelo de madera, y se van corriendo por el pasillo. El aire se vuelve más ligero a medida que avanzan, como si la pesadumbre de sus padres solo tuviera un determinado radio de alcance. Las niñas abrazan la posibilidad de escapar. Lo han hecho tantas veces, correr por una pradera como si las persiguiera el fuego, ansiosas por hacer algo nuevo juntas.

—Podemos jugar a la aventura —dice Sofia mientras rebusca en el arcón de los juguetes hasta encontrar los prismáticos.

Antonia se ata un pañuelo al cuello. Es libre. Es libre. Se marcha a otro lugar.

—¡Seremos exploradoras del Ártico!

Sofia la mira con desdén.

—Así parece que vayas de princesa, en lugar de exploradora. Deberías ponértelo en la cabeza.

Pero Antonia la mira con una determinación tranquila y feroz, y Sofia cede:

—Podrías ser una princesa exploradora.

—Somos exploradoras del Ártico —dice Antonia subiéndose a la cama de Sofia y usando la mano a modo de visera para protegerse del sol mientras examina el terreno— y nos hemos quedado sin comida.

Sofia se encarama de un salto a la cama.

—¡Estamos famélicas!

—¡Vamos a cazar un oso polar!

—¡Pero no va a salir de la cueva!

—Hemos escrito cartas a nuestras familias para decirles que los queremos. —Antonia se muestra solemne en ese fingido ajuste de cuentas con la muerte visto desde el otro lado—. Encontrarán nuestros cadáveres en primavera. —Le tiembla la voz.

—A lo mejor podríamos jugar a otra cosa —dice Sofia. Se sienta en el borde de la cama.

Antonia actúa como si no oyera.

—Nuestras almas irán al cielo —dice en voz baja.

—Antonia, creo que deberíamos jugar a otra cosa —dice Sofia. Retuerce un extremo de la colcha con los dedos.

Antonia se vuelve hacia ella, los ojos encendidos, los brazos alzados.

—¡Soy una exploradora del Ártico! —grita, cerniéndose sobre Sofia.

—Antonia, esto no me divierte —dice Sofia.

—Estoy sola en la selva. Todos me han abandonado. Voté por quedarme sola porque soy una mujer sufridora y puedo votar. Me quedé aquí y escogí estar sola.

Sofia no dice nada. Antonia está irreconocible. Su voz procede de algún lugar externo a su cuerpo. De repente, la expresión serena de Antonia se quiebra. Se deshace en la cama, al lado de Sofia.

—Ya no quiero jugar más —dice.

—Vale —dice Sofia. Está incómoda y, de golpe, desea que Antonia se vaya.

—¡No quiero jugar! —dice Antonia.

—Ya te he oído —dice Sofia.

Antonia rompe a llorar. Sofia la contempla en silencio, deseando con todas sus fuerzas que sus padres entren en el cuarto.

Antonia gime. Se estremece. Se sienta con languidez en el borde de la cama de Sofia y aúlla.

Rosa irrumpe en la habitación.

Sofia siente tanto alivio que también rompe a llorar.

Rosa está embarazada y no se lo ha dicho a su marido. Se sienta entre las dos niñas que sollozan y las abraza a ambas mientras echa de menos a su propia madre. Mira por la ventana y sabe que no puede sucumbir.

A pesar de la ausencia del cuerpo, se celebra un funeral por Carlo. Entierran una caja de madera oscura con el interior de seda en St. John's. Durante el resto de su vida, Antonia podrá ver el funeral a trozos, como si en su cabeza se reprodujera una película rota. El día es demasiado caluroso para las medias negras y el vestido nuevo, que la hacen sudar. Los codos flexionados de hombres que se agarran los brazos por los tríceps; el crujido de los pasos de las mujeres al pisar la hierba con zapatos de tacón; el tono nasal del cura, que no para de colocarse bien las gafas y en cuya coronilla calva se refleja el sol a medida que avanza la tarde. Una y otra vez, las caras de esos adultos encogidos se ciernen sobre ella como globos de vivos colores. Existe también esa extraña incomodidad de verse besada y abrazada, y de tener que decir gracias, gracias, gracias, sin parar. A medida que la tarde envejece, el aliento de los adultos empeora más aún, apesta a vino tinto y a finas lonchas de fiambres traídos de Roma. Antonia siente que su cuerpo se separa de ese día, apartándose de todo cada vez más, de manera que cuando la tía Rosa le da un beso y la abraza, hacia el final de la tarde, Antonia oye su voz como si fuera un eco, como si entre ellas hubiera agua.

Lina se muestra desconsolada durante gran parte de la ceremonia, sonrojada, llorosa, deshecha. Todo el mundo sabe que en un funeral la esposa del difunto debería mantener una expresión triste pero clara. Debería mantener la compostura en memoria de su marido. Así que los invitados al funeral de Carlo brindan de lejos a Lina miradas compasivas, se preguntan cómo está sin preguntárselo a ella; murmuran «Qué vergüenza» cuando se creen a salvo de que Antonia los oiga.

Lina lo había entregado todo a esas convenciones que, según le habían dicho, debían protegerla. «Búscate un marido —le decía su madre— y tendrás a alguien que te cuide». Junto con ese «búscate un marido» iban el «no salgas a la calle sin peinarte» y el «no brames como una bestia en el entierro de tu marido». Lina ha sido traicionada. Ya no ve la necesidad de seguir comportándose de acuerdo con las reglas.

Hacia el final de la tarde interminable, Antonia va a sentarse al sofá, agotada, y contempla cómo la multitud que llena la salita parece abrirse como una cremallera cuando de repente aparecen tres hombres altos y de pelo engominado, vestidos con trajes grises, las caras afeitadas y los zapatos relucientes. Uno de ellos es su tío Joey, y los otros también le resultan familiares: hombros cuadrados, miradas duras, caras que brillan recién afeitadas, ojos que recorren la habitación. Los reconoce de las comidas dominicales, del círculo de hombres que se agrupa en el salón hasta que se sirve la comida.

Los tres se quitan el sombrero a la vez.

En la salita reina ahora un silencio espeso. De repente, Lina sale de donde ha estado en el último rato, en el dormitorio, cubierta por el peso del dolor y del miedo.

—Marchaos —les dice.

—Lina —dice el tío Joey—, nadie lo lamenta más que yo.

—Fuera. Fuera de mi casa —dice Lina, con una voz fuerte y clara por primera vez desde hace días—. Cómo te atreves a traerlos aquí. Cómo te atreves a meter esto en mi casa.

Antonia siente que nada hacia la superficie del momento. Hay en él algo que reclama su atención.

—Entiendo por qué estás enfadada, Lina —dice Joey—. Era mi mejor amigo.

—Cabrón. Sácalos de aquí ahora mismo.

Lina hace un gesto desabrido hacia los hombres que acompañan al tío Joey. Antonia no sabe situarlos. No entiende por qué su madre le grita de esa manera al tío Joey, que solo ha venido a darle el pésame como todos los demás adultos. Pero se siente agradecida y aliviada al ver que en Lina brilla la luz de la vida por primera vez desde hace días, revelando que aún existe una persona detrás de todo.

—Lina, por favor...

—¡Fuera! —La madre de Antonia se yergue en su metro y medio de estatura y apunta con ademán severo hacia la puerta.

—De acuerdo —dice el tío Joey, deshinchándose como un globo pinchado.

Hace un gesto con la cabeza. Es algo sutil, pero los dos hombres que lo acompañan dan media vuelta y se marchan. La multitud silenciosa los acompaña con la mirada hasta la puerta.

—Lina, lo lamento mucho —dice el tío Joey al tiempo que hace girar el sombrero entre las manos—. No sé cómo hacerlo. Te llamaré... —Se calla al notar la expresión de odio de Lina—. Le diré a Rosa que te llame.

El tío Joey anda hacia la puerta y la tía Rosa se agarra de su brazo cuando él pasa por delante. Antonia la oye decir: «No pasa nada». «No pasa nada...».

Lina se desploma en el suelo, temblando. De repente, Antonia comprende que los seres humanos son gotas de agua, parte de un todo cósmico y líquido.

—*Mamma*, ¿por qué les has dicho que se vayan? —pregunta Antonia.

Lina lamentará la respuesta a esa pregunta durante el resto de su vida. Mira a Antonia y, antes de darse cuenta de lo que está diciendo, farfulla:

—Tu padre está muerto por su culpa.


Como acto de supervivencia, Antonia no lo cree. Después de haber convivido con la cáscara vacía que es su madre durante una semana entera antes del funeral, sabe que, si la muerte de su padre es culpa del tío Joey, a ella ya no le quedará familia.

Durante muchas semanas después de la desaparición de Carlo, la madre de Lina se quedó con ella y con Antonia, agarrándole la mano a Lina cuando esta despertaba entre gritos, convencida de que el suelo había desaparecido, de que su cara había envejecido un siglo, disgustada por haber cedido al sueño. Su madre la consolaba y le acariciaba el brazo, y Lina se sentía bien porque volvía a ser un bebé.

Más adelante, cuando los días se hicieron más cortos y más fríos, la madre de Lina hizo las maletas.

—No puedes ser una desgraciada para siempre —le dijo—. Tienes una hija a la que cuidar.

La madre de Lina se despidió con un beso de Antonia, que esos días tendía a refugiarse en cualquier rincón. Y se marchó.

Entonces, durante un tiempo, Rosa empezó a visitarlas. Y, en lugar de comportarse como un bebé, Lina se enfadaba.

—¿Por qué nos casamos con esa clase de hombres? —preguntaba.

Rosa no contestaba porque no había respuesta. Nunca se había planteado no casarse con uno de esos hombres.

—¿Por qué no me detuviste? ¿Por qué no me dijiste algo? —le preguntaba Lina.

Y, por fin, también Rosa se cansó: tenía una familia propia

de la que ocuparse y las náuseas de los primeros meses del embarazo no la abandonaban. Así que un día Rosa se despidió con un beso de Antonia. Le dijo que fuera a verla cuando quisiera. Y se marchó a su casa.

Lina sintió un alivio inmenso.

La aliviaba tanto que la dejaran sola.


Cuatro semanas después de que un sacerdote desee a Carlo un descanso eterno y una luz perpetua, Lina proclama que no adorará a ningún dios que haya matado a su marido. Dedica los domingos por la tarde y la Nochebuena a leer obras de ficción («¡Obras de ficción distintas —dice ella— de esas con las que vosotros pasáis los domingos!»). Llena el piso de montones de libros; no de estantes, sino de libros: apilados junto a las paredes, escondidos en los armarios, calzando una mesita coja o mezclados con las bufandas del guardarropa.

Lo siguiente que anuncia Lina es que no volverá a acudir a una cena dominical. Ha terminado con eso, dice, ha terminado con esa gente. «Tú puedes ir —le dice a Antonia—. Ve si quieres hacerlo». Antonia se siente dividida. Ahora es la tía Rosa la que prepara las cenas de los domingos en su casa, que está justo al lado, y la comida está rica. Al final, Antonia empieza a escabullirse de su casa los domingos por la tarde y pasa unas horas en la compañía de una familia de verdad, un refugio cálido con Sofia en una casa manejada de manera real por adultos. Cuando vuelve, después de cenar, cargada de sobras que Rosa insiste en darle, a menudo se encuentra a su madre dormida en el sofá.

Durante la semana la casa está en silencio. Leen. Hay días en que ni siquiera se dirigen la palabra.

En algún momento de la primavera, Lina cae en la cuenta de que no ha pagado el alquiler en todo el invierno. Se imagina a sí misma y a Antonia como dos sintecho, sentadas sobre los charcos negros y viscosos que custodian las esquinas de las calles. Abre la boca, rompe en sollozos y se mete en la cama.

Antonia la escucha con paciencia, y cuando Lina ha vociferado la mayor parte de su letanía, llama a casa de Sofia y dice: «Mi madre necesita un empleo».

A la semana siguiente, como por arte de magia, Joey llama y dice que tiene un contacto en una lavandería industrial que se encarga de las mantelerías de los restaurantes y las sábanas de los hoteles.

—No es nada glamuroso —dice él—. Y me alegra seguir ayudándoos... a salir de esta.

Por supuesto era Joey quien había pagado el piso durante todo el invierno. Lina está atrapada. Depende de que su captor la libere, y él no tiene la menor intención de hacerlo porque ella no puede cuidar de sí misma sin su ayuda. La Familia nunca dejará libre a Lina; no la abandonará. «Con nosotros siempre estarás a salvo», está a punto de decirle Joey.

—¡No quiero vuestro puto dinero manchado de sangre! —le grita ella—. No quiero volver a tener nada que ver con él.

Joey miente: le dice que la lavandería no guarda ninguna relación con la Familia. Le promete que ella podrá mantenerse de ahora en adelante. Lina cuelga el teléfono y le dice a Antonia:

—Por fin hemos terminado con ellos.

Pero esa misma semana, Antonia se escabulle a la casa de al lado para la cena del domingo, en la que Joey se reprime para no apoyar una mano sobre su brazo y disculparse por seguir vivo. Y cuando se marcha, Rosa le pone un plato lleno de sobras en las manos.


Cuando casi es verano, Rosa se ausenta durante dos días y la madre de Rosa viene a cuidar de Sofia. La *nonna* es una mujer menuda, de genio vivo y llena de reglas estrictas sobre lo que las niñas deben y no deben hacer. Nada de correr. Nada de gritos.

Borra esa expresión de la cara. Presta atención en la iglesia. Los codos fuera de la mesa. Por el amor de Dios, estate quieta de una vez. Sofia arrastra los pies por la casa y desea que sus padres vuelvan. Se imagina siendo un chico, pero eso no la divierte; nota un vacío, que le falta algo. Así que Sofia continúa siendo una niña, aunque una no muy buena. Lleva los cordones desatados y el regazo manchado de aceite.

Rosa y Joey vuelve con Frankie mientras Sofia está en el colegio. Cuando llega a casa, su padre abre la puerta del piso y dice «chis», mientras señala hacia el salón, donde Rosa, sentada en el sofá, sostiene en brazos algo envuelto en mantas.

—Es tu hermana —dice Rosa.

Sofia abre mucho los ojos, da media vuelta y corre tan deprisa como puede escaleras abajo, cruza la portería y sube hasta el piso de Antonia.

—¡Tonia, Tonia, tienes que venir! —grita antes de que la puerta esté abierta del todo.

Antonia se está quitando el uniforme. El piso huele a pelo sin lavar, a fantasmas.

En el salón de Sofia, las dos niñas se congregan en torno a la recién nacida, Frankie, le acarician la cabeza y examinan los deditos de sus manos y de sus pies. Y, aunque no sea un intercambio exacto, ambas sienten que el mundo se equilibra: alguien salió de sus vidas, alguien ha llegado a ellas.

—*Mamma*, ¿de dónde ha salido? —pregunta Sofia.

Rosa se señala su barriga, ya menos abultada.

—Vivía aquí —dice—. ¿No te acuerdas? Podías verla moverse.

Sofia y Antonia miran a Rosa, y luego a Frankie. Sus miradas pasan de la una a la otra.

—Pero *mamma* —dice Sofia, por fin—, ¿cómo se metió ahí?

—¿Y cómo salió? —pregunta Antonia.

Rosa suspira.

—Ya os enteraréis cuando estéis casadas —dice—. Y, hasta entonces, debéis tener cuidado.

La respuesta no basta para saciar la curiosidad de Sofia y de Antonia, quienes acuerdan sin necesidad de palabras su intención de llegar al fondo de este tema lo antes posible.

Pasan horas antes de que Rosa se levante del sofá y deje a la dormida Frankie en la cunita que guardaban en el cuarto vacío del piso. Sofia la observa desde el quicio de la puerta. Intenta imaginar que Frankie vivirá con ellos para siempre.

Rosa se interna en la cocina. Huele a su madre, a jabón y a levadura, a su perfume con olor a rosas. Se encuentra la nevera llena y unas hogazas de pan tierno. Pone una de ellas, hecha por la *nonna*, y una cazuela llena de guiso, en las manos de Antonia, y la niña, a regañadientes, se marcha a su casa.

Esa misma noche, más tarde, a una hora que permite revelar los secretos más profundos al abrigo de la oscuridad, Rosa se sienta en el sofá para darle el pecho a Frankie y se echa a llorar. Lágrimas de gratitud, por la niña que tiene en brazos. De cansancio, por el esfuerzo realizado. Y de pura y simple tristeza, porque la última vez que Rosa amamantó a una niña en ese mismo sofá, Lina estaba allí para ayudarla.

En las semanas siguientes, Antonia pasa casi todo su tiempo libre en el piso de los Colicchio. Aprende a bañar a Frankie, a quitarle y ponerle el pañal, a mecerla. Sofia tiene más reticencias, se toma con cautela la presencia de esta nueva criatura que concentra toda la atención de la casa. Se debate entre protegerla y competir con ella. Pero, al final, también Sofia se deja seducir por Frankie. Aprende a hacerla reír.

A veces Antonia finge que el bebé es suyo, que ella es mayor y que vive en una casa de paredes de cristal a orillas del mar donde siempre hay un fuego encendido y música sonando desde alguna parte. Sofia, el bebé y ella bailan, se mecen y lo celebran.

Escuchan el romper de las olas. Ella piensa que, tal vez, cuando sea mayor, cuando sea madre, no echará tanto de menos a sus padres. Piensa que tener un bebé podría dividir su vida en un antes y un después, que la ayudaría a dejar atrás este capítulo triste. Porque, aunque la familia de Sofia la trata como si fuera una hija más, ella todavía siente que en la tela de su cuerpo hay un desgarrón y desea, con todas sus fuerzas, que alguien lo cosa.

Los niños son resistentes, y es por eso que, a vista de todos, Antonia parece estar bien al poco tiempo de la desaparición de su padre, cuando en realidad no lo está. Pero el mundo sigue girando, llevándola consigo.

Alrededor de Sofia y de Antonia, la economía rabia y escupe como lo haría un animal agonizante. A lo largo de 1931 y 1932, toman otro camino para llegar al colegio para evitar las chabolas que han surgido en terrenos vacíos, donde, según dice Rosa mientras sujeta a Frankie sobre una de sus caderas y tiende un bocadillo a Sofia para el recreo, «podría pasar cualquier cosa». «*Mamma*, no nos pasará nada», dice Sofia, rebelde a sus nueve años, y valiente, y envuelta en la certeza de que su familia siempre cuidará de ella, de que ella siempre sabrá cuidar de sí misma. A los nueve años, Antonia tiene una casa donde su voz levanta ecos. Un cementerio por salón, la tercera silla siempre vacía. «Podría pasar cualquier cosa, Sof», le dice, cogiéndola de la mano. «Vamos».

Sofia y Antonia aprenden vocabulario nuevo: acciones, colas del hambre, paro. El padre de Sofia está más ocupado que nunca. Ha contratado a más hombres. Dispone de menos tiempo para contarle a su hija cómo le ha ido el día, pero se cuela en su habitación cuando llega a casa con un caramelo o un dulce de limón y le susurra: «No se lo digas a la *mamma*». La madre de Sofia prepara verdaderos banquetes en las cenas de los domingos y todo el mundo se va a casa con fiambreras llenas de so-

59

bras. Sofia y Antonia contemplan a Rosa y a Joey dando vueltas por la sala, charlando con los nuevos trabajadores de Joey y con sus mujeres, con los padres de Rosa cuando vienen, con los hermanos y hermanas de Rosa. Los Fianzo ya no acuden. Se acabó el tío Tommy, se acabó el tío Billy. Por suerte, tampoco aparecen los niños Fianzo, cuyos dedos agresivos habían sido el horror de los domingos. Sofia y Antonia, sentadas en dos sillas pegadas la una a la otra, mecen a Frankie a medias y le dan judías verdes y cuscurros de pan. Hacen muecas cuando nadie las mira. Juegan a las tres en raya en una servilleta.

A veces, sobre todo cuando ya tienen diez y once años, Sofia deja a Frankie al cuidado de Antonia y se aventura a moverse entre los grupos de adultos que llenan las habitaciones de su casa. Lee el periódico por encima de los hombros de los hombres e imita sus suspiros de desdén sobre la economía, y escucha sus lamentos de que Roosevelt no será mejor que Hoover, y sus bromas acerca de que una nueva prohibición haría rica a la Familia de nuevo. «Big Joe, ¿esta es tu hija? ¡Te va a dar trabajo!», dicen. Ella se abre paso entre las colmenas conspiradoras de mujeres, que hablan sobre peluquerías y colmados para ocultar lo que de verdad quieren saber de las otras. A base de susurros, las mujeres hacen crecer las familias. Sofia aspira su perfume. La consideran precoz, intrépida, un poco tosca. No tardan en mandarla de vuelta con Antonia, y es a ella a quien le dice, por encima de la cabeza de Frankie y en voz baja, que «esa está embarazada» o que «aquellos quieren trasladarse a vivir al campo, pero no tienen suficientes ahorros». Una semana regresa con los brillantes detalles de lo que es el sexo, con la cara iluminada por la sorpresa y la emoción. A Antonia la horroriza descubrir la permeabilidad de su cuerpo. Le preocupa que la edad adulta no la haga sentir más sólida de lo que se siente ahora. Antonia es más feliz con Frankie, donde todo puede inventarse y creerse, donde nada tiene tanta importancia. Donde no tiene que ver la cantidad de adultos que se mueve por el mundo con mucha más fuerza y presencia que su madre.

La mayor parte del tiempo, Sofia y Antonia están aún demasiado absortas en el funcionamiento de su propia vida para dedicar mucho tiempo a pensar en el mundo que hay fuera de sus hogares, fuera de su propia arquitectura interna. Pero a medida que se hacen mayores, se van dando más cuenta de lo diferentes que son de sus condiscípulos. Por culpa de sus familias, Sofia y Antonia quedan expulsadas de los juegos del recreo, son rechazadas en los círculos de niñas cotillas. En el colegio se enteran de que la Familia es una banda de criminales. Unos abusones. Canallas que nos dan mala reputación a todos. Por lo tanto, las niñas de la Familia, como Sofia y Antonia, no son de fiar.

Gracias a escuchar detrás de la puerta, a levantarse descalzas de la cama para enterarse de cosas, Sofia y Antonia llegan a saber que la desaparición de Carlo guarda alguna relación con el hecho de escapar de la Familia, pero esa idea es tan absurda como escapar del aire o de la luz del sol. Imposible, incomprensible. Son demasiado jóvenes para pensar que la Familia está llena, por un lado, de canallas, y por otro, de gente como ellas. Siguen conectadas a sus raíces. De manera que ambas barajan la posibilidad de que también ellas sean criminales; de que, en el fondo, sean mala gente. Pero eso tampoco se les antoja cierto.

Sofia opta por endurecer la piel. No consigue considerarse la mala, ni tampoco imaginarse como la víctima. De manera que, justo antes de la adolescencia, Sofia se convence a sí misma de que ha elegido estar sola. «Esto es lo que quería». Sigue abrazando la cálida certeza de que Joey ayuda a la gente, de que es un honor ser parte de una de las familias de la Familia, de que el rechazo de los otros se debe a que no lo entienden. Cuando el tema de la desaparición de Carlo le viene a la cabeza, se esfuerza por enterrarlo.

Antonia se retrae en su propia piel, en su propia mente. Va con un libro a todas partes. Lee a escondidas en clase cuando debería estar hallando el valor de la x.

Y, claro, se tienen mutuamente. Así que, a los doce años,

cuando Angelo Barone acorrala a Antonia en uno de los rincones del patio y le dice que sabe que su padre murió y que se lo merecía, Sofia lo oye, levanta el puño y le propina un buen golpe en la mandíbula. «*Puttana*», escupe él, dirigiéndose a cualquiera de las dos. En los servicios, antes de volver a clase, Antonia lava con agua fría el puño enrojecido de Sofia. Sus miradas se cruzan en el espejo. Angelo no delatará a Sofia, nunca admitirá que una niña le ha dado un puñetazo. Sofia y Antonia adoptan la misma expresión fría y acerada, y vuelven a clase antes de que suene el último timbre.

Cuando tienen trece años, y Sofia quiere irse a escondidas para asistir a un baile que se celebra en el sótano de una iglesia cercana, Antonia le miente a su madre y la acompaña. Pasan la tarde alternando momentos de terror gélido con otros de asombro absoluto, en la densa atmósfera del tocador de señoras y en la brillante y líquida pista de baile. Son las más jóvenes del lugar, un hecho del que Antonia se lamenta mientras Sofia se yergue, con la esperanza de fingir que tiene quince años, o dieciséis, que es una jovencita segura de sí misma sin nada que esconder. Agarradas por los meñiques, mueven los brazos mientras vuelven a casa en una oscuridad en la que no deberían estar. La sombra de ambas parece una criatura que se arrastra por las calles de Brooklyn.

En la misma mañana exactamente, Antonia y Sofia despiertan con los muslos manchados de sangre. No piensan que se están muriendo: Antonia, siempre práctica, tenía ya un esquema, guardado en la mesita de noche, que arrancó de un libro de la biblioteca donde se explica qué hacer; Sofia, menos práctica, siente solo curiosidad. Se regodea en el olor a metal y almizcle, mete las sábanas en el cesto de la ropa sucia y se lo cuenta a Rosa, quien aprieta los labios, da instrucciones desde el otro lado de la puerta del cuarto de baño y dice que «ahora tienes que empezar a tener cuidado». Sofia cree entender que eso significa que es frágil, pero no se siente en absoluto así.

Sofia y Antonia se encuentran en la calle. No tienen que contarse lo que ha pasado. Ambas resplandecen por el cambio bajo la fría luz del sol de invierno.

No pasa mucho tiempo antes de que Sofia y Antonia empiecen a soñar con huir.

LIBRO SEGUNDO

# 1937-1941

Antonia se ha pasado diez minutos sacándoles punta a tres lápices hasta conseguir la misma longitud. Los guarda en el bolsillo correspondiente de su mochila, aplasta las cubiertas de la libreta nueva, se asegura de que las correas de la mochila también quedan a la misma altura. Antonia vive pendiente de esos rituales: se cepilla los dientes uno por uno para sentir toda la boca limpia, se ata los cordones de las botas formando óvalos idénticos, amasa las albóndigas hasta conseguir que sean todas iguales. Hábitos que le aclaran la mente y le hacen sentir que la vida es sencilla. Así que no es ninguna sorpresa que la tarde anterior a su primer día de instituto, una tarde cálida del mes de agosto, Antonia ya haya dispuesto por colores todos sus vestidos, haya ordenado sus libros por tamaños; haya cortado dos hogazas de pan en rebanadas perfectamente iguales.

Antonia espera con ganas su entrada en el nuevo colegio, un espacio mayor donde intuye que gozará de más anonimidad. Se imagina libre de las historias que la gente cuenta sobre ella. «¿Sabías que su madre no ha salido de casa desde que él murió? He oído que mató a cinco personas en Sicilia y que por eso tuvo que venir aquí. Me han dicho que ella lleva una de las camisas de su padre debajo del uniforme. He visto a otras mujeres llamando a su madre, y no daba la impresión de que fuera para intercambiar recetas».

Antonia observa la línea de su flequillo en el espejo y usa unas tijeras de coser para cortar los extremos de algunos cabellos que sobresalen; lo hace con cuidado, aguantando la respiración, y solo se da por satisfecha cuando el pelo en cuestión ha quedado de la longitud adecuada. Se aparta un poco del espejo para ver el resultado. En un día interminable y caluroso del pasado mes de julio, Sofia la convenció para que se lo cortase y ahora no le queda bien: los rasgos de su cara parecen más apretados, el flequillo se le apoya en la prominente línea de la frente. El viento lo agita a todas horas. Sofia dice que le gusta así, pero Antonia ha decidido dejar que crezca de nuevo. Encuentra un par de horquillas y se lo aparta de la frente.

A las siete, recalienta un guiso que la madre de Sofia les llevó el jueves. El aroma a tomate y a queso y la calidez del horno consiguen sacar a su madre de su escondrijo, en los confines de su butaca favorita.

—Huele muy bien —le dice.

Antonia está poniendo las rebanadas de pan en un cuenco, pero se detiene para darse la vuelta y besar a su madre en la mejilla.

—Lo trajo la madre de Sofia.

—Se porta demasiado bien con nosotras —dice Lina.

—Siempre hace comida de más —dice Antonia.

«Mira, cariño —dice Rosa al menos un par de veces por semana—, llévale esto a tu *mamma*. Ten cuidado, que pesa mucho». Su madre nunca llama a Rosa para darle las gracias. Antonia recuerda la época en que Rosa y Lina eran amigas, más aún que ella y Sofia. La lluvia de sus voces en el cuarto de al lado. La calidez que envolvía entonces el mundo.

—Estará listo en dos minutos.

—¿Estás emocionada por el nuevo colegio? —pregunta su madre.

A Antonia le sorprende que su madre tan siquiera recuerde que el colegio empieza mañana.

—Un poco —dice ella. Y añade—: Creo que estoy más bien nerviosa.

—Te va a ir muy bien —dice su madre.

—¿De verdad lo crees?

Está ansiosa por contagiarse de la confianza que le expresa su madre y, a la vez, no consigue creérsela del todo. En el cuerpo de su relación existe una vena visible e hinchada que siempre le recuerda que debe cuidar de su madre. Su madre la trajo al mundo, pero es ella la que debe esforzarse para mantenerse en él.

—No hables con nadie que lleve el pelo engominado —dice Lina, antes de volver a desaparecer por la puerta. Se refiere a los hombres de la Familia. El consejo flota alrededor de sus sienes.

Antonia se agacha para abrir la puerta del horno a ver cómo va la comida. Siente una bofetada de calor.


Al día siguiente, Sofia y Antonia van al nuevo colegio montadas en uno de los coches de Joey. Antonia no se lo ha dicho a Lina. Se mantienen en silencio durante los cinco minutos de trayecto y, a la llegada, contemplan el monolítico edificio gris que se alza ante ellas. Los estudiantes entran y salen por las puertas dobles de bronce. Sofia y Antonia están tan cerca la una de la otra que podrían darse la mano. Cuando suben la escalera las acompaña alguien que, a sus ojos, parece un adulto (¡lleva barba!), pero que resulta ser un estudiante, como ellas.

Sofia y Antonia se separan enseguida en la multitud que llena el gimnasio donde pasan lista. «Russo» debe unirse a una fila completamente distinta que «Colicchio». En el inmenso espacio reverbera el eco de voces chillonas adolescentes, el rumor de las filas, las carpetas que hay en esas mesas plegables donde un personal insulso reparte horarios mecanografiados a cada uno de los alumnos.

Antonia se rasca la cutícula del dedo índice con el pulgar hasta notar que se le levanta la piel. En su cabeza resuena su propia respiración. El vestido que escogió se le antoja demasiado estrecho, demasiado corto y demasiado infantil. Observa el bullicio que hay a su alrededor e intenta ocultar su creciente pánico.

Sofia está igual de nerviosa, pero saca un pintalabios que su madre desaprueba y se pinta los labios con la ayuda de un espejito que lleva en el bolso. En el espejo parece una niña jugando a los disfraces: la cara infantil y una oscura boca adulta.

—Es un color bonito —dice la chica que está justo detrás de ella en la cola.

Sofia sonríe y se da la vuelta. Le ofrece el pintalabios. La fila sigue avanzando y alguien tiene que advertirle que le ha llegado el turno.

—Soy Sofia Colicchio —dice mientras da un paso adelante para recoger su horario. La mujer que se lo entrega parece aburrida y gris, como el propio edificio.

La chica con la que Sofia compartió el pintalabios está en su clase. Sofia se entera de que se llama Peggy. Peggy tiene tres amigas, llamadas Alice, Margaret y Donna. Comen juntas en una cafetería que huele a goma vieja y a aceite refrito. Sofia busca a Antonia con la mirada antes de sentarse con ellas, pero no la ve.

Durante la comida, nadie pregunta a Sofia por su familia. Nadie le pregunta por su religión. Nadie le dice que tiene responsabilidades o que es distinta de las otras chicas. En su lugar, le preguntan qué chicos le parecen monos. Qué asignaturas le gustan más. Comen palitos de zanahoria y tiran el pollo pringoso a la basura sin que nadie les diga que no lo hagan. En el servicio, se suben las faldas un centímetro, se ciñen los cinturones y se ahuecan el pelo.

Pero Sofia echa de menos a Antonia durante todo el tiempo, hasta que suena el timbre de salida.

De camino a casa, en el coche, Antonia cuenta, como si fuera una gran noticia, que ha conseguido llegar a tiempo a todas las clases sin perderse. Que no ha tropezado, ni se ha desgarrado el vestido, ni se le han caído los libros en medio del pasillo; que ha abierto la taquilla al primer intento. Antonia le habla a Sofia de la biblioteca, donde hay miles, «miles y miles», de libros guardados en unos altísimos estantes metálicos que cualquiera, «¡cualquiera!», puede leer. La libertad de sentarse en una silla sin que nadie la mire. En ese primer día de colegio, Antonia era anónima y la embargaba la esperanza de que por fin había encontrado su lugar en el mundo.

Antonia no le dice a Sofia que ha pasado la hora de la comida en esa biblioteca, cambiando el tumulto de la cafetería por un estómago vacío y un montón de libros, por Austen y Whitman. Ni que se ha sobresaltado como un ciervo miedoso cada vez que alguien pronunciaba su nombre.

Y Sofia no le cuenta a Antonia que la ha echado de menos. En su relato del día solo hay un pintalabios oscuro y medias finas. La mirada elogiosa de un chico mayor. La armadura a prueba de balas que supone un grupo de chicas que se ríen juntas.


El domingo, pasada ya la primera semana de instituto, a Sofia se le ocurre que no debería asistir a la iglesia si no le apetece; la idea actúa como si fuera una bombilla, la deslumbra y no consigue ver nada más. Cuando se lo comunica a sus padres, a la hora del desayuno, su madre se enfada y Sofia le dice:

—No te pongas trágica, *mamma*.

Frankie abre la boca formando un agudo «oh» de sorpresa. Su padre ni siquiera responde hasta que Sofia dice:

—¿Me has oído, papá? He dicho que no voy.

Entonces él alza una ceja, la mira con ojos inescrutables y contesta:

—Termínate el desayuno.

Sofia no lo sabe, pero cuando su padre está trabajando y quiere recordarle a alguien una deuda pendiente, lo llama y lo invita a comer, sin mencionar en ningún momento la existencia de esa deuda. Al igual que en su hija, por las venas de Joey corre un poco de sangre turbia: se regodea en el nerviosismo que embarga a sus invitados morosos. El ánimo de ese hombre aterrado, ya sea el dueño de un restaurante, de un cine del centro, el encargado de un bar, suele oscilar entre la serenidad fingida y un pánico casi palpable. «Te juro que estoy a punto de pagar», dicen. «Solo necesito un poco más de tiempo, por favor». Joey se acaba la comida. Pregunta por la esposa y los hijos del otro. Menciona sus nombres. Acompaña a su invitado a su casa y dice: «Nos vemos pronto».

Cuando se ve enfrentado al tenaz muro de acero que se ha creado en torno a la piel y los huesos de su hija, Joey intenta adoptar esa versión de sí mismo que, sin decir una sola palabra, logra que un adulto tenga que hacer esfuerzos para no orinarse encima. Compone esa expresión facial calmada, los sutiles gestos de la mano, esa mirada implacable y altiva.

Joey Colicchio puede cargar un revólver en seis segundos. Su esposa aún se la chupa después de dieciséis años de matrimonio. Es el hombre más poderoso de la zona de Brooklyn que maneja.

Pero su hija de catorce años lo encuentra irrelevante y no parece impresionada en absoluto. «No puedes obligarme», dice en tono ligero mientras él señala con furia la puerta principal, donde el resto de la familia los está esperando. Más que la mayoría de padres, Joey se ve dividido entre ceder ante la fierecilla que tiene delante y exhibir una gran muestra de machismo. «Ya verás lo que puedo obligarte a hacer», se imagina diciendo. Pero siempre intenta dejar el trabajo en la puerta de su casa.

Frankie se marcha sintiéndose pequeña y solemne. Tiene seis años y está perdida sin Sofia. «Yo también quiero quedarme», declara con los ojos muy abiertos. Sofia nota un tirón en las cuerdas que le unen las tripas y el corazón, que le pregunta por qué no puede limitarse a ir, sentarse en el banco y pasarse la lengua por el paladar para limpiarse los restos pegajosos de la hostia. Tampoco sería tan grave, y Frankie no logra entender por qué Sofia se niega a hacer algo tan simple, algo que ha hecho todas las semanas. Al verse reflejada en los ojos de Frankie, Sofia se siente mezquina y boba, tozuda y rara. Incapaz de seguir la rutina cotidiana como todo el mundo. Pero Sofia aprieta la mandíbula y se niega a salir, ve a Frankie andando casi a rastras por el pasillo y cómo su padre traza con el dedo una línea lenta en la espalda de su madre mientras salen los tres. Está sola; está exaltada; en el piso se respira una irreconocible sensación de vacío.

Aquel día, por primera vez, Sofia pasa la mañana en casa. Observa a los transeúntes a través de la ventana del salón y se pregunta cuánta gente dispone de tanto tiempo los domingos, un día que, en su familia, siempre ha estado marcado por las prisas: primero a la iglesia, luego a casa para cenar y a la cama antes de que se haga demasiado tarde para descansar lo suficiente antes de que llegue el lunes. El piso parece enorme. Deambula hacia la cocina, pasando la mano distraídamente por la encimera y los respaldos de las sillas. Abre la nevera; mete el dedo en el ragú ya preparado para la cena; abre el envoltorio blanco de la panadería y corta un trocito de galleta rellena de mermelada. El azúcar le explota en la lengua; le humedece los ojos.

Sofia contempla el piso donde ha vivido siempre con ojos nuevos: ojos de instituto, ojos que han pasado la semana anterior en un mundo inaccesible para su familia. Sofia se está dando cuenta de lo sola que ha estado durante la mayor parte de su vida. Con la excepción de Antonia, no ha participado nunca de la dinámica del patio escolar; nunca ha sido el centro de un bullicioso enjambre de niñas. Tiene la impresión de haber tomado una bocanada de aire, de haber emergido del agua hacia la luz del sol, de haberse quitado de encima una capa de suciedad. En el centro de su persona ha surgido un brote de algo que recuerda a la ira, a los celos. Y que mira a su padre, a su trabajo, a la estructura en la que ha crecido con una suspicacia nueva. «¿Qué voy a hacer?».

Sola en el piso, Sofia se pregunta: «¿Quién voy a ser?».

No consigue imaginarse a sí misma cuando sea adulta. Sabe que se casará y que tendrá hijos. No puede recordar cómo ha asumido dicha información, pero está segura de que es cierta. El matrimonio es como una prenda de ropa que debes ponerte antes de salir de casa; ir sin ella es como pasear desnuda por las calles.

Al final de la calle hay una mujer que vive sola. Llegó de Sicilia hace muchos años escapando del horror, algo vago que nadie dice, pero que todos los padres entienden, «Sí, nosotros también», y que siempre tiene que ver con el hambre, con el hecho de ser olvidado. Llegó con una maleta de piel a cuestas, llena de hierbas, cartas que leen el futuro y una caja de madera, bien cerrada. Se rumorea que las mujeres que están de parto pueden llamarla y que ella las ayuda a quemar el cordón, a bajar las luces y a hacer pócimas con hierbas y flores; también enseña a las madres a dirigir bien los pezones para amamantar al recién nacido. Se rumorea que si te mira a los ojos nadie se enamorará de ti. Se sabe que puede maldecirte con una o dos palabras: le basta con eso para alterar tu futuro, para malograrlo. A Sofia le consta que es una bruja, y ella y Antonia dan un rodeo para evitar pasar por delante de la fachada del modesto edificio y de esa buhardilla cuyas persianas están siempre bajadas. Lo hacen por costumbre, porque es lo que han hecho desde que tenían seis años, a la vuelta del colegio, pero incluso la Sofia adolescente sigue llena de un miedo frío, un pánico estremecedor, cuando imagina a la bruja, a la que solo ha visto cuando iba a comprar, con los mechones rebeldes huyendo del sombrero, los dedos retorcidos asiendo las bolsas como zarcillos de guisantes en busca de algo a lo que agarrar. Nadie la mira, y esa idea aterra a Sofia. Qué vacío debe de sentirse al andar por el mundo sin que nadie te vea. Qué imposible resulta no ser vista. Cómo podría florecer nada ahí.

Sofia también sabe que, en caso de que necesitara de sus servicios, podría recurrir a la bruja, que la ayudaría a cambio de algo. Sofia se mira a sí misma y no encuentra nada de lo que desee desprenderse. Pero se siente invencible y no se le ocurre que nada pueda salir mal. Está en el punto culminante de sus catorce años; lo ignora todo sobre el sacrificio.

Cielo, tierra, algún día serás madre: esas son las constantes. A Sofia le interesan los chicos como fuentes de atención. Le interesan como aventuras. Nota un cosquilleo, una necesidad urgente en las costillas y en la lengua cuando piensa en besar a uno. Se imagina exhalando en una boca abierta, creando un aliento nuevo que existe solo entre ambos cuerpos. Sin embargo, no logra imaginarse con dos críos a rastras por la calle mientras la bolsa del supermercado le resbala del hombro. No se imagina en el papel de su propia madre, con el pelo siempre en su sitio, alguien que, desde detrás del escenario, ha dominado la coordinación necesaria para mantener a dos niñas y a un marido alimentados, vestidos y limpios, pero que a veces se agarra a la pila, hunde los hombros y respira con fuerza, llenando la cocina de un aire que sabe a agotamiento. Su padre mira a su madre, pero ¿no es el único que lo hace? Sofia quiere pertenecer al mundo.

A ella le resulta más fácil imaginarse en el papel de Joey. Su padre avanza por el mundo a pecho descubierto. Si su madre está detrás del escenario, su padre es la estrella del espectáculo. A él lo miran, lo escuchan, le hablan. «Pero yo no haría lo que él hace», se dice Sofia. Ella sabe a qué se dedica. En Joey hay algo que la enoja, que le hace apretar los dientes. Por su culpa, otras familias cruzan de acera cuando ven a los Colicchio. Por su culpa, los niños del colegio la rehuían. «Es mejor no hacer preguntas», le ha dicho Rosa. Sofia tiene el presentimiento de que hacerse mayor implicará hacerse más pequeña. Lo bastante para encajar en espacios estrechos.

Sofia está empezando a darse cuenta de que la libertad de esta mañana de domingo lleva camino de trocarse en aburrimiento cuando ve a Antonia, ataviada con un vestido rojo de brillantes botones negros y mangas japonesas, bajando por la calle. Sofia acerca las manos y la nariz al vidrio y aguanta la respiración para que no se empañe mientras la ve doblar la esquina.

Antonia le habría contado que iba a la peluquería, o al supermercado, o a la oficina de correos; es decir, si se tratase de algo rutinario. Y la habría invitado al cine o le habría pedido consejo si tuviera la intención de ir a algún lugar prohibido y escandaloso, («¿un domingo a mediodía?»), como Central Park, donde tienen absolutamente vedado acercarse solas, o Coney Island, donde el aire huele a sal y a extranjero, y se ven hombres con mirada bovina que entran y salen del espectáculo de *freaks* arrastrando los pies.

Cuando la familia vuelve de misa, Sofia aguanta con paciencia el sermón de su padre, que, aún con el traje de los domingos, le recuerda la necesidad de participar en las rutinas familiares y de obedecer las órdenes. Asiente con la cabeza mientras su madre dice, conteniendo las lágrimas: «Sofia, a veces una debe hacer cosas que no le apetecen». Ella lo sopesa. «¿De verdad?».

Pero Sofia pasa el resto del día embargada por una curiosidad profunda, maníaca, que le hace temblar los dedos y la lleva a rascarse el talón izquierdo con el pie derecho hasta hacerse una rozadura. Que la impulsa hacia el teléfono cuatro veces y a marcar el número de Antonia en dos de esas ocasiones para luego colgar. Que le hace morderse la uña del dedo índice hasta sangrar.

Antonia llega a las cinco, para cenar, y Sofia reprime las ganas de preguntarle dónde ha estado. Hace dos años se lo habría soltado al momento. Habría metido a Antonia en un armario perfumado e íntimo y le habría susurrado: «Dime, ¿adónde ibas?». Habría levantado los brazos y le habría hecho cosquillas hasta que Antonia le revelara el secreto, hasta que este cayera al suelo, entre ambas, para ser observado. Pero hoy Sofia está convencida de que admitir que Antonia tiene un secreto solo empeorará las cosas. Preguntarle por él sería como recoger todo el poder de la habitación, meterlo en una pequeña urna dorada y depositarlo en las manos ansiosas de Antonia, mientras ella quedaba reducida al papel de rogar a sus pies. Sofia pasa la cena dibujando un círculo con trocitos de berenjena en el plato. No dice nada.

En un acto de desafío que se le antoja a la vez una muestra de rebeldía y una vuelta a casa, Antonia lleva varios meses escapándose los domingos por la mañana. Deja atrás a Lina, a sus cigarrillos finos y sus delicados tobillos cruzados embutidos en las zapatillas marrones de estar por casa, a sus libros interminables y a todas las cosas que se le han olvidado: el peine, la taza de té que se enfría, el suéter fino, la montaña de correo. Todo queda abandonado donde estaba. Deja atrás a Sofia, a esa voz fuerte y segura de sí misma, capaz de insuflar a Antonia la energía que necesita, pero también de agotarla. Lo deja todo para ir a la misa que se celebra en la iglesia del Sagrado Corazón de Jesús y María el domingo a las once.

A sí misma se dice que va por el olor. Una combinación de incienso, libros viejos y aire dulce que ha quedado atrapado en las vigas cavernosas para ser respirado por los parroquianos poco a poco. Un olor a pino cortado en invierno y a piedra metálica fresca en verano, y, durante todo el año, embargado por el distintivo aroma floral que desprende el alivio.

Pero, sin duda, no es solo el olor. Es el orden profundamente asumido, las reglas definidas sin ambages. La letanía familiar del kirie, la textura de las palabras latinas acariciándole la piel, el ritual de arrodillarse, el parpadeo rítmico de las velitas del altar, el murmullo del incienso. Es la capacidad de confiar, durante una hora a la semana, en que hay otra persona al mando.

Antonia se apoya en las rodillas. Cuando se santigua, su futuro parece colgar de las vigas de la iglesia. «Hola, papá —reza—. Te extraño».

Aquí extrañar a alguien tiene un significado claro. Ella extraña la luz de su casa, el ruido de los pies de sus padres cuando bailaban abrazados en el comedor. Extraña el hecho de levantar la mirada y encontrarse siempre con la de Carlo, la ventana abierta al amor que veía en su cara, esa certeza absoluta. La mano de su padre en su espalda mientras ella se sumergía en el sueño.

Y es aquí donde Antonia ha llegado a la conclusión de que quiere algo distinto de lo que se le ha ofrecido hasta ahora. Que no desea terminar como su madre: conformarse con un marido que ya no está y con una hija para la que ya no es realmente una madre. Es aquí, en los silencios que reinan entre las respiraciones, donde Antonia se ha dado cuenta de que quiere diseñarse su propia vida. Una en la que los padres no desaparezcan sin razón alguna y donde la vida no esté sujeta a tantas reglas inmutables, tácitas, que podrían ahogarte en tu propia cama.

Esa noche, durante la cena, Antonia mastica despacio, sin apenas degustar la comida. La cacofonía del domingo la rodea, pero Antonia se retrae en la silla, intentando pasar tan desapercibida como le es posible. «¿Mañana, al colegio?», le pregunta el padre de Sofia, pero, puesto que no se trata de una pregunta de verdad, ella se escabulle con un «sí» y devuelve la atención a su plato. Dejando a un lado la biblioteca, donde se refugia siempre que tiene un momento libre, el instituto ha constituido una decepción. Antonia es anónima, eso seguro. Hay menos críos de su antigua escuela de los que esperaba encontrar. Nadie ha cuchicheado sobre su padre ni ha mirado con condescendencia a su madre; nadie sabe nada de ellos. Ella y Sofia no tienen clases en común, algo que no había sucedido antes. Sin Sofia a su lado ha descubierto, para desilusión propia, que es un ser tímido, pequeño, fácilmente empujado por los pasillos. «Exactamente igual que mi madre», se dice para sus adentros, y el disgusto es como un trozo de comida atascado en su garganta. «Perdió a su marido», se dice Antonia, que es lo que todo el mundo dice sobre Lina cuando intentan despertar compasión o justificar las partes de ella que ya no parecen encajar con las del resto del mundo.

En la puerta de al lado, sola, Lina se acomoda en el sofá donde pasa los días y siente que el vacío del piso le zumba en los oídos. Qué raro resulta vivir en un mundo completamente distinto del de la gente con la que antaño compartías la vida. Qué improbable es mantener la misma cara que has tenido siempre y a la vez un alma irreconocible.

Esa noche, tumbada en la cama, Sofia imagina que Antonia tiene una nueva amiga. En su cabeza, la otra chica es más alta que ella, y más delgada, y tiene los ojos más brillantes. Es más callada y más tranquila. No contesta mal, no pierde los nervios; se parece más a Antonia. En la imaginación de Sofia, Antonia es mucho más feliz con su nueva amiga. Ya no la necesita a ella para nada. Las dos se cogen del brazo y comparten los secretos quedos de las amigas que se tienen confianza; se ríen en voz baja; las axilas nunca les huelen mal. Sofia se deja vencer por un sueño inquieto, poco reparador, y despierta al día siguiente con la sensación de que ha olvidado algo terrible.

En el segundo lunes de instituto, Sofia no le pregunta a Antonia qué hizo el fin de semana y Antonia no sabe cómo contarle a su brillante y hermosa amiga que ha empezado a ir a misa los domingos. En los últimos tiempos, los rasgos de su padre se encuentran en el borde de su memoria, resistiéndose a aparecer con claridad.

Y así, ese año Sofia y Antonia guardan sus primeros secretos la una con la otra. Se separan. Y en cada una de ellas empieza a crecer algo nuevo.


Lina Russo no es un fantasma. Todavía es una mujer. Se siente viviendo dentro de una piel que, cuando se mira al espejo, parece la de siempre.

Pero es una mujer congelada en el tiempo. Su vida terminó la mañana en que Carlo desapareció. Había pasado toda la vida temiendo que llegara ese momento, o, cuando era una niña, temiendo que alguien como Carlo hiciera algo parecido a desaparecer.

Lina siempre ha tenido la sensación de que cualquier mundo que se construyera alrededor de ella podía serle arrebatado.

Sabe que, después de que haya sucedido lo peor, ya no hay nada que hacer.

Pero han transcurrido siete años, y Lina también guarda un secreto. Y es que en los últimos meses, cuando Antonia se escabulle de casa (para ir a misa, Lina lo sabe, el olor a incienso le resulta tan reconocible como el de su propia piel), Lina se echa un chal sobre la cabeza y se desliza por la calle a toda prisa hasta llegar al inmueble más pequeño y deteriorado del barrio. Llama tres veces a la puerta y nota que el corazón le late enloquecido en el pecho, en las puntas de los dedos y en las cuencas de los ojos. Entra en la casa de la maga del barrio.

La primera vez fue a buscar la respuesta de una pregunta: «¿Dónde está mi marido?». No sabía de dónde había surgido de nuevo esa cuestión, y con tanta vehemencia, tantos años después de la desaparición de Carlo. Pero, por supuesto, la maga no está allí para responder a las preguntas tal y como le son formuladas: está para ayudar a que los clientes encuentren las preguntas que no se están haciendo. «¿Quieres una poción de amor?», le había preguntado. A los americanos les encantan las pociones. Son el pan y la sal de la maga, por decirlo de algún modo. Lina no quedó satisfecha y se marchó frustrada. «La *mamma* tenía razón», pensó. «Esto son tonterías de viejas».

Sin embargo, a la semana siguiente, Lina se encontró en el mismo lugar. Y desde entonces no ha dejado de ir.

Allí, los miedos de Lina se evaporan bajo la mirada cálida de una vieja que apenas habla inglés. Los miedos quedan expuestos en las cartas del tarot y se discuten en voz baja con una taza de té con pétalos de flores flotantes. Lina aprende el ciclo de la luna llena, y en los bolsillos lleva unas crujientes vainas de habichuelas. Aprende a distinguir los cuatro puntos cardinales por la altitud del sol, la longitud de las sombras y la dirección del viento. Se sitúa en la tierra. Siete años después de la muerte de su marido, Lina Russo, no un fantasma, se descubre descansando en el pecho de La Vecchia. Una criatura anciana e indómita, cuyas historias y ritmos la llevan a un lugar donde ella se siente en casa de una manera atemporal, extraña, misteriosa.

Por primera vez en su vida, Lina ha hecho algo solo porque quería hacerlo en lugar de seguir consejos ajenos. Por primera vez es ella la que escoge, y no le importan las opiniones de los otros. Si La Vecchia es una calle a cruzar, Lina lo está haciendo sin mirar.

Y, sin tan siquiera darse cuenta, tal y como lo hizo cuando era una niña, Antonia empieza a contagiarse del humor de Lina y a ocupar espacio en su casa de acuerdo con su nuevo talante. En su casa desciende el silencio: la bruja y la chica católica comen lasaña.


Durante el primer año de instituto, Antonia y Sofia pasan más tiempo separadas que juntas. Sucede de una manera lenta y simple, y por ello, cuando empiezan a no ir juntas al colegio por las mañanas, el hecho se les antoja casi natural.

Antonia pasa horas estudiando con el entusiasmo del sediento que encuentra un riachuelo de aguas puras. Nunca se siente del todo cómoda en el barullo de los pasillos, pero aprende a solazarse en la biblioteca, en las páginas de los libros de texto. Estudia francés y latín. Lee con voracidad. Dibuja parábolas y memoriza las fechas de las batallas más famosas de la independencia americana. Todos los días, de camino a casa, Antonia se examina a sí misma. Susurra la ecuación de las raíces cuadradas. Recita el fragmento inicial del *Inferno*.

Por las tardes friega los platos de Lina: las tazas antiguas con manchas ambarinas y los platos donde se han incrustado las migas de las tostadas. Hierve pasta, recalienta sobras o va a comprar sopa al restaurante, e intenta lograr que Lina se siente a la mesa, que coma algo, que le pregunte qué tal le ha ido el día. De la mesa pasa a los libros y se imagina en el papel de Antígona, enterrada con sus principios, su dios y su pérdida inimaginable. O se siente como si viviera a la intemperie y echara paladas de tierra oscura sobre la tumba de Lina. Antonia es Penélope, abandonada por aventureros más valientes. Es Circe, con la única compañía de los fantasmas de las cosas que ha perdido. De esta manera, Antonia se las apaña para visitar estados emocionales tales como la ira, la amargura y la pasión, que siempre se ha negado en la vida real, donde está demasiado atareada intentando sobrevivir para pensar en cómo se siente.

Por la noche, cuando está a punto de dormirse, Antonia deja los libros, cierra los ojos y extraña a Carlo. Lo hace con cuidado, siempre por pocos minutos. «Buenas noches, papá», susurra para despedirse.

Sofia encuentra a un grupo de chicas mayores, de labios pintados y peinados de peluquería, con el que se intercambia notas cuando los profesores no están mirando y con quienes sale al pasillo a charlar entre una y otra clase. Si saben algo de su familia, se abstienen de comentarlo. Es posible que ni siquiera les importe. De sus nuevas amigas aprende la importancia de un vaivén de caderas, de una buena manicura. Empieza a prestar otra atención a la hora de vestirse. Se atreve a presentarse a cenar con aire orgulloso y los labios brillantes. Empieza a notar las miradas de otros alumnos, que la siguen cuando camina por el pasillo, y la mayoría de esos encuentros la hacen sentir más alta, más llena de sangre roja y de coraje.

Así pues, armada con una popularidad a prueba de balas, ella pasa de una amistad a otra, de una obsesión a la siguiente. Y aunque es cierto que la opinión general es que Sofia Colicchio es «un poco imprevisible» (tal y como comentan sus nuevas amigas, las peinadas de peluquería, y los chicos con los que se ha dignado a quedar, e incluso los profesores, en cuyas clases «no se esfuerza todo lo que podría»), también es verdad que posee el mismo encanto adictivo que caracteriza a su padre, de manera que la gente no puede evitar acercársele. Y, aunque ella no es del todo consciente de eso, cierto es que su voluble elección de amigas se convierte en un material preciso y de leyenda: un cambio regular, un círculo rítmico de fascinación y de llanto. Se encariña de repente con una chica y luego la deja de lado con la misma brusquedad. Pero las otras siguen expectantes de todos modos, porque pasar un par de semanas, o cuatro, o nueve, gozando de la atención de Sofia es algo por lo que merece la pena esperar: intercambiar sonrisas de soslayo con ella, sumergirse en la luz brillante de sus ojos agudos y oscuros. A pesar de los rumores que circulan sobre su familia. A pesar del peligro que zumba a su alrededor como si fuera energía estática. A pesar de la crueldad que tiñe sus caprichosos afectos, de la rapidez con la que las relega, del crepúsculo de esa atención cuando se pierde en el horizonte. Ser su amiga merece la pena. Oh, sí, la merece, sin duda alguna.

Por supuesto, también merece la pena plantearse si es amor o amor de verdad, y la verdad es que esto último no ha sido el caso: para Sofía, la línea que separa esas amistades adolescentes se difumina. Y es justo reconocer que Sofia quiere de verdad a esas chicas, pero sin darle ese nombre. De manera que pasa de una a otra, y cada vez que deja a una atrás se siente un poco más ella misma. «Yo no soy así, yo no soy así, yo tampoco soy así. Estoy hecha de otra pasta». Siempre poseída por una electricidad inimitable, Sofia empieza a hacer gala de su poder. A probar sus límites.

Un día, Antonia le comenta que va a misa todos los domingos, sola. Lo menciona de pasada, y está claro que no le importa lo que piense Sofia tanto como antes. Esta no le pregunta por qué va. Antonia oye el rumor de que Sofia ha permitido que Lucas Fellini, el chico más aburrido del colegio, le meta la mano debajo de la blusa, pero no se atreve a confirmarlo con ella, ni a preguntarle cómo fue. «¿Tenía la mano fría?», se pregunta. «¿Llevabas esa blusa con los botones que se pegan?».

Sofia y Antonia empiezan a llenar el espacio entre ellas con historias sobre el futuro. Durante el primer año de instituto, Antonia decide que irá a la universidad. Se ha dado cuenta de que leer, que siempre ha supuesto una manera de huir de su presente inmediato, podría convertirse en la vía de escape de toda su vida. Se irá de Brooklyn, dejará atrás a la Familia para siempre; no como ha hecho su madre, retrayéndose en su caparazón, sino dando un fuerte paso adelante, consiguiendo algo que es nuevo. Y entonces conocerá a alguien que nunca haya oído hablar de la Familia. Sus hijos nunca sabrán nada de ella. Nunca se sentirán marginados en el colegio; su padre nunca desaparecerá sin dejar rastro. Antonia, la exploradora del Ártico, la caballera a caballo, la aventurera del safari, se salvará a sí misma y a su familia del paisaje indómito donde que ella vive dejada de la mano de Dios desde la muerte de Carlo.

En esos sueños, ella se compra una casa con un gran porche. La llena de niños y de un marido, y Lina los visita en vacaciones y Sofia, los fines de semana. Nadie va a trabajar. Nadie habla del pasado.

Sofia siente el cambio de la marea que, sin lugar a dudas, está por venir: terminará embarcada en una aventura imprevisible. Tendrá una vida que aún no ha podido ni soñar. Se librará de todas las cadenas que impone la feminidad que ya siente que le constriñen el futuro.

A Sofia no se le escapa que, como Rosa, está usando esas mismas cadenas siempre que puede en provecho propio. Sofia aprende a mirar de soslayo, a mostrarse impenetrable. Se permite salir con Lucas Fellini, pero, por supuesto, el rumor sobre esa mano torpe manoseándola por debajo de la blusa es absolutamente falso.

Ese año, Sofia aprende a recorrerse el cuerpo con las manos. De pie, a solas delante del espejo de su cuarto, encuentra un lugar suave en el centro de sí misma. Debe de ser lo que, según Rosa, necesita protección. Debe de ser el corazón frágil, aquello que la hace vulnerable. La causa de todas las guerras, la fuente de la vida.

Y casi le basta con eso.


Antonia y Sofia se saludan cuando se cruzan por los pasillos; se sientan juntas y se preguntan «¿cómo te va?» en las cenas de los domingos. Es como si su amistad estuviera en un compás de espera, congelada, y cuando están juntas ambas tienen que viajar en el tiempo a un lugar donde hablan el mismo idioma. Siempre tienen que ocultar algo de sus yos del presente. La cara inmutable de Antonia refleja las falsedades de Sofia. Con sus nuevas amigas, Sofia nunca se plantea si necesita ese suéter nuevo, ni un perfume para el cuello. Antonia, con su aire estudioso y sus zapatos cómodos, la hace sentir como si fuera un fraude. Y si en el pasado estar junto a su amiga había dado fuerza a Antonia, ahora siempre se nota torpe e incómoda a la sombra de esa luz, e incluso, siendo sincera, sospecha de ese nuevo tipo de afecto que se ha establecido entre ambas. Qué inquietante resulta cuestionar los motivos de alguien que ha sido siempre tu brújula. Qué duro es preguntarse si, a pesar de los lazos familiares y de las promesas y juramentos de amistad que intercambiasteis, la verdad es que al final estás sola.

Entrada la noche, cuando las horas ya parecen no tener nombre y el cuerpo de Antonia acusa el cansancio mientras su mente avanza a millones de kilómetros por minuto, a veces apoya una mano en la pared que separa su habitación de la de Sofia. Al otro lado, Sofia a veces apoya la frente en la pared. Cada una de ellas se imagina que la otra sigue estando allí.

Antonia vive obsesionada con las noticias de los periódicos. Ve que los hombres y los muchachos de Hitler avanzan a través de Checoslovaquia y se los imagina, cuando se apaga un poco el ardor del verano, filtrándose en territorio polaco como lo haría un vaso de agua. Intuye que el mal emana de entre las grietas que empieza a percibir en el mundo que la rodea.

Cada día que dedica a atender a su madre la agota, y eso que Lina está un poco distinta ahora, más ocupada, menos frágil. Lina no ve la necesidad de planchar sus pensamientos para que resulten inteligibles al resto del mundo, y así sus días están salpicados de estrofas de canciones que cantaba su madre, de retazos de recuerdos que le cruzan la mente. Antonia prepara el desayuno para las dos y Lina se levanta de la mesa, con el plato intacto, y declara que no puede comerse una tostada que está a temperatura ambiente, o, a veces, sin tan siquiera decir nada: se marcha envuelta en un silencio inexplicable. Lina entra en una habitación y se pone a pensar en las cosas que podría haber hecho aparte de casarse con Carlo. Podría haber sido escritora, por ejemplo. Podría haberse hecho amiga de Zelda Fitzgerald. Podría haber sido dependienta, una de esas jóvenes elegantes y altivas que parecen estar a sus anchas en cualquier situación y cuyas siluetas esbeltas y bien vestidas destacan dondequiera que van. «Y, en cambio, aquí estoy», dice Lina, levantando unas manos siempre cubiertas de grietas y de gruesos callos debido a su trabajo en la lavandería industrial, donde pasa los días lavando sábanas para hoteles de calidad media. «En cambio, perdimos a tu padre». Antonia piensa en ir a casa de Sofia unas mil veces al día, pero se detiene por una sensación difusa de orgullo y de temor. Se ha creado una distancia enorme entre ambas. Sofia lleva la máscara de las mujeres que solían admirar como si la hubieran hecho específicamente para ella. Siempre la ve maquillada y perfecta, y la mera idea de acercarse a ella en busca de consuelo la repele. Antonia ha estado trazando planes para entrar en Wellesley, para convertirse en profesora de Lenguas clásicas, para envolverse en un halo de libros y de soledad, como Emily Dickinson. Ni siquiera ella puede negar que esas ilusiones tienen un componente fantasioso e improbable. «La gente muriendo ahí afuera y tú pensando que irás a una universidad que no puedes pagarte». Verse a través de los ojos de Sofia solo empeoraría las cosas.

De manera que Antonia se encierra en sí misma. «Algo se acerca», dicen los titulares de los periódicos, los programas de radio, las palomas quisquillosas que se pelean por un puñado de migas en la calle. Si Antonia cierra los ojos, siente que esa sensación la inunda. «*Malocchio*», lo llama su madre. Mal de ojo. Antonia tiene dieciséis años.

El mundo se tambalea.


De repente, Sofia y Antonia parecen dos mujeres distintas, en lugar de dos niñas intercambiables. Sofia ha estirado y se le han redondeado los labios, los ojos, los hombros y las caderas; da la impresión de que su cuerpo oculta innumerables sorpresas, como si en cualquier momento pudiera echarse a reír o estirar los brazos por encima de la cabeza. A Antonia se le ha oscurecido el cabello y los dedos de los pies se le han alargado lo bastante como para dar a sus andares una gracia única.

Por supuesto, a los dieciséis años, tu cuerpo revela a traición cosas que serán verdad con el tiempo, pero que aún no puedes asumir del todo: pese a sus miembros esbeltos, Antonia se siente descuidada y torpe, y Sofia, con frecuencia, se aburre mortalmente; está ansiosa por moverse, espera con impaciencia que suceda algo nuevo.

Frankie tiene ya ocho años, y es una niña precoz, tan observadora como Rosa. «¿Por qué ya no vienes tanto a casa?», le preguntó a Antonia el domingo pasado, y Antonia notó que se le encogía el estómago, como si alguien la hubiera pillado en falta, y luego volvió a ayudar a Rosa a poner la mesa. Las dos mesas plegables que guardan detrás del sofá se limpian y se colocan una al lado de la otra para acoger a todos los comensales; hay una larga banqueta de color marrón que, una vez instalada en el comedor, permite que diez personas se sienten, muy pegadas, en lugar de las seis que cabrían si utilizaran sillas.

Todas las semanas, Sofia y Antonia mantienen conversaciones sobre temas amables mientras ponen la mesa, cortan las cebollas o quitan el polvo de las copas de vino. Se sienten lo bastante cercanas como para inhalar a la otra; ese rato les basta para no tener que sentirse culpables por dejar que su amistad se erosione fuera de allí. Y las dos llegan a la misma conclusión: «Se la ve contenta. Parece feliz sin mí».

Sofia y Antonia llegan al final del primer año de instituto cuando el mes de junio de 1940 empieza a sofocar con ganas. A la semana siguiente, la radio anuncia que Italia se ha unido a Alemania, y Antonia y Sofia se encuentran atrapadas en el apartamento de esta última rodeadas de un buen número de cuerpos conocidos, todos inquietos por el incipiente calor veraniego. Se sirve el vino y la sala se llena del humo denso de los cigarrillos. Un montón de sombreros, suéteres y libros de bolsillo ocultan el escritorio de Sofia.

—Va a pasar lo mismo que en la Gran Guerra —dice el padre de Rosa.

El abuelo apenas aparece en esas cenas, pero cuando lo hace su figura dirige la sala: se apoltrona en la silla de Joey, enfrente del sofá, y cruza las manos sobre la barriga. Ese gesto de deferencia por parte de Joey sirve para aliviar la tensión natural que existe entre yernos y suegros, pero es también una manera de mantener su estatus: «Mirad lo seguro que está de sí mismo», piensa la gente. Joey puede ceder poder sin temor a perderlo. «Mira qué honorable».

—Nos veremos reducidos a las funciones esenciales. A lo estrictamente necesario.

—¿Y eso qué implica para nosotros? —pregunta Paulie Di-Cicco.

La habitación se queda en silencio. Cinco hombres vuelven la cabeza hacia Paulie, el nuevo hombre de Joey, que no debería haber hablado fuera de turno. Las mujeres, también Sofia y Antonia, notan la leve tensión del momento de silencio.

—La ansiedad de la juventud —dice Joey, a modo de disculpa.

El ambiente se relaja. Las mujeres vuelven a su círculo. Sin darse cuenta del todo, Sofia y Antonia se acercan la una a la otra. Antonia está poniendo las servilletas en las argollas una por una. Sofia le está sacando brillo a un montón de tenedores. Las dos aguzan el oído para escuchar lo que se dice en la zona de los hombres.

—Pero, papá —dice el tío Legs, el hermano mayor de Rosa—. Todas las familias son solventes ahora mismo. No puede ser tan malo como fue la última vez. Las cosas nos van bien.

—No será como la última vez porque esta no es una guerra absurda —dice Joey, y sus palabras levantan un rumor taciturno.

La Familia no logra decidir qué debe pensar. Como italianos, quieren apoyar a su país en cuerpo y alma, aunque hacerlo se haya convertido en una tarea complicada después de años de rumores sobre el nuevo orden que ha dictado Mussolini. Pocos

90

se sorprenden de que los pueblos económicamente devastados de los que ellos y sus familias huyeron hayan caído presos de este nuevo mal. Como inmigrantes, desconfían de la guerra y no están seguros de creer las noticias de las atrocidades inhumanas que se cometen contra todos los que no se alinean con los objetivos del Tercer Reich. Como americanos, desean apartarse de otra tragedia europea, desenredarse del nudo estrecho de política y cultura que arrastra a su primo transatlántico hacia la debacle.

Como hombres de negocios que son, aunque sea a su manera, se sienten intrigados. Terminada la prohibición, las finanzas se han vuelto inciertas, volubles; se mantienen gracias a los pagos a cambio de protección procedentes de negociantes pequeños y fácilmente asustadizos —una floristería conocida por sus hermosos y caros ramos de novia, un importador de alfombras de la Atlantic Avenue, una agencia de viajes que planifica las vacaciones de verano de Rockefellers de segunda fila—, pero no lucen como en la época en que el vino valía su peso en oro. Saben que la guerra hace escasear los bienes. Y que, pese a ello, estos siempre pueden obtenerse si uno conoce a la gente adecuada y está dispuesto a pagar el precio que piden. Se dan cuenta de que la guerra en Europa provocará que la gente quiera marcharse. Que quieran irse a algún otro lugar, donde necesitarán ayuda: la clase de ayuda que puede prestarles un discreto grupo familiar que conoce todas las rutas secretas al este del Mississippi y a lo largo de toda la frontera canadiense.

Rosa llena las copas con un nerviosismo poco habitual en ella. Al final de la última guerra, Rosa conoció a Joey, y la adrenalina que recorría el mundo precipitó todo el noviazgo; llenaba la sala cuando languidecían sus conversaciones; daba luz y esplendor a los edificios grises que se habían convertido en su horizonte. «¿Qué podría pasar ahora?», piensa ella mientras busca a Joey con la mirada. No le interesan los cambios. Tiene a sus preciosas hijas, a su marido: Rosa ya está satisfecha.

Joey está distraído, al otro lado de la sala, y no se fija en su mujer. Si la viera, le sonreiría. La incertidumbre ha sido algo lejano para él durante tanto tiempo que ahora se siente animado, saluda a sus hombres con vigor y brinda con ellos. Se siente despierto: la inestabilidad lo atrae, lo carga de electricidad. El peligro de la complacencia es que te cansa. Te vuelve aburrido. Te distrae del calor mientras el agua empieza a hervir a tu alrededor.

Más tarde, cuando los relojes han vuelto a ponerse a cero y las conversaciones se han fragmentado entre pequeñas células especulativas que contrastan opiniones por los pasillos y los rincones del salón, Antonia y Sofia se encuentran a solas en la habitación de esta última.

Cuando los torpes esbozos de su amistad no quedan aguados por la presencia de los otros, el aire se vuelve de repente denso e inmóvil. Antonia no puede evitar la tentación de moverse todo el rato y Sofia no puede mirar a Antonia a la cara.

—Bueno —dice Sofia—, supongo que las cosas serán distintas a partir de ahora.

—Las cosas pueden cambiar en todo momento —dice Antonia, y enseguida quiere tragarse esas palabras. «¿Por qué siempre tienes que decir esta clase de cosas?», se pregunta.

Sofia pone los ojos en blanco y dice:

—No me refería a eso.

Y de repente se encuentran atrapadas en un momento incómodo, sin palabras, con una hostilidad manifiesta, del que no saben cómo salir.

«¿Cómo hemos llegado a esto?», se pregunta Sofia. Echa de menos a Antonia, que ahora tiene la mirada fija en su regazo sin que ella parezca importarle un comino. Y para quien Sofia se ha convertido en una reina de hielo.

—Lo siento —dice Sofia—. No quería…, bueno…, lo siento.

—No pasa nada —dice Antonia. Se levanta a mirar por la ventana mientras echa de menos a Sofia—. He oído que saliste con Lucas Fellini —dice por fin.

—Pues sí. Por desgracia. —Sofia se ríe.

De repente, Antonia siente más curiosidad que irritación.

—¿Qué pasó?

Sofia quiere contárselo todo, pero no quiere parecer demasiado ansiosa por hacerlo.

—¿Podrás soportarlo?

—Si es algo grosero, creo que no —dice Antonia. Se siente más cerca de Sofia, quizá por el retorno del viejo instinto. Y es un alivio.

—Bueno… —dice Sofia—, la verdad es que… yo tampoco lo soporté mucho. Para decepción suya, claro.

Antonia sonríe, aunque nota que la recorre un hilo de miedo. «¿De verdad Sofia se lo planteó?».

Sofia sonríe, da una palmada en la cama para llamar a su amiga a su lado, y esta acude.

—Me llevó a cenar y no se le ocurría nada que decirme. Y al principio sentí pena por él, porque… Bueno, imagínalo… Con la camisa bien remetida en los pantalones, y se adivinaba que lo había peinado su madre, y que su padre le había dado un sermón sobre cómo debe comportarse un caballero… Pero no me hizo ni una sola pregunta. Pidió fideos con mantequilla, lo más básico. ¡Y nos pasamos media comida sin decir palabra!

Ahora Antonia sonríe abiertamente al imaginar a la luminosa Sofia encajada en un banco de madera del patio de la *trattoria*, bebiendo Coca-Cola con una pajita. Sofia y Lucas Fellini: el chico más soso del colegio. Sofia cubre la mano de Antonia con la suya. Se inclina hacia ella, con aire conspirador.

—Pues al parecer él había tenido la impresión de que todo había ido realmente bien, o algo así, y luego me acompañó por el camino más largo… Ya sabes, pasando por el parque que hay cerca del colegio…

Y aquí Antonia da un respingo, porque ese parque cercano al colegio es célebre por ser un lugar de encuentro para las parejas y porque al menos dos chicas han terminado embarazadas después de pasar un rato allí en el último año.

—Ya lo sé —prosigue Sofia—, y él me miraba con esa cara de «bueno, allá vamos», y yo solo podía mirar atrás y pensar que «allá irás tú solo, en todo caso».

Ante lo cual, Antonia dice:

—Sofia, por favor.

Y esta sacude una mano en el aire.

—Vale, vale, ¡pero no me digas que no te imaginas lo que hizo en cuanto se metió en su cama! En cualquier caso, no tuvo el valor de acercárseme, ni de pedirme un beso. ¡Al final se dio media vuelta y me trajo a casa! —Sofia se calla para tomar aliento—. Tendrías que haberlo visto, Tonia. Allí de pie, con aspecto de perrito apaleado. ¡Como si eso fuera a animarme a hacer algo!

Las dos se miran durante un segundo y medio en el que contienen la respiración y luego se desploman en la cama, partiéndose de risa.

—¡Era tan aburrido! —grita Sofia—. ¡Pensé que podía ser contagioso!

—¡Imagínate que pillas la sosería de Fellini! —chilla Antonia. Ha reído hasta las lágrimas y le duele el estómago—. ¿Crees que podrías contagiarte solo con besarlo o que haría falta...?

—Mira, no quería ni respirar el mismo aire que él, ¡así que besarlo ni te cuento! —mascula Sofia—. ¡Y de lo otro ya...! ¡Puaj! Estoy segura de que a sus amigos les ha contado que hicimos eso y lo otro... ¡Pero te juro por Dios que casi no me importa mientras no tenga que volver a hablar con él!

Sofia está a punto de contarle a Antonia que hubo un momento en que lo miró y pensó: «¿Y si me lanzara a hacerlo? ¿Y si me desabrochara los botones y lo hiciera, sin más? ¿Qué pasaría?». Y que lo que la detuvo no fue la sensación de estar cometiendo un pecado, ni el miedo a las consecuencias, sino un poderoso arranque de tristeza ante la idea de que fuera Lucas Fellini quien dividiera su vida entre el antes y el después, la idea de que alguien como él formara parte de ese cambio vital. Por eso le había dicho que la acompañara a casa, donde se había acostado aún temblando por lo fina que había resultado ser la barrera que separaba el sí del no. Pero contárselo a Antonia la haría sentir desnuda, porque Antonia nunca tenía que debatirse consigo misma para obedecer las reglas de la misma manera que Sofia.

A Antonia le duele la barriga de reírse: de alivio, de amor, de horror ante las tentaciones que acechan a Sofia. Esta apoya la cabeza en su propio brazo para así mirar a Antonia de lado.

—Lo siento, ¿sabes?—dice Sofia.

Antonia está a punto de preguntar «el qué», pero sabe que es una de esas preguntas que la hacen sentir más insignificante, que Sofia mirará al techo y dirá «ya lo sabes», y la verdad es que así es. De manera que dice: «Yo también». Y permanecen tumbadas, escuchando la charla que los adultos mantienen en el salón. Alguna tos ocasional, la risa de un hombre.

—¿Piensas en esto alguna vez? —pregunta Sofia, señalando la puerta cerrada del dormitorio.

—¿A qué te refieres? —pregunta Antonia.

—Me refiero a si piensas en lo que hacen. En lo que nuestros..., en lo que hace mi padre.

—Intento evitarlo —dice Antonia.

Pero claro que piensa en ello: cada gorra que uno de esos hombres se quita se le antoja un homenaje a su padre. Cada traje impecable, un recordatorio de lo que le quitaron. Está a punto de contarle a Sofia que ha estado construyendo en su mente una casa con un porche enorme. Que ha estado dándole vueltas a la idea de ir a la universidad, de independizarse, de escapar. Cree que Sofia lo entendería. Pero también que se sentiría abandonada. Y que, sin duda, sabría que Antonia está fingiendo.

Sofia se mantiene en silencio durante unos segundos y luego dice:

—Yo sí.

—¿Tú qué?

—Pienso en ello.

No lo hace a menudo. Pero no logra borrar de su memoria la imagen de la pequeña Antonia trastornada, de una vida eternamente marcada por las maquinaciones de unos hombres con demasiados secretos y demasiado poder. Y, en los últimos tiempos, rodeada de amigas que no la llaman los fines de semana ni le preguntan cómo le va, pero son capaces de ponerse a su lado, un ejército de faldas plisadas en lucha contra todo lo que es desconocido, Sofia a menudo se queda sin aire, atrapada por el recuerdo de la falta de amigos de la escuela primaria, el aguijón que notaba al caminar por los pasillos ante aquellas miradas acusadoras. Y comprende que no alberga la menor curiosidad por lo que sea que haga su padre para dirigir Brooklyn, sino que, en realidad, está invadida por la ira. Ira hacia todo eso.

—¿Y qué piensas?

—Pienso que está mal. —Lo dice pensando que lo cree de verdad. Decirlo la imbuye de una opinión pura y soberana. Se da cuenta de que ese es el mayor temor de Joey: que ella vea a qué se dedica y lo odie por ello—. Pienso que está mal y que hacen daño a mucha gente.

—Supongo que se trata de algo más complejo —dice Antonia.

Antonia, que nunca se concede el privilegio de ver las cosas desde un único prisma. Que es consciente, de una manera visceral, de hasta qué punto la Familia ha destrozado su vida, pero también de cómo la han mantenido. Se sorprende al pensarlo. Un agujero se abre en ese globo lleno de planes de futuro y por él se escapa todo el aire. «Nunca abandonarás a tu familia», se dice. No es mejor que Lina, quien tampoco logra deshacerse de los lazos con la Familia.

—¿Qué? —pregunta Sofia, absolutamente convencida de su propio argumento. Las palabras le queman en la garganta—. ¿Cómo puedes…? —Va a salir, ya no puede evitarlo—. Precisamente tú, ¿cómo puedes decir que es algo más complejo?

—¿Perdona?

Antonia se levanta, y de repente están ahí: frente al abismo de lo innombrado. Están emocionadas y al borde de las lágrimas, juntas pero frágiles. No quieren volver a separarse, pero intuyen que eso podría pasar fácilmente.

El fuego consume el interior de Sofia y le sube por la garganta.

—Después de lo que le hicieron a tu padre, ¿cómo puedes? ¿Cómo puedes pensar que es algo más complejo?

—Pagan el alquiler de mi casa. Y también el tuyo, Sof, por si se te olvidaba. —Antonia la mira con furia—. ¿Criticarlos no es un poco hipócrita?

Sofia se siente a la vez arrepentida y más furiosa que antes, incluso. Los ojos se le llenan de lágrimas. Se nota enojada y sabe que se le ve en la cara. La voz se le queda pegada a la garganta.

—Lo siento —dice—. No quería decir eso.

—No pasa nada —dice Antonia, y habla en serio: prefiere discutir sobre algo a la incomodidad de cuando no encuentran nada que decirse.

Sofia la mira y abre la boca para formular un millar de preguntas.

—¿No estás enfadada? —dice por fin—. ¿Con ellos? ¿Con nosotros?

Antonia contempla a Sofia. Ha llegado hasta la puerta del dormitorio, la lámpara del escritorio proyecta una sombra sobre ella. Tiene la misma cara que tenía a los cinco años, a los nueve, a los trece.

—A todas horas —dice por fin—. Pero ¿cuál es la alternativa?

Después de que Antonia se marche, Sofia acaricia en la mente esa ira nueva. Caliente como el hierro fundido. Aguza el oído hacia el rumor de la tertulia que le llega desde el salón, pero no alcanza a oírlo. De manera que sale de su cuarto, descalza. A medida que se acerca al salón, el rumor se concreta en la voz de su padre, que está hablando con su tío y con su abuelo.

A través de un resquicio de la puerta observa la escena. Joey está sentado, con la espalda recta, sus anchos hombros encarados hacia el padre de Rosa.

—No te envidio —está diciendo el abuelo de Sofia—. Lanzarte a un nuevo negocio justo cuando empieza una guerra... Cuesta mucho que la gente compre nada en tiempos de guerra.

—Tenemos que asegurarnos de vender algo de lo que no puedan prescindir —dice Joey.

En su frente aparece una línea que la cruza de norte a sur. Sofia nota que sus pensamientos se tambalean. Es difícil seguir enfadada mientras mira la cara conocida de su padre. Ella es demasiado tozuda para preguntarse si esa ira es solo una máscara ligera que oculta algo más profundo y más complicado, pero al mirar a Joey, algo en ella le dice que no se trata solo de ira. No está preparada para admitirlo, pero también siente una curiosidad feroz. Y eso la hace sentir como una traidora: de cara a Antonia, que tanto ha sufrido por las maquinaciones de la Familia. De cara a su propia madre, que lo único que ha deseado es que su hija sea feliz en ese espacio que han excavado para ella en el mundo.

Sin embargo, no siente que esté traicionando a Joey. Al revés, la acerca a él más de lo que Sofia nunca imaginó.


En el tiempo que tarda en besar a Rosa, cerrar la puerta del piso de Sofia, bajar las escaleras y subir las que llevan a su casa, Antonia deja escapar el sueño de un título universitario obtenido en una ciudad donde nadie sabe su nombre. Sin la Familia, sin su historia, sin Sofia, ella no es más que una cáscara vacía. Nunca logrará nada por sí sola. Es lo que se dice, pero, por supuesto, la verdad es más compleja: de repente, Antonia no está del todo segura de querer tomar su propio rumbo. Piensa que tiene que existir un modo de escapar del control de la Familia sin abandonar a la gente que ama. Debe existir un modo de tenerlo todo.

Mientras la noche se apodera de Brooklyn como un manto de silencio, Sofia y Antonia apoyan las manos en la pared que separa los dos edificios y sienten, cada una de ellas, la presencia de la otra. Saben que no se abandonarán. Confían en los lazos que las han hecho como son.

En el exterior se gesta una guerra. El mundo entero se tambalea. Nadie se acuesta a la hora debida y la radio sigue en marcha hasta que ya no emite más que música enlatada y, luego, ruido blanco. Aun así, en mitad de la noche, sigue habiendo alguien cerca de la radio, atento a ella. Esperando información, o, en su defecto, una razón. La prueba de que el mundo no se acaba. La voz de un pariente lejano o un mensaje de Dios.

Hasta las noticias de la mañana, lo único que se oye es ruido blanco.

La primera vez que Antonia posa los ojos en Paolo Luigio, él es una sombra de ojos enrojecidos y hombros caídos que se dirige al edificio donde vive Sofia, y ella no mira por dónde va. Cuando choca con él, de los brazos del chico cae un paquete envuelto en papel de estraza, y un montón de pasaportes (rígidos, rojos, sin usar, llenos de promesas y de deberes) se esparce por el suelo. Paolo y Antonia se quedan atónitos durante un instante.

Antonia se agacha, recoge algunos y se los entrega a Paolo.

—Perdóname —le dice mientras sale corriendo calle abajo. Y luego se para, se da la vuelta y dice—: Llego tarde al instituto. —Siente un calor que se le extiende por las mejillas y por la espalda.

—Buenos días, señorita —dice él, y se lleva la mano al sombrero.

Es tan sencillo y tan infinitamente complicado como eso.

Hasta que está sentada en la clase de ciencias sociales, sudando por las costuras del rígido uniforme escolar, a Antonia no se le ocurre preguntarse qué hacía un hombre al que no había visto nunca antes entregando pasaportes en el piso de Sofia.

Cuando vuelve a verlo, dos semanas más tarde, le da los buenos días y él sonríe. Ella se pasa el día nerviosa cada vez que recuerda ese breve encuentro. Esas palabras atropelladas, dichas en voz más alta y más recia de lo que pretendían sus labios infantiles. Los ojos simpáticos de él, su asentimiento de cabeza. Antonia, temblorosa y súbitamente mucho más incómoda de lo que se ha sentido nunca en los confines de su cuerpo.

Antonia se descubre esperando distinguir el sombrero de Paolo por la acera todas las mañanas. Ella apenas le dice más que hola, pero cree que puede olerle en su ropa todos los días. En su presencia, ella es mantequilla fundida. Lava que se deshace. Es una plantita verde que crece hacia la luz.


Paolo Luigio nació en Elizabeth Street, en la clase de apartamento con más paredes de las que tenía en el momento de su construcción y más habitantes de los que debía alojar. Es el menor de cuatro hermanos, y el primero en encontrar trabajo en Brooklyn, donde su letra impecable y su talento meticuloso resulta muy útil a la hora de falsificar documentos —pasaportes, certificados de nacimiento, cartas de referencia— que los refugiados judíos necesitan para encontrar empleos legítimos en América. A él no le importan los horarios intempestivos ni la ambigüedad moral del trabajo en sí; sueña con llevar un traje a medida, tan bien confeccionado como los que visten sus jefes; con entrar en una sala y notar que las voces se acallan en su presencia. La grandeza, esa categoría inalcanzable que marca a algunos chicos desde el nacimiento, le había guiñado el ojo desde muy joven.

Paolo invita a Antonia a comer cuando los árboles empiezan a perder las hojas. Ella se dice a sí misma que debe decir que no, no a salir con un hombre que obviamente trabaja para Joey Colicchio, pero cuando abre la boca, no logra decir ni una palabra y termina asintiendo con la cabeza. No consigue enfocar los ojos, pero es un sirope caliente. Es un cubito de hielo al sol. Antonia piensa que Paolo parece existir en dos lugares a la vez: aquí, en el pasillo, sonriéndole, y, de alguna manera, también en un futuro que él se imagina para sí mismo. Ninguno de los dos vive del todo en la tierra. Van a la cafetería de la esquina y allí ella se entera de que Paolo tiene veinte años. Se entera de que le gusta leer, pero que creció hablando italiano en su casa y ahora leer, tanto en inglés como en italiano, le resulta más difícil que escuchar una conversación. Se entera de que le gusta el trabajo que hace para el padre de Sofia, pero no lo que es. Ya sabes cómo son las cosas, dice él, para no tener que explicarse, y ella lo entiende. Ella le cuenta que su padre murió cuando era pequeña, pero no le dice cómo. Son cosas que pasan, dice ella, para no tener que explicarse, y él asiente. Se entera de que a Paolo le dan miedo las alturas, y mientras se lo está diciendo, lo ve jugar sin darse cuenta con la argolla de la servilleta y con el cuchillo de la mantequilla, y aunque el resto de su cuerpo está tranquilo, ella comprende que él nunca se está quieto. Ella le dice que es tímida delante de grupos grandes de gente. No deberías serlo, dice él, de manera contundente, y ella pregunta el porqué, y él le dice: «Porque eres espectacular». Y entonces ambos se callan, y mientras Paolo contempla a Antonia a la luz del mediodía, comprende que, aunque la mente de esa chica casi nunca está tranquila, ella casi siempre está quieta.

Después de pagar la cuenta, Paolo la acompaña a casa, y Antonia siente el peso de la omnipresente mirada de las señoras del barrio clavadas en ellos desde los edificios de dos pisos de King Street, y el calor del cuerpo de Paolo que camina a su lado, y la impaciencia del tráfico, entorpecido por el paso del camión de la basura.

Al final de la escalera, Paolo se lleva tres dedos al ala del sombrero y le guiña un ojo, solo durante un segundo. Durante la hora siguiente ella no para de revisitar ese gesto: el codo doblado, el adiós más rápido del que ella imaginaba, la mano de ella deslizándose por la barandilla mientras subía. Hasta que lo ve de nuevo, ella será incapaz de recordar su aspecto.

El otoño va pasando así: almuerzos con Paolo, cafés, lentos

paseos por el borde del barrio de Antonia, donde es menos probable que se tropiece con algún conocido. Ella está nerviosa: no esperaba enamorarse de un hombre que estuviera a las órdenes de Joey. No esperaba enamorarse de nadie, en realidad. En su mente empieza a dibujarse un futuro alternativo. Se casará con Paolo. Saldrá de la casa de Lina sin abandonarla. Antonia desea desesperadamente ser buena. Y, por primera vez en mucho tiempo, parece que podrá lograr sus deseos.

Joey Colicchio es ahora el coordinador de un gran imperio contrabandista. Gracias a los contactos que tenía en Italia con los exportadores de aceite de oliva y de fiambres, Joey, sin implicarse directamente en ello, ha construido una perfecta red que va desde Brindisi hasta Red Hook. A cambio de un precio elevado, las familias judías pueden ser discretamente transportadas entre los quesos parmesanos y las botellas de Chianti. No solo los judíos, claro. También hay católicos. Homosexuales. Una familia romaní que vende las antiguas joyas de la familia para pagar el pasaje. A Joey no le importa: si pueden pagar, él les arregla el resto. Si pueden pagar más, les proporciona pasaportes, historias falsas, referencias que necesitarán para alquilar unos pisos mugrientos y abarrotados.

Los negocios van viento en popa. Cuando llegan las primeras noticias del horror de Dachau y de Buchenwald, Joey aumenta los precios. (Desde luego, circula el insistente rumor de que no rechazaría a mujeres y niños que no pudieran pagar. Por otro lado, la idea de que Joey Colicchio sea el responsable de todo esto es un rumor infundado de principio a fin. No hay ningún rastro que apunte hacia él; casi nadie que emprende esa ruta conoce su nombre, y los pocos que lo saben se dejarían arrancar los ojos antes que revelarlo).

Hacia finales de 1940, Joey comprende que necesita un ayudante.

¿Acaso Sofia siente algo, una cierta calidez, un temblor, una especie de apertura profunda dentro de sí misma cuando Saul Grossman desembarca del barco de carga donde ha pasado dos semanas agachado, vomitando bilis en un cubo junto a otros quince judíos raídos?

¿Acaso se asienta un poco en ese lugar que el universo ha previsto para ella?

A las once en punto de la noche, dos meses después de que huyera de las garras de las SS y encontrara refugio en la luz de América, Saul Grossman llega al restaurante donde prepara bocadillos para neoyorquinos noctámbulos hambrientos. El gélido aire invernal hace que le caigan hilos líquidos de los ojos y de la nariz, que se seca con la manga mientras corre por la calle. Se cuela entre la multitud que sale del teatro, levanta la rejilla en Ludlow y baja con paso muy firme para espantar a las ratas. Ya no le sorprende la cantidad de gente que espera comer a cualquier hora en la ciudad.

—Siempre te oigo llegar, Saul —dice Lenny—. ¡Parece que peses doscientos kilos!

Lenny, que con sus ciento treinta kilos es como una columna de la cafetería, tiene un marcado acento de Brooklyn y una sonrisa que se le despliega en toda la cara. De él emana una amabilidad protectora, una lealtad constante, una brújula moral con punta de diamante. Dio de comer a Saul cuando este apareció en el bar, añorado y harapiento.

—Necesitamos un par de gatos, Lenny —dice Saul—. Acabo de asustar a una rata que parecía un pastrami.

—Qué asco —dice Lenny—. ¡Pero ya te tenemos a ti para mantenerlas a raya!

Lenny sonríe cuando Saul pasa por su lado en el sótano oscuro. Con esa media luz, parece un loco.

—Eh, Saul —le dice.

Saul se vuelve hacia él.

—Me alegra verte un poco mejor —dice Lenny.

—Gracias —dice Saul—. He estado esforzándome. Recibí carta de mi casa esta semana.

—¿Y cómo van las cosas ahora? ¿Buenas noticias? —pregunta Lenny.

Saul niega con la cabeza.

—Era de mi madre, así que es todo mentira. Dice que todo va bien, que ha conseguido trabajo barriendo las calles. Estoy seguro de que las cosas están mucho peor de lo que cuenta.

Cuatro años de estudios en el instituto y meses de inmersión absoluta han logrado que su inglés sea casi perfecto, pero la dureza de las consonantes alemanas aún se aprecia, sobre todo cuando está disgustado.

—Se las apañará, Saul.

Saul asiente y se dirige a la parte de atrás del sótano. Está agotado de pensar todo lo que podría haberle sucedido a su madre, y a su país. Coge un delantal y un gorro, y cuelga el abrigo de un gancho. Se lava las manos, se las seca en el delantal, se mira al espejo y se frota el sueño de los ojos antes de subir la escalera que conduce a la cafetería.

Ya está llena, y una buena cola empaña los cristales desde fuera con su voraz aliento.

—¡Ponte a trabajar, Grossman! —grita Carol.

Saul está seguro de que no se ha demorado más de medio segundo, pero asiente sin decir nada y se coloca en su sitio en la cadena de sándwiches.

Saul apila el *roast beef* formando torres en precario equilibrio, dispone las lonchas de pavo en el pan de centeno, corta las pechugas asadas a tiras y les vierte el jugo de la cocción. Sus manos manipulan con destreza las hogazas de pan, los pedazos de carne, las cucharadas de jugos y salsas, mostaza y mayonesa. El mundo queda reducido a los ruidos de sillas y voces, al latido de un bar bullicioso. Los pensamientos sobre su madre y su país quedan sofocados por el rumor de las suelas de goma en el suelo, del chisporroteo del queso al fundirse en la parrilla, del choque de las bandejas metálicas al ser retiradas, de la algarabía de decenas de conversaciones animadas de unos clientes que arrastran las sillas y se chupan los dedos. Lenny ha aparecido de repente en la zona de los pepinillos, después de poner al día los libros de cuentas, y ahora grita:

—Uno en vinagre, dos en vinagre, dos y medio, pepinillos, pepinillos, ¿cuántos quiere, señora?, ¿tres?, claro, ¡que aproveche!

—Eh, chaval.

Saul se vuelve hacia la caja, preguntándose qué se le habrá olvidado. Pastrami en pan de centeno, dos pepinillos… Está seguro de que ese fue el pedido.

—¿En qué puedo ayudarlo?

El hombre que se ha dirigido a él es tan alto y moreno como Saul, pero tiene ese pecho ancho, esos pómulos marcados y ese cabello engominado hacia atrás que él ha aprendido a asociar más con los italianos que con los judíos.

—Tu sándwich estaba de puta madre —le dice.

—Gracias, señor. —Nota los ojos de Carol agujereándole el delantal y se mueve para coger el pedido del cliente siguiente. Su memoria sabe bien que no puede pararse cuando el bar está como ahora, hasta los topes—. Bueno…

—¡Eh! —dice el hombre alto, y Saul se vuelve hacia él de nuevo. El tipo tiene el sándwich en una mano y se lleva un pepinillo a la boca con la otra—. Te decía que este sándwich está especialmente bueno… ¡Dios, y el pepinillo también! Pero, además, diría que eres un chico espabilado.

—Ah, ¿sí? —dice Saul.

—Ajá. Y yo estoy en el negocio de los espabilados.

El hombre se come el pepinillo y busca algo en lo que limpiarse los dedos; al no encontrar nada a mano, se pasa el pulgar y el índice por la manga del brazo contrario y le guiña un ojo.

—Gracias, señor —dice Saul—, pero ahora debería seguir trabajando, en serio...

—Vale, vale, ya lo pillo. Estás metido en la faena ahora mismo. Iré al grano. —El hombre alto extiende la mano por encima del mostrador para estrechar la de Saul y dice—: Me llamo Joey Colicchio y me gustaría darte un ascenso.

La verdad es que Joey Colicchio está al tanto de que Saul estudió inglés durante años antes de huir; lleva meses observándolo. Es joven, fuerte, y pasa todo su tiempo libre solo. Es el candidato perfecto para un puesto delicado.

De pie entre los distintos ingredientes, ante un hombre italiano que acaba de ofrecerle un trabajo sin que pueda entender el porqué, Saul se debate entre la curiosidad y el miedo. «No confíes en nadie», había dicho su madre. Pero también: «¡Haz que esté orgullosa de ti!».

—¡Grossman! —El vozarrón militar de Carol lo saca de su ensimismamiento.

Saul levanta la vista, suelta la mano de Joey Colicchio y le dice:

—De verdad que tengo que seguir con el trabajo.

Se vuelve hacia su puesto, donde al menos se han acumulado diez notas con pedidos al borde del mostrador.

—Pavo en plan blanco —repite para sus adentros para concentrarse de nuevo—. Pastrami en pan de centeno, pavo en pan de centeno, lengua con mostaza.

—Volveré, chaval. —La voz de Joey Colicchio le llega por la espalda. Y añade—: Joder, qué bueno está este sándwich.


Siete horas más tarde, Saul está en Houston Street contemplando el intenso tráfico que circula de buena mañana. El cielo mezcla retazos sonrosados sobre un fondo de color bígaro y está manchado por la primera luz del sol matutino, que se ha alzado sobre los puentes que conectan Manhattan con Brooklyn a través de esa telaraña de cuerdas. Como sucede en todas las mañanas claras y frías, el agobio de olores y ruidos de su trabajo parece un sueño.

De vuelta en Brooklyn, Joey Colicchio besa en la frente a su esposa, que está dormida, e inhala el aroma a polvo y a detergente de su habitación. Se detiene junto a la ventana para observar los inmuebles aún apagados del sur de Brooklyn antes de correr la cortina que lo proteja del brillante sol de la mañana. Se desnuda, dejando los tirantes prendidos de los pantalones formando un charco en el suelo y hace sendas bolas blancas con los calcetines. Sin necesidad de mirar, sabe que su cuerpo muestra las inconfundibles señales de la mediana edad: las piernas han perdido parte de su tono muscular y la cintura presenta ahora una curva redondeada; la piel le cuelga con más flacidez de los músculos y estos ya no se aferran al hueso como hacían antes. La mata de vello rizado del pecho está salpicada de canas y se ve aplastada sobre una piel más fina. Se acuesta al lado de su mujer y mueve su corpachón para encajarlo en las curvas del de ella. Rosa se apoya en él, y su olor, que asciende de las profundidades de las sábanas, llena el aire del dormitorio. Fuera quedan trabajos a medias: un joven por contratar, planes por formalizar; deudas que cobrar.

Joey había mantenido varias reuniones después de su conversación con Saul. En mitad de la noche, en un instante de fría y calculada determinación, le había asestado un puñetazo en la cara a un hombre. Joey es francamente tendente a propinar esa clase de golpes. Cuando se hace sin cuidado, los huesos de la mano pueden partirse como palitos de pan. Pero, sin tan siquiera pararse a pensar en ello, Joey puede soltar un golpe devastador: dedos apretados, el pulgar por fuera, la muñeca doblada para que la mejilla del otro se tope con ese espacio fuerte que queda entre el nudillo del índice y el anular. No toma impulso;

es más bien un camino directo que, en este caso, fue del puño de Joey a la suave mejilla de Giancarlo Rubio. Se combina la adrenalina con una secreta y adictiva satisfacción. «No estamos para gilipolleces cuando se nos debe dinero», había susurrado Joey. «Y no sé si lo sabes, pero tienes suerte de que sea yo quien esté aquí». Joey se secó la mano en su pañuelo. «Tienes suerte de que sea yo y no uno de mis chicos. Ellos no son tan considerados como yo». Giancarlo Rubio se había llevado la mano al labio partido y había dicho: «Lo sé, lo sé, no tardaré en pagarte». Giancarlo posee un restaurante en la zona italiana de Carroll Gardens, un área en expansión. Los socios de Joey se aseguran de que el aceite de oliva, el *prosciutto* y el vino le lleguen a tiempo. En perfecto estado. Giancarlo tiene esposa y cinco hijos. Cuando llegue a casa, los críos estarán dormidos en las literas, pero su mujer aún lo esperará para ponerle un vaso de vino. Le aliviará la hinchazón del ojo con hielo y presionará la gasa contra su cara hasta que Giancarlo deje de escupir bocados de sangre. «O comen tus hijos o comen los míos», Joey está a punto de decirles a veces. Pero no puede admitir, o simplemente no se cree, que no tenga elección. Ya no sabe qué parte de su trabajo es un sistema del que merece la pena librarse y qué parte es un legado, un corazón, la tierra fértil de la que se nutre para crecer.

El chico judío aceptará el empleo, no le cabe duda. Puede ver algo de sí mismo en ese joven. Lenny el del bar dice que es puntual como un reloj antiguo y además amable, tranquilo, sereno, incluso cuando el lugar está abarrotado y los clientes sacan espuma por la boca movidos por el hambre y la impaciencia. Joey se fía del juicio de Lenny: lo ha tenido en la nómina de los Colicchio desde hace años; supone un activo valioso dentro de lo que es, de hecho, territorio de Eli Leibovich. Joey adivina que Saul tendrá buen ojo para el trabajo, y que apreciará las ventajas de una tarea que trae consigo algo parecido al arraigo. Es un buen empleo para alguien que ha perdido sus raíces. Eso es algo que él sabe por experiencia propia.

Joey apoya la cabeza en la almohada de su mujer y entierra la nariz en su melena. «Una hora más», desea, mientras nota que la respiración de ella se prolonga y que parece a punto de despertarse. «Quédate una hora más».

Sofia está despierta. Lleva así desde la hora más profunda de la noche, esa en la que cualquier atisbo de luz resulta inconcebible. Cuando con solo abrir los ojos y mirar a través de las cortinas una se siente como si contemplara el cuerpo desnudo del mundo, un perfil de pliegues vulnerables y recodos suaves. Sofia no sabe qué la despertó, tan solo que era una angustia sin nombre que no le permitió volver a conciliar el sueño.

Los ojos de Sofia se vuelven más agudos a medida que la habitación se ilumina de sombras grises, le duelen las extremidades. El despertador no tardará en sonar y, en un gesto automático, ella extenderá la mano sobre el aparato cromado para apagarlo. Es el primer día del último trimestre del instituto.

El año nuevo amanece gélido y violento, la guerra se convierte en una especie de chal que el mundo entero se echa sobre los hombros. Antonia sigue pendiente de las noticias incluso después de que Lina prohíba la entrada del *Times* en casa. Escucha la radio con los ojos cerrados. En Londres, la gente está muriendo en proporciones incomprensibles. Mueren en Eritrea. En Bucarest. Para Antonia, cada una de esas vidas perdidas es como un pinchazo en la columna vertebral. El reloj se acelera con el paso de los días: da la impresión de que no hay tiempo que perder. Se diría que los seres humanos son más frágiles de lo que ella nunca había pensado. Se lanza de cabeza a su relación con Paolo. La guerra reordena las prioridades. Le dice que es mejor que plante raíces si no quiere correr el riesgo de perder su oportunidad. Le dice que el mundo no amortiguará sus defectos y sus inestabilidades por ella, así que lo mejor que puede hacer es conformarse con lo que le llega. Paolo la toma en serio. La hace sentir a salvo. Deciden que tendrán tres hijos: menos caos que en la infancia de él, menos silencio que en la de Antonia. La guerra los alienta a mantener esa clase de conversaciones. La gente sigue muriendo. Antonia invierte toda su energía en construir un futuro que sea capaz de soportar el caos del mundo que la rodea. Muchos días está convencida de que, a la postre, podrá hacerlo sin tener que escapar de la Familia.

Sofia sueña en tecnicolor. Aunque su atención vuela de una cosa a otra, vive intensamente el presente en cada momento y su vida se convierte en un tapiz inconstante de amistades y actividades, de tareas hechas sin concentración y de reuniones a las que nunca llega puntual. La graduación la hace sentir inquieta y temerosa. El tren está a punto de salir de la estación y la intrépida Sofia Colicchio aún no ha decidido qué quiere hacer. Y para colmo la guerra lo hace todo más evidente.

Da la impresión de que, todos los días, Joey mantiene una reunión en casa a puerta cerrada, Rosa hace trizas una servilleta antes de preparar una bandeja de café con pastas para los socios de Joey, Frankie vuelve del colegio contando que Donny Giordano le ha dicho que su hermano se ha alistado y que cualquiera que no lo haga es una rata cobarde y antipatriota, aliada de los nazis, y el silencio invade la sala porque Joey emplea a un buen número de jóvenes capaces que ya están librando una especie de guerra, pero no hablan de ello durante la cena; más tarde, Rosa deja de manera deliberada un par de agujas de hacer ganchillo en la cama de Sofia porque, aunque no tienen la intención de enviarla a una fábrica como las otras chicas, queda muy feo que ella no participe y las tropas necesitan calcetines. La guerra se acerca más con cada día que pasa y le dice a Sofia: «Decide de una vez hacer algo útil o yo lo decidiré por ti».

«No sé qué hacer», le dice ella, desesperada. Se asoma por la ventana de su cuarto como si fuera una sábana tendida, se vuelca sobre todos los muebles de la casa: Sofía tumbada en el sofá en estado abúlico, sentada de lado en un sillón, derramada por la cocina de tal manera que Rosa casi tropieza con ella. «No sé lo que quiero».

Antonia casi ha desaparecido del campo de visión de Sofia. Le falta un trozo de Antonia: uno que Sofia siempre ha podido oler y sentir. O, mejor dicho, está en un lugar al que ella no tiene acceso. Mientras pasan los últimos meses de instituto, Sofia se plantea las opciones que se abren ante ella: el matrimonio, la universidad y luego el matrimonio, la escuela de secretariado y luego el matrimonio. Ninguna parece depararle la vida que le apetece llevar. Sin más compañía que la propia, Sofia se siente violentamente confrontada por las decisiones que siguen en el aire, y lo expresa mediante peleas con su madre o perdiendo los estribos con Frankie. «Estás insoportable últimamente», le dice su hermana de nueve años en el mismo tono irritante y enunciativo que usa para hablar con todo el mundo, ya sea niño o adulto, miembro de la Familia o abuelo. Si Sofia siempre deseó ser el centro de atención, Frankie ha logrado sentirse cómoda en cualquier circunstancia. Sigue con interés las conversaciones sobre política y finanzas que mantienen los hombres en las cenas de los domingos. Nunca se le quema la comida cuando la dejan a su cargo. Las reglas parecen haberse relajado con ella, como si Rosa y Joey, cansados de educar a Sofia, no se preocuparan ya de si Frankie se cepilla el pelo o no; si quiere ir al cine con una amiga y sin padres, se lo permiten. Nadie le dice nunca «aquí no encajas, Frankie». Y ella se las apaña para hacer lo que le da la gana en todo momento.

«Tú siempre eres insoportable», le espeta Sofia, y luego se encierra en su cuarto dando un portazo y se siente como un ser monstruoso y estúpido.


Cuando Paolo invita a Antonia a cenar a su casa, ella llega cinco minutos antes de la hora y sube los inestables escalones despacio, prestando atención a la melodía de las familias que viven detrás de esas puertas despintadas. El piso de Paolo tiene cuatro habitaciones dispuestas a lo largo de un pasillo estrecho. Las paredes grisáceas revelan un leve aroma de tomates en compota, de pintura y polvo, del sudor de cuatro hijos. Los suelos de madera están rayados por la grava de las botas de trabajo, y por treinta años de arrastrar muebles y de carreras de niños. Es un piso que contaría historias de sus habitantes incluso si ellos no estuvieran en él. Hace lo que puede para acoger a la familia de Paolo: para absorber los olores de sus comidas y el vapor de sus duchas y las lágrimas de sus peleas. Paolo comparte habitación con un hermano, los dos mayores se amontonan en otra, sus padres ocupan una tercera, y los seis cocinan, beben, comen, pelean, ríen, lloran y respiran juntos en la que queda. Parecen coexistir en ese pequeño apartamento gracias a unos movimientos tan rápidos que cuesta seguirles el rastro. Antonia, sentada a la mesa de la cocina doblando servilletas, se siente como si estuviera en un tiovivo: un poco mareada, un poco entusiasmada, esforzándose por controlar lo que entra en su campo de visión, que no para de cambiar. Es una familia escandalosa y entrañable. La madre, bajita, ancha, vocinglera, besa a Antonia en las mejillas, posa las manos en su cara, la mira a los ojos y dice: «¿Así que esta es la bonita chica que tiene a mi Paolo todo el día al otro lado del río?». Antonia intenta sonreír, pero como la madre de Paolo sigue pellizcándole las mejillas, el resultado es una mueca rara. El padre de Paolo es alto, de extremidades largas como las de un pulpo y gruesas gafas de montura negra. «*Basta,* Viviana, ¡no avergüences al chico!», grita, y su mujer le pega con un trapo de cocina antes de devolver la atención a la comida que tiene en el fuego. Los hermanos de Paolo no le hacen el menor caso a Antonia porque están absortos en una intensa discusión sobre si alistarse o no en el ejército. «¡Antes de veros en la guerra os cortaré los pies mientras estáis durmiendo!», amenaza Viviana blandiendo el cuchillo de la carne, y los chicos se apartan de su camino por si se le ocurre hacerlo ahora mismo.

Paolo quiere que Antonia se case con él. Ella siente sus ganas de acceder latiéndole como tambores dentro del pecho. Piensa, a menudo, en Sofia: en el alivio que debe suponer hacer lo que quieras, cuando quieras.

Pero Antonia no le ha hablado a nadie de Paolo y no puede casarse con él sin dar ese paso. Le preocupa que, si se lo cuenta a su madre o a Sofia, los motivos de su amor se revelen débiles.

Le preocupa que, cuando se lo cuente a su amiga de toda la vida, esta la haga sentir pequeña, insignificante. Sofia nunca ha pretendido despreciarla, y quizá sea ella la que se siente así con demasiada facilidad, pero no deja de temer aquella ceja enarcada en la cara de su amiga; los labios de color cereza abiertos por la sorpresa, tal vez la risa, el tono condescendiente de su «¿en serio?» y su «bueno, ¿y de quién se trata? Nunca había oído hablar de él». La relación de Antonia, esmeradamente construida, se vendría abajo. Sabe que su madre se pondrá furiosa, que será una enorme desilusión para ella que se haya enamorado de un hombre que trabaja para la Familia. Su madre podría desfallecer bajo el peso de esa traición, inconsciente pero absoluta, por parte de su hija. «No hables con nadie que tenga el pelo moreno y engominado». El de Paolo es castaño, pero tan oscuro que casi es negro, y se le va hacia atrás por sí solo, formando una onda que le enmarca la cara.

Y tiene un buen trabajo. Bueno en el sentido de que es suficiente para rescatar a Antonia de ese cementerio que es su hogar. Bueno porque con él puede mantener a sus futuros hijos, y comprarles libros y ropa. Bueno porque, al casarse con Paolo, Antonia comprará tiempo y espacio para sí misma. No será una casa con porche, pero sí un piso de varias habitaciones. Una red para sus hijos. Antonia, hija de la pérdida, puede construir algo a partir de cualquier cosa. Puede ver la vida desplegándose ante sus ojos como una alfombra infinita. Antonia y Paolo, a perpetuidad, construyendo un hogar desde los cimientos. No llevan consigo cargas que los retengan.

Quiere hablar con su madre antes que con nadie. Quiere contárselo a Sofia. El secreto ha empezado a desvelarla por las noches, a enredarle el pelo con los dedos y a mantenerla en vilo. Pero las palabras parecen estar encerradas en algún punto de sus pulmones y no logra encontrar la llave que las abra.

La ciudad de Nueva York se extiende por la costa del Atlántico. Es parte pantano en verano, parte páramo norteño en invierno. Y la ciudad, como las cordilleras, crea su propio clima: en verano, las aceras y los edificios atrapan el aire y lo calientan; en invierno, el viento aúlla por las largas avenidas, como si la naturaleza se abriera camino en esa jungla de asfalto.

Hay años en que, ya en otoño, los neoyorquinos pueden predecir que les espera un largo invierno. Son años de paciencia ante el viento voraz y el gris monocromático de los días previos a la nieve. Incluso en los cielos azules reina un sadismo brillante: los días claros sirven para enfatizar los árboles desnudos, para subrayar la dureza de un paisaje inerte.

El invierno acelera el tráfico y para los relojes. Da la impresión de que siempre haya hecho frío. Los neoyorquinos lo reconocen en sus cuerpos antes de aceptar de manera consciente lo que les espera; en previsión de ello, hunden los hombros y dan pasos lentos y medidos para sortear esa nieve fantasma.

Saul Grossman no es ajeno al invierno, habiendo crecido en Berlín, donde en los días más oscuros el sol no se levanta hasta pasada la mañana y empieza a ponerse en cuanto ha culminado en el horizonte; donde los pies de un hombre pueden congelarse en el curso de una jornada de trabajo si no lleva las botas adecuadas; donde la oscuridad y el frío se mezclan en el estómago y provocan un hambre que no llega a saciarse ni siquiera en los años más prósperos, ni con los más suculentos banquetes. De niño, adoraba los primeros ángeles de nieve, los descensos en trineo por las aceras nevadas y la forma en que el calor del hogar le escocía en las mejillas heladas antes de suavizarlas; la fugaz bocanada de aire caliente que escapaba por las puertas de pubs y panaderías. Anhelaba la llegada de las vacaciones de invierno, en las que su madre lo llevaba a trabajar con ella y Saul se pasaba la mañana leyendo por los suelos de mansiones elegantes, mientras su madre fregaba las baldosas de los cuartos de baño y limpiaba chimeneas. Por las tardes, ella le compraba golosinas que se vendían en puestos callejeros. Pan de jengibre y un sorbo de sidra resbalándole por la garganta, la nariz mocosa y su madre ciñéndole la bufanda al cuello. Cuando nevaba, Saul era el primero en salir a la calle, seguido de cerca por un desfile de niños abrigados, con las manos embutidas en guantes de lana y trineos bajo el brazo. Incluso más tarde, después de Núremberg, hubo días de nieve en los que recuerda aquella sensación de ser libre e invencible.

Pero este año Saul se enfrenta a la desolación del invierno con una desesperación persistente y heladora.

Si tenemos el alma caldeada por el amor de un hogar lleno de parientes, de objetos queridos y de aromas fragantes; si el trabajo nos satisface; si dormimos bien por la noche y comemos bien durante el día, y no se nos agarrotan las manos y los pies, el invierno puede ser un medio bien recibido gracias al cual reducimos el mundo a sus partes esenciales. Pero Saul, solo en un país nuevo y sumido en la preocupación constante por el viejo, no tiene nada con lo que calentarse o relajarse. Alterna entre la certeza de que su vida en Alemania fue un sueño y la desconfianza de que sus pies hayan tocado tierra de verdad desde que se arrastró temblando fuera del barco hace tres meses. Se siente partido por la mitad y se enfrenta al invierno de América con la única ayuda de un cuerpo frágil y una habitación vacía de una casa de huéspedes del Lower East Side donde abrigar sus huesos del frío.

Saul pasa las primeras semanas de frío intenso de 1941 luchando contra el viento para llegar a la cafetería y luego para volver a casa al amanecer; de alguna manera, las calles por las que pase, cualesquiera que sean, lo abruman con sus chillidos. Retazos de noticias de Europa empiezan a filtrarse a través de la reducida red de contactos que tiene a su alcance. Historias fragmentadas que adivina leyendo cartas raídas a contraluz, o que salen por las bocas de unos refugiados que aún llevan consigo el mareo de a bordo en voces tan bajas que parecen oraciones. La preocupación no lo deja dormir. En las horas más oscuras de la noche, se imagina a su madre como la protagonista de cada uno de los trozos de noticia que han llegado hasta él. Un pueblo entero obligado a cavar sus propias tumbas y luego fusilado ante la tierra abierta. Niños enfermos, sudando en los campos de trabajo. El tifus y la gripe extendiéndose por los guetos judíos, cada vez más pequeños, como el fuego entre balas de heno. Hombres desnudos de pie sobre la nieve hasta que dejan de temblar y se les cierran los ojos; sus dientes de oro aprovechados en repisas y alféizares. Trenes que cruzan la carne destrozada de Polonia, de Austria, de Hungría. Es inconcebible estar vivo, dormir en una cama, cerrar la puerta de su cuarto todas las mañanas, beber café al sol. Saul no consigue decidir si preferiría estar allí. Hay algo tortuoso en los escasos rumores sobre los que se apoya, incluso si se consuela imaginando a su madre viva en alguna parte, donde sea. Cuando duerme, su boca a veces forma las palabras de la bendición de los viernes. «*Baruch atah Adonai*», susurra. «Que Dios te bendiga». Mientras está despierto no habla con Dios, ni puede reconciliar la idea de Dios y esa plaga que atormenta Europa. «Dios no es tan sencillo», sabe que le diría su madre. Pero ahora no está aquí para decírselo.

Aunque nadie puede saber si el cuerpo de Saul habría sobrevivido a ese invierno a solas, es casi seguro que su mente y su alma lo habrían pasado mucho peor. Pero, afortunadamente, Joey Colicchio reaparece a mediados de febrero, esta vez en la puerta de la casa de huéspedes donde vive Saul. La gente en Europa está muriendo, filas de personas cayendo como fichas de dominó, ciudades enteras borradas del mapa. Los hombres de la Familia esperan que una enorme oleada de inmigrantes se lance a las aguas del océano Atlántico y de la burocracia de Occidente.

El instinto de supervivencia se dispara cuando menos se lo espera. Ansioso de experimentar algún cambio, Saul acepta el empleo.

Cuando Joey llega a casa después de contratar a Saul, Rosa, que está cocinando, limpiando y vigilando a Frankie como un ave de presa para que haga los deberes, le da un beso en la mejilla. Joey la abraza con ambas manos, le rodea la cintura, la atrae hacia sí, ávido de meter la lengua en su boca. Pero Rosa se hace atrás, lo aleja con un leve empujón. «Cenamos en diez minutos», le dice. Joey, que siente frío en el lugar donde había esperado envolver a Rosa en sus brazos, contra sí mismo, besa a Frankie en la cabeza. «Papá, el pelo», se queja Frankie, apartándolo.

Al final del pasillo, Sofia está sentada ante su escritorio, con la barbilla apoyada en una mano y el pelo reluciente bajo el círculo de luz de la lámpara. Joey recuerda a la Sofia de cuatro años que corría hacia él cuando llegaba a casa. Que a los seis se sentaba sobre su regazo cuando no había suficientes sillas y se comía sus aceitunas cuando creía que él no miraba y luego le sonreía como una loca, brillante como un relámpago.

Sofia, a los ocho, con la mano apoyada en la espalda de la pequeña Antonia, que se deshace en sollozos en la mesa de la cocina por segunda vez en una semana. Sofia, con la atención dividida entre el drama de su amiga y la cara de Joey, exactamente igual que un halcón observa desde el cielo el giro de un topillo que está a cientos de metros, en la tierra. «Sé lo que has hecho».

«Lo único que he querido es hacerte la vida más fácil», quiere decirle Joey a Sofia. Pero la cara de Carlo aparece en su mente. Eso, y la satisfacción que da el poder. La perfección del control. «Mentiroso», le dice la memoria.

Sofia con catorce años, desafiándolo sin el menor atisbo de temor mientras él, Rosa y Frankie salían hacia la iglesia. Siempre fue su niña.

«Ve con ella», se ordena a sí mismo. Nada se mueve.

A los diecisiete, Sofia no puede sentir la desesperación que invade a su padre, ni conectarse con su yo de los cuatro, seis, ocho o catorce años. Los diecisiete son un abismo: se siente divorciada de sus yos del pasado, con sus disgustos bien claros. Y el futuro —tan cercano ahora que los muros del presente ceden bajo su peso— está aún marcado por un pánico turbulento. Sofia se siente sola. Desconectada.

Y cuando ve a Saul Grossman por primera vez, sentado a la mesa en una de las cenas dominicales, decide en un instante lo que necesita para volverse a atar a la tierra.

Saul es delgado y tiene los ojos oscuros. Va bien afeitado. Sofia lo observa comer. Él lo mezcla todo: trocitos de carne, judías, mondaduras de limón encurtido y melón dulce en un solo bocado. Mastica con cuidado.

Por debajo de la mesa, Sofia da un golpecito con la rodilla a la de Antonia.

—¿Sabes quién es?

Antonia mira.

—No lo había visto antes —dice. Está a punto de añadir: «Puedo preguntárselo a Paolo». Lo tiene en la punta de la lengua, pero vuelve a concentrarse en su plato.

—He oído hablar a mis padres —dice Sofia—. Mi padre ha

contratado a un judío procedente de Alemania. ¿Dirías que parece judío?

—No lo sé, Sofia —dice Antonia. La impaciencia le endurece las terminaciones de las palabras. Ahora Sofia quedará fascinada, como siempre. Y para la semana que viene estará enamorada.

—Yo creo que sí —dice Sofia.

Saul está al otro lado de la mesa, callado, observando. Escucha con los ojos y con las manos mientras Joey le habla del negocio, mientras Rosa le ofrece terceras raciones de todo.

—Nunca había imaginado que me enamoraría de alguien que trabaja para papá.

Antonia no mira al techo, ni le dice a Sofia que enamorarse de alguien al que ha visto solo diez segundos durante una cena es una bobada.

Paolo, como todos los hombres de Joey, está invitado a cenar todas las semanas. Se queda en Manhattan con su familia porque Antonia cree que no podrá fingir que no lo conoce durante tres horas. «Eso tiene fácil solución, Tonia», dice Paolo. Antonia aprieta los labios. Paolo quiere que ella se lo cuente a su madre. Quiere que acepte casarse con él. Discutieron sobre ello tomando un café, y Paolo dejó que el suyo se enfriara, melancólico, en la mesa. Parecía decepcionado, enojado, y cuando estaban en la calle levantó los brazos y dijo «No sé si podré aguantarlo mucho más» antes de marcharse, dejando a Antonia sola en la acera, dolida. Lo ha imaginado durante toda la semana, acunado en los sonoros y aromáticos rincones del piso donde vive con su cariñosa familia. Ella, acostada, amenaza con levitar y disolverse en el aire nocturno.

—¿Antonia?

—Perdona —dice Antonia. «Es el momento idóneo», se dice a sí misma. «Cuéntaselo. ¿Qué puede pasar?». Pero en cambio dice—: No sé, supongo que una simplemente conoce a alguien y ya está.

—Sí —dice Sofia. Y luego—: No debería habértelo preguntado, ¿verdad? —Lo cual es un comentario mezquino, y Sofia lo sabe, pero no puede evitar hacerlo porque, en este momento, se siente así: mezquina, fuera de control, agria. En su interior siente que algo minúsculo muere, algo que ella había querido que creciera hacia Antonia y que ahora, fuera lo que fuera, deja de florecer. «La gente cambia», se dice.

Devuelve su atención a Saul, cuyos rizos suaves necesitarían un buen corte. Lo observa durante el resto de la comida. Ve cómo coge la servilleta, el vaso de agua, la mano de otro hombre para saludarlo, lo hace de una manera tan delicada que las cosas que toca parecen sagradas. Ella quiere que la toquen así. Como un vaso de agua. Como un libro de la biblioteca. Como un par de calcetines doblados.

Al lado de Sofia, Antonia mantiene una agónica y silenciosa disputa consigo misma. «Dilo —se ordena—. Suéltalo de una vez». Pero el desierto que se le extiende por la lengua y la garganta es demasiado árido.

Después de que Antonia se haya ido a su casa, Sofia se sienta en la cama y se dice: «No te está permitido hacer esto». Nunca ha servido de nada con ella hasta ahora. Repasa todos los actos prohibidos que ha cometido hasta el momento. Faltar a clase para ir a sentarse al sol a un banco del parque. Saludar a los albañiles que se llevan la mano al casco y le lanzan besos cuando pasa. En una ocasión les dijo a sus padres que se ocuparía de Frankie, pero en cambio se pasó todo el tiempo en su cuarto dejando a su hermana sola en la bañera. Ponerse el sujetador de corte moderno con el borde de encaje festoneado que su madre «antes moriría que comprárselo a mi hija». Caminar sola desde Canal a la Decimocuarta Avenida, con los hombros rectos y la cabeza alta.

Al otro lado del pasillo, Saul Grossman se ha parado a hablar con su padre. Resuena el eco de las puertas del salón al cerrarse; el aire vespertino se espesa. Sofia Colicchio, con la piel de gallina, permanece muerta de curiosidad en su habitación.

Antonia entra en casa, cargada con un plato con sobras para Lina. Su ira es un carbón ardiente, algo condensado que quema por dentro. Se le escapa un portazo más fuerte del que pretendía, y, como no es de las que tiran platos ni insultan en voz alta, decide hacer té. El agua hierve y Antonia la echa en una taza; las hojas se reblandecen y se hunden. Y a medida que el té va adoptando su color dorado, el enfado de Antonia aumenta.

Está enfadada con Paolo por darle este horrible ultimátum. Está enfadada con Sofia, por enamorarse mientras comía berenjenas y salchichas, por vivir tan absorta en sus propios afectos. Por decir «no debería habértelo preguntado» en un tono tan ligero, como si nada en Antonia fuera lo bastante profundo para no poder tocarlo con los dedos. Está enfadada con su madre por haber entregado su vida a los lamentos y la tristeza. Pero, sobre todo, Antonia está enfadada consigo misma. Por ser incapaz de reunir el coraje para ser ella misma delante de la gente que más la quiere, y por no atreverse a mostrar su amor a un hombre del que hasta ahora solo puede decir que ha sido encantador, amable y generoso. Por mirar a la felicidad a la cara y decirle: «No estoy preparada».

Antonia coloca la taza de su madre en una bandeja. Le echa un terrón de azúcar y lo remueve.

—*Mamma* —dice levantando la voz—, te he hecho un té.

Pone el horno a la temperatura mínima y mete a calentar el plato que ha traído para Lina. Esta aparece en bata y zapatillas. Lleva el pelo encrespado de haber estado mucho rato con la cabeza apoyada en el respaldo del sofá. Agarra la silla con sus dedos largos. Lleva las uñas rotas y la piel que las rodea manchada de lejía.

—Has vuelto más tarde que de costumbre —dice Lina.

—*Mamma*, estoy enamorada de un hombre —dice Antonia, luego se lleva la mano a la boca, aunque la aparta enseguida porque se le acumulan las palabras, en la lengua, como un pequeño manantial—. Un hombre de la Familia. Se llama Paolo.

Lina mira a su hija como quien estudia un cuadro o un paisaje lejano. Antonia está de pie, con las piernas levemente separadas, como si se preparara para un combate, pero le tiemblan las manos, su cara está pálida y el pelo enmarañado. Antonia lleva años siendo más alta que su madre, pero ahora parece encogerse, menguar.

Lina no es una mala persona. Tal vez sea débil o esté perdida. Y mientras contempla a su hija —esa hija guapa, inteligente, que de repente se ha hecho adulta—, recuerda la mañana en que nació. Fue en este rincón, donde ahora está la mesa. Antonia y ella se retan con la mirada justo en el lugar donde, hace casi dieciocho años, ella se sintió cercada por un dolor que era mayor que sí misma. Se dobló bajo su peso, cayó de rodillas, y cuando miró a su hija por primera vez, y Antonia abrió sus húmedos ojos castaños y le devolvió la mirada, el vínculo se estableció. «Eres mía», le prometió a su diminuta hijita. Y también: «Gracias».

De repente, Lina se siente suspendida en el aire, apenas sujeta al hilo de su propia vida. «¿Adónde fue a parar esa mujer luchadora?», le pregunta ese recuerdo. Y Lina no quiere oír esta pregunta, porque hace ya tiempo que decidió que la impotencia y la lenta desconexión son las únicas soluciones de la carga de dolor que le ha deparado la vida. «No quiero luchar», decidió. Y no lo ha hecho. Se ha dejado engullir: su cuerpo es pequeño, sus respiraciones requieren menos oxígeno. Toma el menor número de decisiones posible. Se esfuerza por no dejar apenas rastro de sí misma, por evitar ser una huella en el barro de la memoria ajena. Pero el recuerdo de su hijita mirándola —ese amor, esa confianza ciega, ese misterio— se conjuga en el aire y le dice a Lina que «ha llegado la hora. Aquí está tu hija. Es una adulta que tiene miedo de confesarte que se ha enamorado, porque llevas diez años sin desempeñar el papel de madre. Lo único que querías para ella era una vida sin miedo, y has fracasado. La has obligado a cuidarte, a llevar luto por ti, a vivir por ti. Le has pedido que asumiera tus propios prejuicios. Eres el peso que la hunde en el mar de la infelicidad».

Antonia sigue ante ella, temerosa, desafiante, casi huérfana.

Y Lina se da cuenta de que tampoco ha logrado desaparecer. Ante ella tiene la prueba evidente de su fracaso.

Está tremendamente arrepentida. Invadida por unos remordimientos que amenazan con partirla en dos. Esta vez no saldrá corriendo. No le pedirá a su hija que la coja de la mano.

—Háblame de él —dice a Antonia. «Deja que vuelva a ser tu *mamma*».


Antonia llama a Sofia a la noche siguiente, después de haber hablado con su madre sobre Paolo, porque ya nada le da miedo, y Sofia la escucha decir que está enamorada y percibe la existencia de un peso amargo que le aprisiona el corazón a medida que avanza la conversación, pero dice: «Me alegro por ti». Y cuelga el teléfono, y se queda sola en su cuarto con el corazón podrido y sus endebles fantasías.


Sofia desarrolla la costumbre de escuchar a escondidas a Paolo y Saul mientras ellos trabajan en el salón. Así se ha enterado de que Saul es de Berlín, donde aprendió esas consonantes bien articuladas que pronuncia al final de las palabras y el tranquilo «*ja*» que a veces se le escapa de los labios en medio de una conversación con alguien. Ha interiorizado su periplo a partir de escucharlo describir sus tránsitos por hoteles y casas de huéspedes en inimaginables barrios lejanos como Borough Park y partes del Lower East Side, situadas tan abajo y tan al este que podrían confundirse con el agua, con el borde derruido de la propia isla. Ha visto a Paolo tachar nombres de una larga lista y pasar paquetes cuidadosamente envueltos que, ahora lo sabe, contienen falsificaciones valiosas para los judíos europeos adinerados que desean pagarse una vida nueva. Y ha visto a su padre irrumpir en la sala como si fuera una conciencia, contar fajos de billetes con mano experta y despedirse con un beso de Paolo y de Saul cuando estos se marchan.

Para Sofia, tanto la Familia como Alemania son como una pesadilla que ella solo es capaz de recordar de manera parcial —hay en ambas algo siniestro, lo siente en su estómago y en su garganta—, pero escoge sentirse reconfortada por el sonido de Saul, de Paolo y de su padre, que conspiran en tono de barítono y trabajan contra un mal difuso e innombrable. No puede ser que los tres estén en el lado de los malos.

El día que Paolo va a cenar a su casa, Antonia se pasa la tarde entera limpiando. No es que se pueda hacer gran cosa con ese raído sofá, cuya parte más hundida se revela como el asiento favorito de Lina, ni con las alfombras ajadas de la cocina y del salón. Pero Antonia pule los espejos y las encimeras hasta sacarles brillo. Prepara la cena y el piso se llena de vapores y de aromas, de ajo frito y del fresco toque de los limones. Acosa a Lina hasta conseguir que se meta en la ducha, se vista y se aparte el pelo de la cara. Al final, Antonia piensa que Lina parece casi normal. «Casi como una madre de verdad». Antonia menea la cabeza para sacudirse de encima ese sentimiento feo. Las cosas entre ella y Lina han ido bien desde que intentó sacar el tema de Paolo por primera vez. Antonia está convencida de que Lina quiere verla feliz. Pero Lina es cada vez más rara: hay un desfile de mujeres que aparece en casa a verla cuando Lina cree que su hija duerme. Lina está siguiendo su propio curso. En cierto modo, Antonia lo admira, pero hay en ella una parte que aún está demasiado enfadada. No confía en que Lina se duche antes de que llegue el invitado, o que le dé consejos acerca de los detalles de la boda. No confía en que Lina permanezca en el mundo real durante el tiempo suficiente para cenar con su novio, y es por eso que Antonia se pasa el día limpiando y cocinando, sin perder de vista a su madre, que por un lado quiere que confíen en ella, pero a la vez no soporta la molestia de tener que estar presentable para recibir visitas, o comer a una hora preestablecida en lugar de dejarse llevar por el hambre.

Las mujeres vienen a ver a Lina por sugerencia de la maga. Al fin y al cabo, es tarea suya plantearse la pregunta inédita, que, en el caso de Lina, guarda relación con cómo salir adelante cuando sabes que no existe ningún camino que pueda garantizarte la protección absoluta contra el dolor y la decepción. Y así, ahora hay una vela encendida en la ventana de Lina y un desfile de mujeres por su puerta cuando Antonia se marcha a las cenas de los domingos. Las mujeres buscan conversación sobre las cartas del tarot que ella les tira, o escuchar sus susurros en las noches de luna llena. Las mujeres se convierten en visitantes asiduas. Y pagan tanto que Lina está pensando en dejar la lavandería en cuanto Antonia contraiga matrimonio. Se acabaron las manos escocidas, las grietas que se le abren en los dedos a pesar de la cantidad de aceite de oliva que se echa en ellos. Se acabó el estar pendiente del reloj.

Lina ya no va a permitir que el miedo la controle. Y si Antonia quiere meterse en ese pozo de terror, ella no puede evitarlo. Nadie podría haber convencido a Lina de que no se casara con Carlo. La inevitabilidad del dolor —la forma en que el amor te condena a toda una cadena de dolores— solía despertar a Lina, con el corazón desbocado y el terror surcándole las venas, todas las noches.

«Nunca más», piensa ella cuando el novio de su hija llama a la puerta, con ese pelo engominado propio de la Familia, con esos pómulos marcados irresistibles, con la sonrisa amplia y levemente torcida que denota que en la vida todo es una broma, todo es sexo, todo es tensión, energía y encanto. Desprendiendo esa confianza ignorante de los jóvenes, esa certeza de que el mundo se desplegará ante él como una alfombra roja, ese rechazo de la mortalidad. «Nunca te has sentido frágil», piensa Lina mientras le estrecha la mano, mientras él inclina la cabeza con cariño como si ella estuviera aceptándolo, mientras Antonia contempla la escena pasando la mirada de su prometido a su madre. Ahora, Lina entiende el poder del miedo: su capacidad de enfocar con claridad las cosas más importantes. «Nunca te han hecho daño», piensa sin dejar de sonreír a Paolo.

En cuanto a Paolo, con el tiempo no recordará la comida ni la conversación de esa noche. Recordará el fulgor de Antonia al inclinarse hacia un plato. La forma en que se asegura de que su madre tenga de todo antes de servirse a sí misma. La incandescencia de su cara cuando lo mira, la fuerza de su mentón firme, la determinación que invade en oleadas a Paolo y a Lina mientras comen. «Es una persona con quien se puede construir un futuro —piensa Paolo—. Alguien a quien merece la pena cuidar. Alguien que cuidará de mí».


Dos semanas después, en una tarde de un jueves de abril, el timbre de la puerta sobresalta a Sofia y la desconcentra de sus tareas escolares, que en realidad ya hacía con desgana. Tiene la esperanza de que se trate de Saul, y así es: lo oye saludar a su madre. La suavidad de su voz y los pasos que resuenan en el pasillo.

Hacia ella. Está dirigiéndose hacia ella.

Sofia observa a Saul desde la puerta entreabierta de su cuarto. Hay algo en su manera de moverse que indica que es alguien que se preocupa por la gente. Hay secretos que intentan abrirse paso detrás de esos ojos oscuros, y un mohín en su boca cuando no quiere responder a una pregunta que hace que Sofia tenga que tomar aire. Le late el corazón, bombea con fuerza en su pecho e intenta escapársele por la boca. Todo se le estremece, desde la cara hasta los dedos, hasta las piernas temblorosas.

Lo tiene a cuatro metros. Se dispone a abrir la puerta del cuarto de baño.

—Hola —dice Sofia.

Él levanta la vista. Están frente a frente, Sofia medio escondida detrás de la puerta y Saul, con una mano en el pomo de la puerta del cuarto de baño y la mirada perpleja, mirándola directamente a la cara.

—Hola —dice él.

Entonces algo estalla en Sofia. Y en cuestión de segundos lo agarra de la camisa para atraerlo hacia dentro, ante la mirada levemente sorprendida de Saul, y luego inclina la cara y le da un beso húmedo y jadeante, torpe y fugaz.

Ella se separa y lo mira a los ojos. Sofia ha besado ya a suficientes chicos como para saber que deberían poner cara de sorprendidos cuando ella se aparta. Deberían poner cara de sentirse los más afortunados del mundo.

Saul sonríe, pero no parece en absoluto asombrado. Más bien parece que está a punto de echarse a reír.

—Tu nombre es Sofia, ¿verdad? —dice él.

Durante un segundo agónico, Sofia cree que la humillación que siente es tan poderosa que solo podrá hundirse en la tierra. Cierra los ojos y desea que el suelo se la trague.

Cuando los abre de nuevo, Saul sigue ante ella.

—Lo siento —farfulla Sofia—. Soy tan...

—No pasa nada —dice él, y su tono de voz hace que Sofia piense que, en realidad, tal vez así sea—. Tengo una reunión con tu padre. Debería...

—Ve —dice ella—. Ve.

Esa noche Sofia da vueltas en la cama hecha un manojo de nervios, la melena enredada en el cuello sudoroso y las sábanas que oscilan entre quemarla y helarla. «¿Qué voy a decirte cuando te vea de nuevo?», se pregunta.

No tiene que preguntárselo durante mucho tiempo. Sofia se pasa el sábado inquieta, mirando por la ventana de su habitación, pero el domingo Saul llega temprano, antes que la gran familia de Sofia, antes incluso que el grupo de tres a cinco tíos —Vito, Nico o Bugs—, algo así, antes que sus esposas, que para Sofia eran antes el colmo del glamour, pero que en los últimos tiempos, con esas uñas postizas, el pelo esmeradamente peinado y los cuellos demasiado perfumados, se le antojan agotadoras, gastadas, aburridas; sin duda, eso es un reflejo del propio aburrimiento de Sofia, de su propio agotamiento, de sus propias preguntas sin respuesta. Solo faltan dos meses para que termine la secundaria, y luego, la nada.

Antonia no viene; ha vuelto a ir a ver a la familia de Paolo, en Manhattan, y Sofia se siente aliviada al pensar que no tendrá que maniobrar bajo la mirada adulta de Antonia, bajo esa pose de entender todo lo que Sofia está pensando sin necesidad de que lo diga. Es deprimente ver cómo la vida de Antonia avanza a pasos cuidadosamente planeados. Sofia tiene la sensación de estar haciéndolo todo mal.

La radio está encendida en la cocina y Rosa le está echando el azúcar en polvo a las tartas y a las galletas de nueces, mientras vigila la olla de agua hirviendo que tiene al fuego. Sofia amasa en la encimera, exhalando el aire cada vez que empuja el rodillo, y Frankie, a su lado, mete tiras de cebolla y hojas de perejil en unos tubos finos de los que luego salen mezclados en forma de lazos. El cabello de Sofia forma una nube manchada de harina en torno a su cabeza, y en sus ojos quedan aún algunas lágrimas por haber cortado cebollas, cuando de repente oye una voz que pregunta:

—¿Seguro que no puedo ayudar en nada aquí dentro?

Sofia aprieta el rodillo con tanta fuerza que la masa se rompe en dos y una parte sale volando y cae a los pies de Saul, que acaba de entrar, y que, si los oídos de Sofia no la engañan, acaba de ofrecerse a echar una mano en la cocina. Él recoge la masa y se la da, está cubierta de trocitos de piel de cebolla y tallitos de hierba que se habían caído al suelo. Rosa le quita a su hija la masa de las manos y dice algo del estilo de «a este paso no acabaremos nunca», y empieza a quitarle a esa pasta aterciopelada las migas de pan y las semillas de chile.

—Lo siento, mamá —murmura Sofia. Y luego no puede evitar añadir, mirando a Saul—: Creo que ya has ayudado bastante.

Saul, dolido, se retira al salón. Sofia nota un nudo en el estómago. «¿Qué diablos te pasa? —se reprende—. ¿Por qué eres así?».

—Ese es un poco raro, ¿no os parece? —pregunta Rosa—. ¿Se ha ofrecido a cocinar?

—A Sofia le gusta —dice Frankie—. Mira qué roja se ha puesto.

—¡Qué dices! —protesta Sofia, casi a voz en grito. Frankie aún es más baja que ella, pero le sostiene la mirada de enojo con un guiño imprudente, casi indetectable. Sofia siente ganas de abofetearla.

—Creo que es judío —dice Rosa, como si eso zanjara el tema.

Rosa sabe a ciencia cierta que es judío, pero su estilo consiste en presentar los hechos como si fueran preguntas. Y, piensa Sofia mientras extiende la parte de la masa para los raviolis que aún se puede aprovechar, en presentarse a sí misma en forma de pregunta. Rosa sabe más que nadie de los que ahora rondan por la casa, pero nunca lo adivinarías por su forma de hablar. «¿Se ha ofrecido a cocinar?». Hay algo irritante en el tono de Rosa, algo que a Sofia le da ganas de poner una bomba en la casa. «Creo que es judío…», como si todos los que la oyeran tuvieran que adherirse a la regla invisible e inquebrantable que Rosa invoca. Sofia se pasa el resto de la tarde echando humo, intentando eludir la mirada perspicaz de Frankie.

Luego, cuando Sofia se ha lavado las manos y la cara, se ha quitado el delantal y se ha arreglado el pelo, entra en el salón y ve que Frankie se está sentando a toda prisa en la silla vacía que hay al lado de la de Rosa.

—Queda una libre ahí —dice Frankie, señalándole una silla situada justo frente a Saul, que en este momento está bebiendo un sorbo de vino, con el chaleco marrón, las gafas redondas y ese pelo rizado sobre la cara que despierta en Sofia unas ganas incontenibles de echárselo hacia atrás para despejarle la frente.

—Frankie, por favor —dice Sofia, pero esta desvía la mirada con falsa ingenuidad, como si no la oyera.

De manera que Sofia no tiene más remedio que ocupar el asiento que hay al final de la mesa, justo delante de Saul, quien levanta la vista y le dice:

—Hola de nuevo.

—Hola —dice Sofia con la mirada puesta en su plato. «Intenta hablar con él esta vez», le dice la Antonia que tiene dentro de la cabeza, pero Sofia tiene la impresión de que todos sus pensamientos se han evaporado, de que el interior de su cerebro es un pasillo de mármol vacío.

—Lamento lo de antes —dice Saul.

Alguien le pasa una cesta de pan de ajo recién hecho. Las tripas de Sofia se retuercen de una manera tan sonora que está segura de que Saul las ha oído. El vapor le nubla las gafas.

—No —dice ella—. Soy yo quien lo siente. No debería haber sido tan... —Sofia pierde las palabras en la boca, y, en su lugar, la llena de pan.

—Todavía no sé cómo funcionan las cosas por aquí —dice Saul. Habla con muy poco acento, pero lo suficiente para que Sofia no pueda evitar fijarse en cada una de sus palabras—. Me gusta cocinar, pero creo que ese no es mi sitio.

Sofia se ríe.

—Desde luego que no —dice ella—. A mí no me gusta, pero no tengo más remedio.

—Es una pena que no podamos intercambiarnos —dice Saul mientras le pasa una bandeja con albóndigas.

Sofia sonríe, y algo se funde en el aire entre ambos.

—¿Dónde aprendiste a cocinar? —pregunta ella.

—Con mi madre —dice Saul—. Estábamos los dos solos, así que yo la ayudaba.

—¿Tu madre… sigue… en Alemania?

—En Berlín —dice Saul—. Supongo. —De repente parece muy concentrado en partir una judía verde.

—¿No lo sabes?

—Es imposible saberlo. Los nazis. Las cosas están muy mal allá. —Pero al percibir en su voz una brusquedad desconocida hasta el momento, Sofia se siente como si estuviera metiéndose donde no debe.

—Lo siento —dice ella.

Saul la mira a los ojos, y así, de repente, ambos han entrado en un lugar que es mucho mayor que la charla de política de los domingos. Ella piensa que ahí afuera existe un mundo real con consecuencias reales. Un mundo donde la gente ignora dónde están sus madres. Un mundo donde la mayor preocupación no es si un hombre se ha ofrecido para cocinar.

Entonces Bugs o Vito reclaman la atención de Saul, y él aparta la mirada de Sofia, y ella se pregunta si la conversación no habrá sido solo fruto de su imaginación.

—Sofia, ¿me pasas ese plato, por favor? —le pide Rosa.

Sofia se levanta a llevar el plato de pan de ajo al otro lado de la mesa, donde Rosa está sentada frente a Joey y al abuelo, que mete los dedos para llevarse el mejor trozo sin tan siquiera echarle un vistazo, ni al pan ni a Sofia. Súbitamente Sofia se siente muy atada al mundo que ya conoce. Posa la mirada en el otro extremo de la mesa y ve que Saul está enfrascado en una conversación. Vito le aprieta el brazo y los dos se ríen. Frankie está charlando con Rosa, y con la *nonna*, y con una mujer que debe de ser la esposa de Bugs. Las cuatro parecen haber creado un grupo aparte. Sofia vuelve a estar sola.

Pero esa noche, más tarde, Sofia está secando los platos. Rosa ha salido de la cocina para ir al cuarto de baño, la *nonna* ya se ha ido con el abuelo, llevándose consigo su mirada controladora de ave rapaz. Nadie ve a Saul, que cruza sigilosamente la puerta de la cocina y se coloca tan cerca de Sofia que ella puede olerle, tan cerca que ella nota un escalofrío en la nuca y en los brazos.

—Hasta la semana que viene —se despide.

En el interior de Sofia hierve una sangre espesa que avanza a toda prisa por sus venas: hacia sus mejillas calientes, hacia sus dedos, hacia sus rodillas. El cambio ha llegado ya muy cerca de la superficie de su piel y amenaza con reventarla en cualquier momento.

# LIBRO TERCERO

# 1941-1942

Paolo quiere a Antonia con un ardor que lo despierta a media noche, sorprendido por su vehemencia. Cuando está a su lado, puede sentir que los átomos de su cuerpo se fusionan, se retuercen, conspiran para acercarse más a ella. Cuando no está a su lado, es como si la obsesión fuera una cuerda que tirara de él y quisiera atarlo a esa persona. La tensión de Paolo ha empezado a manifestarse en forma de insomnio. Yace despierto, con la vista puesta en la pintura desconchada del techo de su habitación, y siente que algo se comprime debajo de su piel salada.

Antes de que llegara Antonia, las fantasías de Paolo sobre la vida adulta eran todas en blanco y negro. Él se había criado en un barrio de casas baratas, donde los juramentos con saliva y los gritos de los juegos daban paso a la cruda edad adulta. La vida era un ejercicio de supervivencia: a la polio y a las paperas, a la violencia perpetrada por la escoria de las bandas del Five Points y por los crueles matones del colegio, al trabajo en la fábrica que provocaba vértigos y que hacía sangrar los dedos. El placer era algo azaroso que se tomaba sin pensar en sus consecuencias o su continuidad. El placer era un bistec los domingos, un trago de whisky que quemaba una garganta agotada, la cama blanda de una mujer fácil. Existía un número suficiente de tipos que escapaban del barrio y regresaban en vacaciones, contando las historias de sus éxitos en los teatros de Broadway o en la banca, para que el resto pudiera dormir tranquilo, convencido de que el trabajo duro tenía su recompensa, de que el sueño americano estaba vivo y gozaba de buena salud. La madre de Paolo no estaba para tonterías, y eso incluía «los cuentos de la lechera»: había criado a sus hijos para que trabajaran sin rechistar y disfrutaran de las pequeñas cosas. «Como de esta cena», les decía. «¡Los mejores rabanitos!». Y luego alzaba las cejas, los miraba a la cara y decía: «Y, si tenéis suerte, de una buena mujer».

Cuando era un niño, Paolo solo pensaba en las mujeres como elementos de una vida adulta de éxito: un buen trabajo, una buena mujer, un buen hogar. Anhelaba con todas sus fuerzas seguir los consejos de su madre, pero a la vez trascenderlos; quería lograr un hogar más limpio, más ordenado y más sensato que el caos que había reinado siempre en el piso de sus padres. Quería que la gente lo reconociera en la calle y lo llamara por su propio nombre, en lugar de limitarse a ubicarlo en el difuso grupo de los Luigio: «Tú eres el pequeño, ¿verdad? ¿El más joven?».

Sus pensamientos sobre Antonia son todos en color. Sus fantasías de presente y de futuro están tan entrelazadas que no siempre sabe si ama a la Antonia que tiene delante o a la Antonia tal y como se la imagina dentro de quince años. Pero Paolo tiene veintiún años, y todo le está pasando a la vez, y él cree que comprende por qué es así y qué lo motiva. La forma en que su madre consigue reducirlo a la versión más vulnerable y desesperada de sí mismo con solo una palabra. La forma en que despierta, aquejado por un dolor que le va de las puntas de los pies a los cartílagos de la mano debido al deseo frustrado que le inspira Antonia y que le hace verse abriendo la puerta del hogar que comparten, un espacio lleno de luz con muebles elegantes e impolutos. Antonia, que abre la puerta del dormitorio. Antonia, que se abre los botones de la blusa. Que abre la boca. Que lo engulle entero.

En julio, Antonia sueña que ha ido a clase en el primer día de la universidad. Entra en el edificio recubierto de hiedra y camina hacia la clase de preescolar. Los otros estudiantes se ríen de ella cuando la ven que intenta meterse en un pupitre pensado para un niño pequeño. Maria Panzini le susurra algo a su compañera por detrás de una mano enguantada y Antonia sabe que está hablando de ella. «Siempre he querido venir aquí», se dice a sí misma. «Las cosas mejorarán».

Antonia despierta temblando, a pesar de que el pesado aire del verano ha invadido su cuarto. Se envuelve con la sábana y se dirige de puntillas hacia el comedor, se deja caer en el hueco del sofá que tiene la forma de Lina. Se siente enormemente agradecida por el hecho de no tener que vivir en este piso para siempre.

Antonia ha logrado convencerse a sí misma de que el matrimonio, la vida que está construyendo con esmero junto a Paolo, es lo que quiere. Paolo también quiere algo distinto a la vida en la que se ha criado. Para él, ese cambio se materializa en la Familia, la misma de la que Antonia siempre se había planteado huir como primer paso para avanzar. Pero Paolo está seguro de sí mismo. Es tan soñador como ella, pero a la vez es cuidadoso, mesurado, constructivo. Paolo tiene un plan. Está ahorrando para un piso, para muebles, para ropa de cama. Se casarán en la próxima primavera. El futuro de Paolo está lleno de estancias limpias, de niños bien educados, de calor y de seguridad. Antonia lo ha adoptado como propio.

Cuando saca el tema de la universidad con Paolo, él parece distraído, perplejo. No consigue encajar la idea de una Antonia estudiando en esa fantasía de futuro, pero la ama. «Me ama». Quiere que ella sea feliz. Dice que ya intentará arreglarlo. «Ya lo arreglaremos».

Al igual que Paolo, Saul tampoco puede dormir durante el verano de 1941. Da vueltas y vueltas, pensando en mujeres. Pasa las noches paseando arriba y abajo de Manhattan, moviéndose hasta que las piernas le tiemblan de fatiga, y luego se refugia en un caluroso vagón de metro, donde el aire es espeso y lo ayuda a mantener la cabeza pegada al cuerpo. Hay noches en que está embelesado pensando en Sofia. Cuando está con ella, el terror que le muerde la lengua y le retuerce las tripas se disipa. Sofia lo hace sentir como si estuviera firmemente apoyado sobre los pies. Ha quedado fascinado por su aroma y por su fuerza; por esa manera de ser tangible y sorprendente a la vez; por la miel de su risa y el olor a tierra de su cabello.

En otras noches, la añoranza de su madre se transforma en una bestia que camina a su lado por las avenidas oscuras.


Cuando terminan las clases del instituto, Sofia se pasa una semana tirada en su cuarto, atrapada en una especie de libertad desalentadora que se le antoja vacía, insustancial y abrumadora. El resto de su vida, lo que hasta junio no había sido más que una abstracción surrealista, le pide que piense en medidas de tiempo que ella nunca había ni siquiera concebido. Mancha cada pequeña decisión que se plantea con la sombra espeluznante de la permanencia. «Podrías considerar el tema de la universidad», dijo Frankie desde la puerta del dormitorio de Sofia, al encontrarla ojeando la misma revista por tercera vez o mirando desganada por la ventana. «Pronto conocerás a alguien», dijo su madre. Sofia no quiere ir a la universidad, donde la esperan más años de gente que le dice lo que está bien y lo que no. Ni tampoco quiere conocer a nadie. A nadie que no sea Saul, claro está, aunque él nunca satisfará los requisitos que, según su familia, debe poseer ese «alguien». Nunca se casarán. Nunca tendrán hijos. El nombre de Saul nunca antecederá al suyo en cartas dirigidas a ambos; no los unirá la iglesia, ni la cultura, ni nada aparte de su propia telaraña de secretos, mentiras y amor. Esto confiere al tiempo que pasan juntos un encanto irresistible. Facilita que Sofia, que siempre ha sentido un vago temor ante la idea del matrimonio y los hijos, se deje llevar por la obsesión loca con Saul, alguien con quien se siente a salvo porque no amenaza su independencia. Sofia está empezando a entender lo que es la contradicción: cómo es posible desear algo con todas tus fuerzas y, a la vez, no quererlo; cómo hay veces en que lo atractivo de los sueños es precisamente que sean imposibles.

Sofia vive para y por ese nuevo secreto. Ella y Saul se cruzan en el pasillo, y surge entre ellos algo magnético, algo que los derrite. Se cogen de la mano en los umbrales de las puertas; dan una vuelta a la manzana; se hablan directamente a la boca, vertiendo frases que son líquidas y conforman una ola que está hecha de la adicción más pura y más visceral.

Sofia y Saul se pasan notitas cuando él viene a su casa. Conciertan citas en otros barrios. Se meten a escondidas en pequeños restaurantes y prueban platos de lugares que solo han visto en los mapas: Marruecos, Grecia, Malasia. Saul no distingue los barrios peligrosos y no trata a Sofia como si fuera un ser frágil. Se alejan tanto como les es posible hacia el oeste, sin cruzar el Hudson, y cuando se pone el sol ven encenderse las luces de Nueva Jersey y de Times Square mientras se sienten como si estuvieran en una isla, en una extensión oscura e impenetrable de paisaje industrial en el borde del mundo.

Con Saul, Sofia tiene la impresión de que existe un espacio para ella. Saul le pregunta quién es, quién quiere ser, sin que exista la amenaza de la decepción, de que Sofia no encaje en el espacio previsto. «Creo que quiero tener poder, como mi padre», le dice a Saul, «pero no con sus métodos». Ella ignora qué hará, pero intuye que será algo que valga la pena. A medida que pasa el verano, piensa más y más en Saul, a pesar de que ha decidido que solo se trata de una diversión, del placer de saltarse las reglas.

Saul, que está enamorado de Sofia pese a que es insoportable estar enamorado cuando has perdido a tu país y a tu familia, entiende bien las contradicciones. Entiende lo que es hallarse en presencia de un imposible. Y Saul empieza a sentirse como si estuviera saliendo de un largo periodo de hibernación, de una vida entera de invierno, y su corazón, hasta ahora amortecido, gana en vigor a medida que la atención de Sofia crece y lo baña en su luz. Empieza a comprender el valor de las sensaciones, la necesidad ardiente del presente. Si antaño vivió sumido en los recuerdos, en la especulación, en una profunda inquietud, ahora comienza a despejar el camino de su vida dejándose llevar por lo que pide el momento.

En otoño, por vez primera desde que tienen recuerdos, Sofia y Antonia no vuelven al colegio. Septiembre es un gran bostezo en el que se sumergen de cabeza. Se sienten mecidas por la corriente de sus vidas. Corren hacia algo que parece un precipicio, contemplan desde lo alto una cascada que termina obligatoriamente en una boda y unos hijos, unos vestidos sensatos, un hogar que manejar. Cada una de ellas libra su propia batalla silenciosa: lo que quieren; lo que sucederá a pesar de sus deseos. Se dan cuenta de que el amor es algo que puede surgir sin necesidad de que lo deseen. No sabrían decir si es el río o una balsa. Tienen que reconsiderar sus sueños.

Joey Colicchio ha estado trabajando demasiado. Lleva tiempo haciendo un sobreesfuerzo, manteniéndose en tensión entre el mundo donde es el padre de dos chicas de piernas largas y mirada aguda y el mundo donde es la violencia personificada, el terror de la sala, la razón por la que los hombres despiertan sudorosos a media noche. En ambos mundos se le exige al máximo, se le arrebata, se lo agota. En ambos mundos, él es el centro. El corazón.

Joey había supuesto que la operación de falsificación en tiempos de guerra que había organizado le aliviaría parte de la culpa que se asienta como una roca en sus tripas. Había supuesto que permitir que otras familias alcanzaran el crepitante, decadente y glotón sueño americano lo ayudaría a justificar la relativa opulencia de su propio estilo de vida, en comparación con el de tantas otras familias que conocía. Joey quiere creer que paga a sus hombres tan bien como puede. Quiere creer que recurre a la violencia solo cuando es necesario.

Pero hay una parte de Joey que sabe que eso es incierto. «Esta vida ha sido elección tuya», recuerda. Habría existido menos violencia en el sindicato de albañiles, si él se hubiera mantenido callado y cumplidor. Habría provocado menos miedo de haberse quedado viviendo con sus padres hasta que se casó, y hubiera metido a diez o doce nietos en un piso de los suburbios. Se habría desintegrado en el barro, en el cementerio, al lado de su padre. «El polvo al polvo». Joey se descubre preguntándose si es o no un buen hombre.

Rosa dejó de recurrir a Lina en busca de consuelo hace años, pero en los últimos tiempos, con una Sofia desaparecida a todas horas, siempre a la defensiva y llena de planes secretos, Frankie entrando en cólera a la menor provocación y Joey, que apenas para en casa y que, cuando lo hace, está con los nervios de punta, ella ha empezado a considerar la posibilidad de plantarse en la casa de al lado en bata y zapatillas a altas horas de la noche y sumergirse en aquella antigua canción que le es tan conocida.

Le consta que es imposible. Lina se ha convertido en un espectáculo, un cuento con moraleja. Aparte de sus hermanos, de las esposas que aparecen por su casa todos los domingos, Rosa debe navegar por sus días a solas. Y, como siempre pasa con ella, Rosa lo entiende. Sabe por qué las cosas son así. Comprende las estructuras que lo exigen.

Aun así, Rosa no consigue dormir e imagina cómo sería. Salir por la puerta de su piso, andar de puntillas hasta la calle y subir por la oscura escalera del edificio de Lina y Antonia, donde sería recibida por Lina con un abrazo y un «esperaba que vinieras». Y donde, con un poco de suerte, sabrían de nuevo dónde estaban sus hijas y si estas estaban ya dormidas.

El 7 de diciembre se produce el bombardeo de Pearl Harbor. Nada se libra. La guerra, que hasta ahora había sido un problema ajeno, una tragedia lejana, algo intangible, penetra en los hogares americanos. Los agarra por el cuello con fuerza. Los obliga a mirarla a la cara.

Sofia huye de su casa, donde sus padres viven atascados en el fango de las preocupaciones adultas, en una especie de depresión que la hace sentir que el suelo que pisa son arenas movedizas. No saben qué hacer. No saben qué va a suceder. Ella toma un taxi en dirección a Manhattan. Ve pasar los cables metálicos del puente de Brooklyn y se recuerda con cuatro años, dirigiéndose a las cenas de los domingos acurrucada en el regazo de su padre, la fuente de la certidumbre. ¿Cómo puede centrarse? ¿Cómo va a decidirse a hacer nada en un mundo que se tambalea desde los cimientos?

Sofia se encuentra con Saul a escondidas en un cine del centro. Cuando se sienta a su lado, la película ya está empezada, de manera que lo saluda con una palmada suave en el hombro y pega su cuerpo al de él. Saul le ofrece palomitas y ella, de repente, nota que tiene un hambre voraz. Las come a puñados, deja que la sal le manche las uñas, que la mantequilla se le pegue en la piel. Sofia entrelaza su brazo con el de Saul y apoya la cabeza en su hombro. Nota los huesos de su brazo, esa larga extensión que le sale del corazón. Él es algo sólido, firme, vivo. Algo en Sofia se calma. Algo se abre.

Después del cine, Saul y Sofia deambulan por los senderos arbolados del Washington Square Park, intentando no convertirse en presa fácil para los rateros. Se paran en un oscuro bar bohemio de MacDougal y Saul pide un par de jarras pequeñas de cerveza negra que se beben sin sentarse, apoyados en una de las mesitas altas del rincón. A Sofia le gusta la sensación ligera y alocada que le da y se toma otra mientras Saul se lía un cigarrillo. Ella habla sobre la película; inventa historias sobre los demás parroquianos (la mujer del vestido ajustado y los rizos perfectos es una amante; el de los cuadernos que se da vueltas al anillo de casado es un periodista que no tiene ganas de volver a casa; y el de más allá es un artista que se independizó de su familia de Nueva Jersey y vive ahora en un estudio amueblado con cartones de leche). Llena los huecos de la conversación sin dejar de pensar en ningún momento en los huesos de los brazos de Saul, en la forma de sus nudillos, en sus pestañas bailarinas.

Dentro de Sofia, aquello que se ha abierto no para quieto. Está hambriento. Saul no habla mucho; sus ojos la atraviesan.

—¿En qué piensas? —pregunta ella, y Saul abre más los ojos y la enfoca de verdad, como si hubiera olvidado dónde está. Hace una mueca; es una broma privada, él pone esa cara mientras está hablando con alguno de los chicos cuando ve que Sofia lo observa desde la puerta. Una cara que quiere decir: «Estoy aquí. Pero preferiría estar allí, a tu lado».

—En nada —dice él, que es lo que dice siempre que lo pillan pensando en su familia, y en Alemania, y en las capas de misterio inexpresable que rodean su vida en Europa.

Sofia busca la mano de Saul con la suya, la coge, pero la mirada de él sigue átona, como si estuviera concentrado en algo que está detrás de ella. Ella no sabe qué es, pero desea que esa mirada regrese.

—Estás en las nubes —le dice.

—Estoy aquí —dice él. Pero no es verdad.

Y Sofia, que a menudo se repliega en sus propios pensamientos cuando las conversaciones con él llegan a este punto, aprieta los labios y pone una mano en el pecho de Saul.

—Cuéntamelo —le dice.

—¿No has visto las noticias? —pregunta Saul.

—Claro que las he visto —dice ella.

—Bueno, pues... —Saul se calla, se encoge de hombros—. Supongo que estoy pensando en eso.

—Y yo supongo que intento no hacerlo —dice Sofia. Está pensando en las manos de Saul, en las burbujas que ascienden hasta el borde de un vaso de cerveza.

—Supongo que no puedo evitarlo —dice Saul.

—Vale —dice Sofia.

Ella quiere ser suficiente para Saul. Quiere que su presencia lo anime y lo saque de sí mismo. Quiere conseguirlo y así sentir que, al fin y al cabo, quizá ella sea buena, intuir que ante ella no hay un foso, sino un camino.

—Quizá debería irme —dice ella. La consolaría ser capaz de consolarlo.

—Sofia —dice Saul, y en su voz hay una urgencia que ella no reconoce—, ¿piensas alguna vez que el mundo se está derrumbando? Dicen que ayer murieron miles de personas. Y, como es una guerra, el resultado de esas muertes será más muertes. Y cada una de esas personas es parte de algo. Tienen madres, tienen hijos... —Saul se interrumpe de manera abrupta. Un rubor sonrosado le colorea las mejillas y tiene los ojos brillantes y animados.

—Claro que lo pienso —dice Sofia—. Pero he venido aquí para escapar de mi familia, para verte, y tú estás actuando exactamente como ellos, y no logro acercarme a ti, ni a nadie, no logro hacer nada. Me siento tan inútil, Saul... Y podría irme a casa, pero mi madre me dará un... un calcetín para que cosa y... ¡Y yo no creo que coser calcetines sirva de nada!

—De acuerdo —dice Saul—. De acuerdo.

Los clientes de las otras mesas los observan por el rabillo del ojo. Saul señala la puerta y Sofia y él salen del bar hacia una calle helada.

—Creo que tienes razón —dice Saul.

—¿Qué? —Sofia se ha preparado para una pelea.

—Tanta preocupación... no tiene sentido. Es solo que me siento culpable.

Sofia tiene ahora energía acumulada, el enfado le entrecorta la respiración, la adrenalina bombea por todo su cuerpo. Pero no hay pelea a la vista, y ella no sabe cómo manejar todo eso sin soltarlo, sin gritar bajo el débil y crepuscular sol de invierno, sin destruir todo lo que encuentre a su paso.

—No tienes nada de que sentirte culpable —le espeta, con más dureza de la que pretendía.

—¿Qué clase de hijo no se sentiría culpable por abandonar a su madre?

—No la abandonaste —dice Sofia.

—Sí que lo hice —dice Saul.

Esa simplicidad amenaza con arrancarle las lágrimas de la garganta. Los dos caminan de MacDougal a Bleecker. Se apoyan el uno en el otro en busca de calor. Dedos de aire invernal se les meten por dentro de la ropa. La agonía de sentirse inútil crece de nuevo dentro de Sofia, arañándole la garganta con sus garras.

Cuando Saul se dispone a girar a la derecha, hacia la Sexta Avenida, donde Sofia debe coger un taxi para Brooklyn, ella lo para.

—Tengo una idea —dice ella, pero las palabras se pierden en los pliegues de su bufanda y Saul se ve obligado a acercársele y pedirle que lo repita—. Llévame a tu casa contigo —le dice ella al oído. Su aliento quema y luego se le congela en la oreja.

Durante el resto de sus días, Saul recordará el momento en que asintió, dijo «De acuerdo», apoyó la cara en la bufanda de Sofia y en su pelo para besarla y la rodeó con los brazos. Será capaz de sentir la gelidez metálica del aire, y sentir, como si la tuviera allí, la urgencia del cuerpo de ella apoyado en el suyo. Será capaz de imaginar su vida tal y como la vio en ese momento: extendiéndose ante él y llena de infinitos placeres. Sofia es la única que siempre pudo ahondar en él hasta alcanzar sus temores más recónditos, más incontrolables, y sacarlos a la luz. «Llévame a casa contigo», dijo ella, y el hielo de su oreja le recordó que estaba vivo y en pie, con la chica que amaba, en medio de Nueva York.

—De acuerdo —dice él, y ambos se ponen a caminar hacia el este, temblando de frío y de ganas, los dos callados, siguiendo los pasos de los transeúntes que regresan a sus casas.


Esa noche, más tarde, Sofia yace en la estrecha cama de la pensión de Saul, un territorio desconocido. Saul está dormido. Ella se siente anónima y poderosa: una mujer eterna, parte de un ritual mucho mayor que ella misma. La luna resplandece al otro lado de la ventana y dibuja sombras pavorosas en la pared. Hay un árbol que crece y se encoge, distorsionado por el viento, y los cuerpos extrañamente estirados y las pequeñas cabezas de los que pasan por la calle cruzan el techo en forma de desfile surrealista.

Sofia cree en Dios de la misma manera en que un niño cree que sus padres sabrán que los ha desobedecido. Es curiosa, está un poco resentida, pero Dios, como todas las grandes estructuras contra las que Sofia se enfrenta para afirmar su independencia, es omnipresente en su mundo. Dios consiste en las misas dominicales a las que dejó de ir cuando era adolescente, solo para ver si eso cambiaba algo; en la *insalata di mare e baccalà* de Nochebuena; en santiguarse de manera automática cuando pasa por delante de una catedral. Dios está en los aromas de la comida de su madre. Dios, en la cinturilla de su falda, aquella que parece hacerle preguntas demasiado personales a sus caderas, pero que la hace más esbelta y delicada y la convierte en el objeto de admiración de todos los hombres con los que se cruza por la calle. Justo antes de dormirse, se le ocurre a Sofia preguntarse si Dios sabe que está desnuda y soltera en la cama de un judío.

Se despierta en un gris amanecer y evalúa la forma de su cuerpo desnudo en las sábanas de Saul. «¿Qué he hecho?». A pesar de todas sus poses, Sofia nunca ha cruzado una línea tan gruesa como esta.

Se levanta, se echa una camisa encima y, sin hacer ruido, abre la puerta de la habitación de Saul. El cuarto de baño se encuentra a unos cinco metros de distancia, en un pasillo donde ella tiene prohibido estar, y camina de puntillas apoyada en la pared, pidiendo misericordia a los suelos viejos. Se encierra dentro y se mira en el espejo sucio, preguntándose si se le nota en algo. Parece la misma, solo un poco pálida por haber dormido poco. Se echa agua helada en la cara y se sienta en el retrete, que está lo bastante frío como para cortarle la respiración.

En la habitación de Saul, con los muslos aún doloridos y el corazón desbocado, Sofia vuelve a acostarse y mira hacia el techo. No sabría decir si se siente más o menos completa. No está segura de si ha tenido éxito en traer a Saul hacia el presente. El miedo de que no haya sido suficiente la ahoga. El temor de no haber cambiado nada, ya que, en realidad, todo está igual, la ciega. Necesita aire, luz.

Saul se mueve a su lado. Sofia vuelve la cabeza para mirarlo. Nunca ha visto sus rasgos tan lacios. Su respiración produce un ligero silbido y a Sofia le incomoda saberlo; se le antoja algo demasiado íntimo. Se siente congelada. Quiere saltar de la cama, bajar corriendo aquella calle fría del Lower East Side mientras amanece, pelearse con algo más grande que ella mientras la luz parte la ciudad como si esta fuera un huevo.

En la cama, Sofia se lleva una mano a la boca para ahogar los sollozos. Durante toda la vida había oído que esto la cambiaría. Qué decepcionante resulta saltarse la regla más importante y seguir metida en la misma piel.


Abandona la habitación de Saul envuelta en una vaga sensación de incomodidad, en una decepción que bordea el disgusto. No con Saul —Sofia le sonríe al salir; él le pregunta si está bien; ella miente—, que es tan encantador como siempre, y ante cuyos ojos Sofia no ha arruinado nada, no ha perdido nada, no ha traicionado confidencia alguna. Sofia está disgustada por las mentiras que le han contado sobre su propio cuerpo. No confía en nadie. En el taxi, de camino a casa, aparta los brazos de su cuerpo. Se apea en la esquina y mira hacia las cortinas corridas de las casas del vecindario, que parecen estar observándola. «Estaba en casa de Antonia», les dice a una madre furiosa y aterrada, y a una hermana curiosa y suspicaz. «Me quedé dormida. Lo siento. Ya lo sé, *mamma*. Lo siento». En el cuarto de baño, Sofia se desnuda, abre el grifo de la ducha a tope y se queda debajo del chorro hasta que la piel le brilla por el calor.

Se obliga a mirarse en el espejo cuando se disipa el vapor. Parece exactamente la misma. No se siente rota, ni dañada. No se siente herida. Rosa ni siquiera la había mirado y ya preguntó: «¿Qué has hecho?».

«Todas las reglas que me han enseñado no son más que mentiras», comprende Sofia.

Y entonces, las lágrimas que llevaban pugnando por salir desde que se hallaba en la esquina de Bleecker con MacDougal con Saul empiezan por fin a caer por sus mejillas. Y mientras llora, abrazada por la toalla que rodea su cuerpo, Sofia tiene la sensación de que el mundo se ha puesto patas arriba.

Rosa, sin embargo, se pregunta qué le está pasando a Sofia. Su hija lleva todo el verano escabulléndose, evitando a la familia. Sabe, de la manera en que sabes esas cosas que no querrías saber, que su hija no ha dormido en casa de Antonia, porque sabe, claro que lo sabe, que Sofia y Antonia ya no están tan unidas como antes, que ambas andan enredadas con las cuitas de hacerse adultas, de imaginar en qué consiste eso. Antonia se ha comprometido con ese chico tan guapo de Manhattan y Rosa se alegra por ella tanto como puede, aunque a la vez desea con todas sus fuerzas que Sofia también encuentre a alguien que recoja toda su energía feroz y la canalice hacia una vida reconocible. Rosa no sabe dónde ha pasado Sofia la noche, pero sabe, sin la menor duda, que su hija le está mintiendo.

Sofia no vuelve a ver a Saul hasta el domingo siguiente, en la cena, pero él la evita, temeroso de que Joey Colicchio adivine lo que ha hecho con una simple mirada. A Sofia esto le va bien: se ha pasado la semana hibernando en su cuarto, y no está muy segura de qué querría decirle a Saul aunque tuviera la oportunidad de hablar con él. La magnitud del acto cometido se alza entre ellos como un muro de hormigón. La semana siguiente es Navidad, y luego Año Nuevo, y las primeras semanas de 1942 se revelan inusualmente atareadas para Joey y sus hombres, por lo que Saul lleva un horario extraño y Sofia sale a pasear por los confines del barrio, envuelta en pieles, con lágrimas en los ojos por el viento frío que la acecha al doblar cada esquina. De manera que no se cruzan y ninguno de los dos se decide a llamar por teléfono. «¿Qué te pasa?», pregunta Rosa. «Estás más rara que nunca», dice Frankie.

Sofia está más rara que nunca. No se reconoce a sí misma. Y por ello se descubre sentada en la cama y con el impulso incontenible de llamar a Antonia. Estamos a mediados de febrero. Antonia está planificando su boda y no sabe hablar de otra cosa. Sofia no quiere llamarla. Pero no hay nadie más que pueda ayudarla, de modo que ahí está, mirando el teléfono, ordenándose: «Marca el número».

Sofia sabe que no hay nada que hacer, pero a la vez está segura de que Antonia sabrá cómo enfocarlo. O, mejor dicho: Sofia está segura de que, frente a la mirada de Antonia, ella se volverá a sentir como antes.

Descuelga el teléfono. Y dice: «Necesito ir a verte».

—¿Estás segura?

Sofia asiente, con las manos apoyadas en su regazo. Está sentada en la cama de Antonia, en ese piso triste que le resulta tan familiar como un abrigo viejo. Sus rodillas rozan las de su amiga.

—Lo estoy. Bueno…, hace dos meses y medio, Antonia. Y me he pasado todas las mañanas de enero de rodillas frente al retrete. —Se encoge de hombros—. Estoy segura.

—Pero… —Antonia está sentada a su lado, en silencio, guardando la compostura que merece un secreto de ese calibre—. ¿Cómo?

Sofia enarca las cejas.

—Bueno, ya sé el cómo. Me refiero a… ¿cuándo? No, eso también lo sé. —Antonia se queda callada durante un momento y luego pregunta—: ¿Dónde?

—En su habitación, en diciembre.

—¡Ostras, Sofia, ostras!

—Ya lo sé —dice Sofia.

—No estáis casados —dice Antonia.

—Lo sé —dice Sofia.

—¡Y él es judío!

—Lo sé. —Sofia mira a Antonia a los ojos, y ve que sus rasgos se han contraído por el temor en su gran cara pálida—. Mis padres ni siquiera están al tanto de que él y yo…, de que nosotros… Mi padre trabaja con él todos los días. Antonia, creo que lo va a matar.

—Estoy segura de que no lo hará —dice Antonia, y rodea con el brazo la cintura de Sofia. No está tan segura de ello, pero sabe que la inmediatez, la permanencia y, sobre todo, la incontrovertible existencia de la tercera vida que hay en esa habitación con ellas significa que todo tiene que salir bien. Las cosas tienen que arreglarse. Cuando jugaban en este mismo cuarto las dos, siempre estaban convencidas de que no existía amenaza alguna a la que no pudieran hacer frente juntas.

—Puedo ir a cenar —dice Antonia—. ¿Quieres esperar a ese momento para contárselo?

Y con eso ya está: Sofia vuelve a ser la de siempre. Su energía habitual vuelve a recorrer su cuerpo. Flexiona los dedos, siente cosquillas en los pies. «Gracias a Dios», piensa. Y entonces estira los brazos para abrazar a Antonia, atrayéndola contra su pecho, apoyando la cara en el cabello de su amiga.

—Gracias —le dice. Las manos de Antonia se entrelazan con las suyas; los ojos de Antonia no se apartan de su cara—. Pero creo que es mejor que esté a solas con ellos. Es la única manera que tengo de que atiendan a mis explicaciones. Contigo allí todo será demasiado obvio: aquí vuestra hija, caída en desgracia, y aquí la amiga que va a casarse con el buen chico católico. ¿Me entiendes?

No tiene muy claro qué les va a explicar, la verdad, porque para ella todo el tema sigue siendo más bien confuso: los pasos que la llevaron hasta allí, la forma en que eso cambiará su vida. Pero ahora está impaciente, lista para actuar. Tiene un plan. Tiene algo que hacer. La energía nerviosa contenida amenaza con ahogarla allí mismo. Se levanta y se dispone a irse.

—Gracias —dice Sofia de nuevo, antes de salir de la habitación de Antonia.

—Sofia —dice Antonia.

—¿Qué?

—¿Saul lo sabe?

—No —dice Sofia, ya desde la puerta de la calle.


A veces, cuando está sola, Antonia desea fervientemente que Paolo cruce el espacio que los separa en el sofá o en la mesa, la agarre por la cintura y le baje la blusa por los hombros, la falda por los muslos. En esos momentos previos al sueño, se imagina el peso de ese cuerpo sobre el suyo; se llena de miel caliente.

Qué fina es la línea, comprende Antonia. Qué insustancial es el espacio entre imaginar algo y pedirlo.

Qué fácil parece cruzar la línea.


Sofia no consigue sentirse arrepentida, pero tiene miedo.

Algunas noches yace despierta y se imagina escondiéndolo. Pasa horas en vela diseñando blusas anchas, chaquetas enormes, faldas que disimulen la barriga.

A veces se imagina a sí misma, a Saul y al bebé viviendo en una cabaña en el bosque o cargados con tiendas de campaña a las espaldas como si fueran indios. Saul cazaría un ciervo, y ella recogería bellotas para hacer harina y ostras para asar en los carbones encendidos de la hoguera. Cubrirían al niño con vestidos de hierbas. Dormirían abrazados bajo las estrellas.

Fantasea con la idea de que su madre abrace a Saul y rompa a llorar, y con que su padre le dé una palmada en la espalda y mire a Sofia, con severidad, pero a la vez con orgullo. Planearán una gran boda: al aire libre, a la vista de sus dos dioses, y Sofia se vestirá con sedas y joyas, y la fiesta durará hasta el amanecer.

También se imagina sola, el bebé prendido de los pechos como si fuera un hatillo, pidiendo limosna por las calles.

Lo imagina creciendo dentro de ella, pero no logra sentir nada.

Es a Saul a quien se lo cuenta primero. Él no tiene noticias de su madre desde el verano de 1941. No ha estado a solas con Sofia en una habitación desde la noche que pasaron juntos en diciembre. No está en su naturaleza enfadarse porque ella le haya estado evitando. «¿Qué puedo hacer?», le pregunta. A ella no se le nota el embarazo y a Saul le cuesta asumir lo que acaba de oír. «¿Qué necesitas?». Sofia no necesita nada. Aunque se quede así, sin hacer nada, el ser humano que lleva dentro seguirá su curso. Pero está más contenta de lo que habría imaginado de poder contar con Saul. Él la besa y algo en Sofia florece, algo que estaba nervioso y expectante, algo que soñaba con este momento. Lo coge del pelo y lo atrae hacia ella.

Invita a Saul a cenar sin avisar a su madre, lo que sin duda pondrá a Rosa de los nervios. Pero Sofia no es capaz de figurarse cómo decirles a sus padres que Saul viene a cenar sin contarles entonces el porqué, y Saul quiere estar presente cuando lo haga. «Esto también es responsabilidad mía», dice él con el ceño fruncido. El problema se había convertido en un «esto»; lo habían compartido; le habían puesto nombre, y de esa forma se había convertido en algo real que llegaría a su mismo mundo. Sofia coge un taxi y ve que Saul se aleja, rascándose la nuca por los nervios. Algo en sus pasos lentos la acongoja, le provoca unos nudos parecidos a las carcajadas que ella debe tragarse. «Lo amas», dice una voz en su cabeza. «No te lo esperabas, pero es así». Esa voz parece la de Frankie. «Cállate», responde Sofia. Vuelve la cabeza hacia delante. El taxi avanza hacia Brooklyn.

Saul aparece en el piso de los Colicchio temprano y se encuentra a Rosa secándose las manos con un trapo. «Joey saldrá enseguida», le dice ella. Él le da las gracias, porque no encuentra la manera de soltarle que «en realidad, he venido a cenar». Por suerte, Sofia debe de haberlo oído entrar, porque asoma la cabeza por la puerta del salón y dice:

—*Mamma* está haciendo albóndigas. ¿Te quedas a cenar?

Y Rosa, tras lanzarle una mirada incisiva a Sofia, dice:

—Sí, claro, no te vas a ir con el estómago vacío con este frío. Ven. —Le ofrece un vaso de vino y se pierde por el pasillo para hablar en voz baja con Joey.

Sofia y Saul los oyen cuchichear —«No, no tenemos ninguna reunión»— y se miran rodeados de un silencio furtivo.

Cuando llega la hora de cenar, Sofia, Frankie, Saul, Joey y Rosa se sientan a la mesa sin decir nada y contemplan los platos intactos mientras las finas columnas de humo ascienden hacia arriba. Están iluminados por la lámpara del techo y por las velitas de la mesa, que revelan los detalles. Frankie empieza a comer y los saca de ese silencio incómodo.

Sofia es la única que se acaba el plato: tiene un hambre voraz, cada rincón de su cuerpo pide comida.

Y entonces llega el momento en que todo se detiene un poco, las velas aún alumbran y la atención de la mesa se concentra en Sofia y en Saul. Ella se seca las comisuras de la boca con la servilleta, entrelaza los dedos y dice, con voz ronca:

—*Mamma*. Papá.

Los mira a los dos sucesivamente y luego vuelve a mirar hacia el centro de la mesa, donde reposan los platos de comida, todavía medio llenos. Piensa en cómo lo enfocaría Antonia, en cómo describiría la relación que se ha construido entre ella y Saul, el modo sutil en que han aprendido a cuidar el uno del otro, lo sorprendente que ha sido todo. Y luego dice:

—Saul y yo vamos a tener un hijo. —Lo cual resulta brusco, carente del menor tacto, completamente impropio de Antonia.

Frankie da un respingo antes de sonreír: esto va a ser inolvidable, y sabe que será, a la vez, espectadora y partícipe. Es algo jugoso. Inédito.

—No digas eso —dice Rosa—. ¿A santo de qué viene soltar algo así?

Pero ya antes de terminar la frase se da cuenta de que Sofia no se lo está inventando, se queda en silencio y luego se vuelve hacia Joey.

—¡Di algo!

Joey no abre la boca.

—Sofia, esto es absurdo —prosigue Rosa—. Ni siquiera es católico. ¿En qué estás pensando? ¿Cómo vas a construir un futuro así? ¿A qué escuela irá ese niño? ¿Qué vais a hacer en Navidad? ¿Por qué no me contestas, Sofia? ¡Di algo!

El pánico de Rosa se alza como un pajarillo atrapado en una habitación; agita las alas, histérico, chocando contra muebles y ventanas.

—¡No lo sé, *mamma*! —dice Sofia. Lo hace en voz alta, y clara, y todos la miran, clavan la mirada en ese centro de gravedad que los ha puesto en órbita—. No ha sido algo planeado. No planeamos… Nunca pretendí enamorarme de él. Pero, *mamma*, es interesante, y amable, y me quiere, y no me importa que no sea católico o que no estemos haciendo las cosas en el orden previsto. ¡No me importa!

—Giuseppe Colicchio —dice Rosa, volviéndose hacia Joey—, ¡abre esa maldita boca! ¡Habla con tu hija!

Pero Joey tiene los ojos puestos en Saul. Su cara resulta impenetrable. Su mirada es una aguja que clava a Saul en la silla como si fuera un insecto en una tabla. Se queda callado durante un momento y, cuando habla, lo hace con voz serena y clara:

—Os casaréis. Hablaré con el padre Alonso y él celebrará la boda, aunque tú —y mira a Saul— no seas católico. Bueno, puedes convertirte. Será un favor especial hacia mí. Hacia nosotros. Puedes adoptar el apellido Colicchio. Lo arreglaré todo.

Saul intenta adoptar la mejor actitud, y eso lo lleva a sonreír y a asentir a las palabras de Joey antes de haber procesado del todo su significado. Comprende que la madre de Sofia está sonriendo; que la propia Sofia parece contenta, o cuando menos sorprendida. Oye a Joey Colicchio decir que debe renunciar a su nombre, a su idioma y a su pasado. Entiende que, a cambio, se le está otorgando algo inmenso.

—Gracias —se oye decir. «¿Gracias?».

—Papá, yo… —empieza Sofia. «Gracias por no matar al hombre que amo. Papá, no soporto que sigas mirándome con esa cara triste. Papá, han pasado años… ¿Cuándo dejé de ser tu niña?».

«Papá, no creo que puedas pedirle a Saul que renuncie a todo».

—Papá, esto es una locura. —Pero no es Sofia la que ha hablado, sino Frankie, cuya silueta se dibuja claramente al lado de la de Rosa. Le brillan los ojos.

—Esto no es discutible —dice Joey de manera automática, casi antes de percatarse de que está dirigiéndose a Frankie, a su hija pequeña. Frankie, que nació después de cuatro abortos y tuvo que ser extraída del interior de su madre al amanecer, que pasó los primeros meses de vida llorando sin tregua, sin que nada pudiera calmarla, pero que, una vez se hubo acostumbrado al mundo, le cogió el gusto a probar alimentos nuevos y a la risa de su hermana, y prácticamente no ha vuelto a derramar una lágrima—. Esto no es discutible —repite Joey.

—Claro que lo es —dice Frankie—. Es injusto, papá. Ni siquiera les has preguntado a Sofia y Saul qué es lo que quieren.

Lo dice de forma contundente, como hace con todo. La verdad cae sobre todos ellos. Nadie les ha preguntado a Sofia y Saul qué quieren hacer.

Saul se ve invadido por la tentación de decir algo apropiado, algo como «está bien» o «en serio, no me importa», pero se queda callado. ¿Cómo puede saber cuáles son los momentos en que tiene el control sobre su vida y en cuáles no hay más opción que rendirse ante fuerzas mayores? Se le da bien mantener la cabeza fuera del agua; se le da bien salir adelante en cualquier circunstancia, por inesperada que esta sea. Pero aquí, en el instante de la decisión, Saul se da cuenta de que no sabe discernir cuáles son los pasos que lo llevarán en una u otra dirección.

—¡Ya basta! —dice Joey, y por primera vez la voz le sale rota, fuera de control—. Esto no es cosa tuya. Quédate ahí sentada y no digas ni una palabra. Ni una. No vas a empeorar la situación imposible en que tu hermana ha puesto a esta familia. No vas a cuestionar mi criterio. ¿Está claro? —Frankie no abre la boca—. ¡¿Está claro?!

Pero Frankie no puede detenerse:

—¡Esto es ridículo, papá! Las personas tienen derechos. Las mujeres tienen...

—Frankie, para —dice Rosa.

—Pero *mamma*...

—Que pares.

—Está bien —dice Sofia. Apoya la mano en la rodilla de Frankie. Mantiene la vista en su regazo y se repite esa frase para sus adentros con el fin de darle más énfasis. Lo cree. Por primera vez en meses, todo podría salir bien.

Se produce una especie de espiración, por parte de todos los reunidos en aquella habitación, por parte de la habitación en sí misma, por parte de la médula de la ciudad de Nueva York, mientras la familia Colicchio se abre a una situación nueva.


Saul se marcha a su casa con una fiambrera llena de sobras.

Cuando llega está tan agotado que apenas puede subir las escaleras. Corre las cortinas y mete un par de camisas en los resquicios por donde podría entrar la luz. Ya acostado, mueve las piernas sobre las sábanas heladas hasta que nota que se le acelera el pulso y que las sábanas empiezan a desprender calor.

Cuenta sus respiraciones, aire que entra, aire que sale, e intenta no pensar en Sofia. Intenta no pensar en lo que significa que esté embarazada, y que la madre de él no esté, y que vaya a ser padre en su nuevo país. Se siente hinchado por una responsabilidad que es mayor que él. Y culpable, también, porque una parte de él respira aliviada por haber aceptado el ofrecimiento de Joey Colicchio, por la posibilidad de borrar su pasado y empezar una nueva vida.

A Saul le pesan los ojos, su respiración se ralentiza, y casi está dormido cuando la puerta de su cuarto se abre con estruendo. Se sienta de un salto en la cama, aterrado de pies a cabeza, intentando ver en la oscuridad.

Antes de que pueda ver con claridad, el padre de Sofia lo ha agarrado por el cuello de la camisa, lo ha sacado de la cama y lo mantiene inmovilizado contra la pared. La cabeza de Saul se golpea con los ladrillos y él ve las estrellas. Apenas consigue respirar.

—Creí que podía confiar en ti —mascula Joey Colicchio—. Pedazo de mierda. ¿Cómo te atreves?

—Yo no quería… —dice Saul. Sus pies apenas rozan en suelo. La adrenalina lo recorre como si fuera un relámpago.

—¿Qué es lo que no querías? —El aliento de Joey huele a whisky—. ¿No querías arruinar la vida de mi hija? ¿No querías aceptar el trabajo que te ofrecí? ¿No querías poner tus putos pies en este país? —Lo mira directamente a la cara—. Judío *figlio di puttana*, vas a desear no haber hecho nada de todo eso.

De repente, Saul se percata de que el Joey Colicchio que tiene delante no es mismo hombre afable y carismático que lo envía al norte de la ciudad o al muelle de la Isla Ellis a recoger refugiados austriacos, alemanes y húngaros muertos de miedo. El Joey Colicchio enfurecido de ahora, el que tiene las manos en torno a su garganta, es el asesino, el mismo que ha visto a hombres cagarse encima mientras rogaban por sus vidas y los ha mandado a dormir al fondo del río Hudson con ladrillos atados a los pies. Saul es consciente de que Joey podría matarlo. De que ahora mismo podría morir.

—La amo —dice entonces—. Sé que no me cree, pero es así.

Joey Colicchio afloja las manos que sujetan el cuello de Saul. Este se desploma en el suelo. Joey saca una pistola del bolsillo trasero y le apunta con ella.

Saul contempla el cañón de su propia mortalidad y se pregunta si quizá este sea el mejor final posible. El más sencillo. Por un instante, Saul se regodea en el lujo de la rendición con alivio y gratitud.

—La amas —dice Joey sin bajar la pistola—. ¿La amas de verdad?

—La amo —dice Saul. Y piensa que, para ser sus últimas palabras, no están tan mal.

—Levántate —dice Joey, pistola en mano.

Saul se levanta. Joey le apunta al pecho. Saul cierra los ojos.

—Abre los putos ojos.

Saul obedece.

—Primera regla de la paternidad —dice Joey—. Ahora ya no puedes morirte. Tienes a alguien en quien pensar.

Cuando llega a casa, Joey Colicchio saca la pistola del bolsillo de la chaqueta, la envuelve en un paño de seda y la guarda en el cajón del escritorio.

Joey besa a Rosa. Pasa por la habitación de Frankie y dice en voz alta: «Quiero ver esa luz apagada ya». Y luego recorre el pasillo en dirección al cuarto de Sofia. Su hija se está cepillando el pelo, y en su semblante serio Joey distingue al bebé que cogió en brazos en el hospital, a la niña de cinco años que lo acompañaba a las reuniones en Manhattan, a la adolescente de catorce que se plantó ante él, tan furiosa que casi levitaba, para decirle, ¡a él!, que no iría más a la iglesia. Él no sabe qué decirle, pero la echa tanto de menos que carraspea antes de entrar en su habitación. Ella levanta la vista y él se agacha y apoya ambas manos en su cara. «La futura *mamma*», dice él, como si no hubiera ningún problema. «Papá», susurra Sofia, y Joey Colicchio la estrecha entre sus brazos y, por un momento, se siente embargado por una alegría absolutamente pura.

Antonia se casa con Paolo cuando el aire del invierno deja de arañar. Lina está en primera fila, erguida y sin derramar una lágrima, con la vista puesta en algún punto lejano. Al fondo de la iglesia se encuentran los socios de Paolo, quienes, en una coincidencia surrealista, se han alineado en orden de altura, formando una especie de matrioska de delincuentes y criminales. Lina está tan tensa que puede contarse los pelos de la cabeza, pero mantiene la firme resolución de no prestar la menor atención a los hombres de la Familia.

Joey acompaña a Antonia al altar, asombrado de que aquella niña a la que vio aprender a nadar un día de verano en Long Island se haya convertido en la mujer capaz e inteligente que él entrega en matrimonio. Saluda a Lina con un gesto de empatía, pero un simple movimiento de cabeza no puede borrar doce años de dolor, ni el hueco donde debería estar ahora Carlo, ni las formas que ambos han adoptado para sobrevivir.

Sofia y Saul no se sientan juntos; aún no están casados. Sofia se ha puesto su mejor vestido, cuya cremallera consiguió subir conteniendo la respiración cuando estaba de pie, pero que ahora, al sentarse, parece acentuar la expansión de su barriga. Cuando se pone de pie no se le nota nada, pero al sentarse, la cintura no logra contener los kilos de más. La verdad es que no cabe en ese vestido, ni en esta boda, sentada junto a su madre y a Frankie, con la bufanda de su hermana echada sobre el vientre para disimularlo. No cabe en el espacio que ocupan las mujeres ni puede sentarse en el lado de los hombres. No es ya una niña, pero tampoco del todo adulta. Sofia no consigue estarse quieta. Nota la mirada de Saul fija en ella desde la parte trasera de la iglesia, donde él se ha colocado con el resto de hombres de la Familia. Al fondo, como deferencia a Lina. Pero presentes, como deferencia a Paolo y a Joey, a los lazos que los unen a todos. No es fácil desenredar la Familia de la familia. No existe una separación clara entre lo profesional y lo personal. Ahora, debido a Saul, Sofia comprende mejor este equilibrio. Saul está conectado a un mundo más amplio, donde las rabietas de una chica contra su padre, la frustración ante su madre, o su adherencia (o, mejor dicho, su falta de ella) a las reglas no son lo que más importa. Donde, Sofia empieza a entenderlo, a veces uno se ve obligado a cometer actos inesperados con el fin de proteger a aquellos que quieres.

Uno de los hermanos de Paolo fue reclutado en febrero. Nadie quiere ocupar su asiento; nadie soporta la mención o la no mención de su nombre. Llegan noticias suyas a través de cartas, pero no está autorizado a decirles dónde se encuentra destinado. Los otros dos hermanos de Paolo llevan trajes a juego, y su madre revolotea entre ellos como una mariposa entre las flores, ajustándoles la corbata, atusándoles el pelo. Se mueve como si allí estuviera toda la familia, como si no les hubieran arrancado una de sus alas. Viviana Luigio asume los riesgos según van llegando, sin perder el optimismo. Comparte comida y conversación con los nuevos socios de Paolo porque está convencida de que es un gesto amable y magnánimo. Conserva la esperanza de convencer a Paolo para que acepte un empleo en el restaurante de un primo suyo. De que sus hijos vuelvan a casa sanos y salvos de todas las batallas que libran.

Antonia se siente acalorada y agradecida, como si un paracaídas la llevara en volandas a unos pocos centímetros del suelo.

Da las gracias a Joey, y solo durante un segundo se nota desfallecer al pensar que su padre no está allí, no puede verla, y en cómo le habría gustado a él hacerlo. Carlo Russo, aquella mano que le acariciaba la espalda antes de dormir, habría gozado al ver a su hija comprometida con el hombre al que amaba. Antonia puede contarse esta historia: la injusticia lacerante de no tener a Carlo también le permite idealizarlo, elevarlo a la categoría de cumbre de toda su añoranza. «Amor», recita ella para sus adentros. «Honor». Toma aire. «Obediencia».

Esta noche, Antonia y Paolo irán a un hotel del centro de Brooklyn, el Grand Palace, a una habitación con vistas al East River. Mañana se mudarán a un piso propio. Paolo lleva todo el año ahorrando para el alquiler y para los muebles. Antonia ha escogido platos, toallas, lámparas. «Quizá no lo he hecho como querías —dice en tono desafiante a ese yo de quince años que se refugiaba encantada en la biblioteca del instituto—, pero nos he sacado de ahí, ¿no?». La noche pasada fue la última que pasó en su casa de siempre.

Comen pimientos rojos marinados y unos ravioli rellenos de espinacas con el reborde ondulado, y trucha de ojos vidriosos cuya carne sabe a algas, limón y agua del río. Bailan sin parar; la tristeza que siempre acompaña a las funciones familiares se ve relegada a rincones oscuros, a la fila del cuarto de baño, a la zona de la barra donde se esperan para pedir las bebidas. Durante toda la noche, Antonia siente la cara enrojecida por el calor y por el vino mientras observa a Paolo, la nitidez de sus cejas y de sus labios, y esa lengua que le recuerda a una ciruela partida; el desenfadado sombrero que le hace sombra en un ojo y luego en el otro mientras baila bajo las luces amortiguadas. Terminado el banquete, a bordo del asiento trasero de un Cadillac azul celeste, Antonia, alentada por cuatro copas de *prosecco*, acaricia ese pelo espeso que escapa del sombrero y él le atrapa los dedos y le abre la mano para poder besarla donde el dedo anular llega a la palma.

El sexo convierte a Antonia en un gato salvaje, en un río bravo. Se descubre aferrada a los muebles, pendiente de Paolo mientras él se cepilla los dientes, mientras cuelga un cuadro en la pared, mientras abre la nevera y luego la mira desde el otro lado de la estancia. Descubre su resistencia, su espacio hueco, su flexibilidad. Siente hambre cuando se pasa una pastilla de jabón por el cuerpo, con el pelo goteando en la bañera. La sorprende la voracidad de su deseo; esa inquietud trémula y física que procede de su cuerpo de una forma tan irreflexiva.

Se queda embarazada casi enseguida, y con cada día que pasa va perdiendo la sensación de ser una impostora en el mundo de los adultos. Por las noches entrelaza los dedos hasta dejarlos sin sangre mientras reza. «Gracias, gracias, gracias».


La barriga de Sofia ha ido subiendo como un bizcocho a lo largo de la primavera.

Saul recibe la primera comunión en una mañana de mayo de un azul brillante, el cuerpo de Cristo se le pega a la lengua y el sabor agrio del vino se le cuela entre los dientes y las encías. Después, aguanta la puerta para que entre su embarazada prometida con la esperanza de que la mueca de su cara se achaque al sol intenso que lo deslumbra. Dado que Sofia es como es, no le agradecerá el hecho de que haya adoptado su idioma, sus días sagrados y el apellido de su familia. Dado que Saul es como es, tampoco le pedirá que lo haga.

Los casa un cura que acude a la casa de los Colicchio un viernes por la tarde y sale de ella con un sobre grueso lleno de dinero y menos sensación de culpa de la que habría esperado. Como regalo de bodas, los padres de Sofia les encuentran un apartamento en la calle Verona, situado justo en el borde de la zona italiana de Red Hook. Ubicado entre los límites de la avenida Hamilton, donde los niños irlandeses, que se llaman a sí mismos *creekies,* aún lanzan puñetazos y piedras, y a veces sacan las navajas, contra los italianos que se acercan demasiado, y los viejos muelles, donde, en opinión de Joey, viven demasiadas familias muertas de hambre que harían cualquier cosa por sobrevivir, el piso está, sobre todo, lo más alejado posible de las casas de Red Hook, cada día más llenas de nuevos habitantes con sus familias que están colonizando el barrio como si fueran hormigas. Joey tiene la vista puesta en una casa independiente de Carroll Gardens: una de las modernas, de ladrillo visto y tuberías nuevas, y con un jardín sembrado de flores. Se imagina a Rosa presidiendo la larga y maciza mesa del comedor. Puede ver a Sofia y a sus nietos viviendo en una planta, oír el eco de las pisadas de los niños sobre los suelos de madera y de sus risas a través de los tubos de la calefacción. Pero, hasta que llegue ese momento, se conforma con encontrarle a su hija un piso de dos habitaciones, cocina y comedor, cerca de las vías del tren.

Saul y Sofia han llevado sus cosas antes de casarse para poder dormir allí en su noche de bodas. Rosa les entrega fiambreras con platos cocinados y la vieja olla con una pequeña hendidura, y cuando llegan y cierran la puerta se establece entre ellos un silencio torpe hasta que Saul dice «Espera aquí», va hacia la cocina y vuelve de ella con un vaso envuelto en un trapo. Lo coloca en el suelo, delante de Sofia, y le dice que lo pise. Ella no pregunta nada, se limita a levantar el pie y descargarlo con fuerza, y mientras el vaso se hace trizas tiene la sensación de que alguien le ha retirado por fin el velo de los ojos. Está mareada. Querría sacar todos los vasos de las alacenas y hacerlos pedazos.

Sofia despierta sudorosa en plena noche y abre la ventana del dormitorio para que entre ese aire denso como puré. Contempla a Saul dormido, esos rasgos apenas visibles en la noche gris. Tiene el ceño fruncido y en las comisuras de la boca se forman y desvanecen las palabras. Y es ahora, embargada por esa soledad que nos invade siempre que vemos dormir a alguien, cuando a Sofia se le ocurre algo, algo que siempre ha sabido pero que jamás ha logrado expresar, ya sea por falta de palabras o falta de valor: es muy posible que no sienta el menor deseo de ser madre.

Reflexiona sobre la fisicidad inquebrantable del bebé que ahora se gira, suspendido en el cuenco de sus caderas. La duda se le antoja algo tangible, algo que se retuerce por el aire y la rodea como las sombras de la noche.

Ya no puede volver a dormirse. Los ojos, secos, le duelen. Por la mañana, la duda persiste. Se ha enrollado en torno a la mesita de noche y le ha dejado unos arañazos en los pliegues del camisón.

—No —le dice a Saul cuando él desliza el brazo en torno a su barriga—. No hagas eso.

—¿Te encuentras bien? —pregunta él.

—Sí. —Su voz, una puerta cerrada.

—¿Te apetece que traiga comida china para cenar esta noche? —propone Saul—. Así no tendrás que cocinar.

—Te he dicho que estoy bien —dice Sofia, y se va al cuarto de baño.

Se mira en el espejo en cuanto cierra la puerta. En los últimos tiempos siempre tiene la cara brillante, reluciente de sangre nueva y de calor. Sus rasgos le parecen vulgares. «¿Eres mala?» —se pregunta—. ¿Estás rota?».


Saul ha preparado té en la cocina. Ha cortado pan para el desayuno. Ha puesto dos huevos en la encimera, uno al lado del otro.

—¿Los quieres hervidos? —le pregunta a Sofia cuando ella sale del cuarto de baño.

Sofia quiere negarse la comida. Quiere notar aquel vacío en el estómago hasta que decida qué le está pasando. Pero, a lo largo del embarazo, el hambre ha adquirido en ella una voracidad nueva y se siente incapaz de resistirse a sus necesidades más primarias: mear, dormir, comer.

—Hervidos, sí —responde sentándose a la mesa.

Aún le resulta raro sentarse en una cocina que le pertenece, que huele a la comida que come Saul, que no está presidida por su propia madre. Resulta raro quedarse sin aceite de oliva, sin jabón, sin lejía. Y raro es también despertarse junto a Saul todos los días. La marea; le pone los nervios de punta. Tiene la impresión de ser una niña que juega a las cocinitas con Antonia. Se resiente de la rapidez con que su vida ha pasado al estadio adulto. A medida que el cuerpo se le estira contra los confines de la piel de su hijo, Sofia desea, una y otra vez, estar enojada. Oscila entre eso y unas oleadas de alegría gozosa, rebosantes de energía, que la llevan a salpicar de besos el pecho y los hombros de Saul, a retenerlo en sus brazos cuando tiene que ir a trabajar.

Pero Saul se muestra amable en todo momento. Deja espacio

para su ira. Permanece tranquilo cuando Sofia amenaza con explotar.

Sofia no encuentra nada tangible contra lo que luchar.

Y por ello se descubre pensando en sus palabras, tragándose los chascos y las insatisfacciones que se acumulan como piedras en su garganta. Se descubre optando por una amabilidad que no ha conocido nunca, conservando su energía.

Por las noches, se acurruca al lado de Saul como si quisiera anidar en él.

Nada le parece permanente. Sofia es tan incapaz de ver el resto de su vida ahora como cuando tenía quince años. Tuvo un momento de pánico al oír «hasta que la muerte os separe», pero lo cierto es que su muerte se le antoja algo inimaginable.

Saul tuesta el pan y pone los huevos a hervir. Le sirve a Sofia dos tostadas con miel y un huevo caliente que rueda por el plato.

—Tengo que entrar temprano, pero también terminaré antes.

Sofia muerde y asiente con la cabeza. Saul le da un beso en la mejilla.

—Te llamo a ver qué te apetece cenar.

—Gracias —dice Sofia, pero él ya no alcanza a oírla.

Las horas posteriores a la marcha de Saul se extienden ante ella y se funden en la distancia. Sofia deja que la vagancia se apodere de ella: se olvida de peinarse, deja los platos sucios sin lavar. Se pone a mirar por la ventana, de pie en el salón. Vuelve a tener catorce años, y se ve atacando la nevera mientras su familia está en misa. Dentro de su cuerpo, el bebé que ha hecho con Saul toca sus órganos con las manos y los pies, moviéndose como una ramita contra la ventana, como las alas de una mosca contra el cristal.

El primero de julio de 1942, tal y como siempre hace el primer viernes de cada mes, Joey Colicchio se viste con su traje más sencillo y más caro. Se afeita, aunque sea por la tarde y ya se hubiera afeitado de buena mañana. Inhala el aroma a menta de la loción y se observa los dientes por si ha quedado entre ellos alguna semilla de amapola. Se palpa el bolsillo de la pechera y nota el sobre para los Fianzo, y se seca las manos en los pantalones antes de salir de casa.

Fuera, en la acera, lo espera un paciente Saul. Tiene la expresión tranquila, y esa es una de las cosas que Joey aprecia más de él. Esa calma que ya observó en la bulliciosa cafetería el día que lo contrató y que se mantiene ahora, cuando va vestido con manga larga y pantalones de traje en una tarde de julio.

—Gracias por acompañarme —dice Joey antes de darle un beso en cada mejilla.

Juntos suben al coche que los esperaba, que está aparcado sobre la acera delante del edificio donde vive Joey. Saul no pregunta por qué; esa es otra cosa que Joey aprecia de él. Saul confía en que ya aprenderá lo que necesite saber cuando llegue el momento oportuno.

Joey hace los diez minutos del trayecto hasta el mar en silencio. El chófer es un viejo socio: alguien a quien recuerda desde que empezó a tratar a los Fianzo. Recuerda haber estado con este hombre a las puertas de un edificio en ruinas al fondo del Bowery, con los labios apretados y sin establecer el menor contacto visual, mientras Tommy Fianzo salía de una reunión. Joey se acuerda de que tardó más de lo esperado, pero no lo suficiente para que él y el otro individuo tuvieran que entrar a buscarlo. Tommy había salido por la puerta con una amplia sonrisa en la cara y una media luna de sangre que manaba de un corte en la mejilla; tenía las manos manchadas de rojo. Le había tendido a Joey un pañuelo ensangrentado y le había dicho «*Andiamo*», en tono alegre, y los tres habían girado a la izquierda y habían caminado hacia el sur a por ostras, a por una *fondue* de chocolate servida por mujeres de ojos estrellados y piel nublada, a por el consumo alegre y extático de todo lo que estaba a su alcance.

Creación y destrucción: vivían en la frontera; jugaban con chispas en habitaciones llenas de pólvora. Tommy Fianzo, sonriendo como un loco mientras le sangraba la mejilla, mientras la adrenalina los encendía a los tres, mientras el sol se ponía, tiñendo de sangre el Hudson.

Joey prueba el recuerdo de esa avidez salvaje en la lengua cuando el coche llega al final de los muelles. Hace un gesto hacia el chófer por el espejo retrovisor, abre la puerta y exhala contra el aire húmedo de verano. Saul lo sigue.

Se alejan del río, donde hay hombres que cargan trozos de plomo, placas de madera, sacos de asfalto; algunas van a parar a una furgoneta y otras se las llevan. Son los ingredientes de una ciudad: por un instante casi cegador, Joey los siente en su propio cuerpo, las manos sucias de polvo bajo montañas de acero, piedra y madera.

Joey y Saul penetran en un almacén desmantelado que da a los muelles, agradeciendo el frescor que corre allí dentro. Es una nave industrial gris que parece una ruina romana, da la impresión de que puede derrumbarse en cualquier momento o de que está a medio construir, aislada en esa zona industrial poblada de chozas del borde occidental de Brooklyn.

Saul y Joey suben por una escalera metálica hasta el tercer piso, y Joey golpea dos veces contra una de las puertas.

—Adelante —dice un hombre desde dentro. Y entran.

Tommy Fianzo está sentado detrás de una mesa en medio de la sala, añadiendo números en una hoja de papel. No levanta la vista para saludar a los recién llegados.

—Dejadlo encima de la mesa —les dice, señalando con la punta del lápiz.

Joey se lleva una mano al sombrero a modo de saludo. Saul nunca lo ha visto actuar con tanta deferencia con alguien. Joey saca un sobre grueso del bolsillo interior del traje y lo deposita en la mesa, cerca de Tommy, con suavidad, como si no quisiera perturbar el aire de la habitación.

—¿Está lleno? —Tommy aún no los ha mirado.

—Por supuesto —dice Joey. Se queda quieto durante un momento y luego se da la vuelta, para marcharse. Saul hace lo mismo.

—¿Este es tu amigo judío? —pregunta Tommy Fianzo cuando Saul y Joey ya están en la puerta.

—Es Saul Colicchio —dice Joey—. El marido de Sofia.

Tommy se pone de pie para mirar a Saul a los ojos. Le tiende la mano, y Saul, aún inmóvil y con una expresión imperturbable, se adelanta para estrechársela.

—Encantado de conocerlo —dice Saul—, señor.

—Es *signore* —dice Tommy. Devuelve su atención a Joey, y una lenta sonrisa empieza a dibujarse en su cara—. Eli Leibovich se va a cagar encima cuando se entere.

El jefe judío con quien los Fianzo han mantenido una rivalidad informal durante años no se tomaba a la ligera lo que, en sus propias palabras, entendía como una deserción cultural.

Joey le dirige a Tommy una sonrisa torcida y áspera.

—Lo sé.

A bordo del coche, Joey se vuelve hacia Saul y le dice:

—Has estado muy bien ahí dentro.

Saul ha dicho un total de una frase desde que conoció a Joey. Ya ha comprendido que, si se mantiene callado, le cuentan más cosas. Y que, cuanto más le cuentan, más poder tiene.

—Es lo mínimo —dice Saul.

—Este será tu trabajo algún día —dice Joey.

—¿El sobre? —pregunta Saul.

—La relación.

Antonia pasa las primeras semanas de embarazo desarrollando un patrón que le permita medir el tiempo. Los miércoles va a casa de su madre, donde, con un poco de suerte, consigue convencer a Lina para que salga con ella a pasear al sol durante media hora, y de donde sale con saquitos de hierbas y pequeñas judías secas que Lina le mete en el bolsillo, porque, según ella, «traen buena suerte». «Te dan fuerza».

Dedica los viernes a la carnicería, a la verdulería buena, a la panadería de la calle Columbia que tiene el pan más blando.

Antonia cocina: prepara grandes y sabrosos banquetes que casi no caben en la frágil mesa del comedor. Cuatro platos solo para los dos. Paolo le trae flores. Le hace dibujitos en las servilletas de los restaurantes y le lleva fotos con notas de amor escritas con su inconfundible letra. No paran de hacerse pequeños regalos: «Mira qué comida; este pasador del pelo es para ti». Su vida hogareña es un vals coreografiado. Paolo suele ser tan callado como Antonia, excepto en los momentos de frustración o impaciencia, en los cuales se vuelve explosivo, atrapado por la ira. Ella reconoce esta energía, la misma que manifestaba Sofia, y sabe suavizarla, serenarlo.

Los domingos por la tarde pasa a visitar a su madre antes de ir a la cena en el piso de los Colicchio. Lina se ha envuelto hasta tal punto en un aura de blusones holgados y leyenda local que apenas se la reconoce. Antonia cuida de ella a distancia. Hay momentos en que se apiada de ella, admira lo que ha hecho para sobrevivir a su catastrófica pérdida. Pero, en la mayoría de las ocasiones, se siente distante de Lina, tiende a juzgarla. «Si yo estuviera en tu piel habría sobrevivido mejor —piensa—. Habría sido mejor madre. No me habría hecho falta recurrir a la bruja del barrio para salir a flote». Incluso el perdón hacia su madre llega teñido de una ligera condescendencia, de un «mira lo que he logrado a pesar de todo». No admite la menor envidia por la libertad de la que goza Lina, y no reconoce, ni siquiera para sus adentros, lo mucho que aún anhela ser objeto de su atención, lo mucho que llega a conmoverla a veces solo con su voz. Pero cuando Lina le acaricia la barriga, en busca de los piececitos ágiles y las manitas activas del bebé que lleva dentro, Antonia tiene la sensación de que, sin su presencia, ella podría expandirse y flotar en el aire, exactamente igual a como se sentía cuando tenía cinco años.

Lleva solo unos meses viviendo fuera de casa, pero el aire de su antiguo hogar ya se ha enrarecido, y en muchas de sus visitas Antonia se descubre agarrada a una puerta para mantener la estabilidad, y, con un nudo en la garganta, asegura a los vestigios del pasado que quedan de sí misma que todos estarán bien.


En agosto, Sofia accede a asistir a misa con Antonia y Paolo. Sabe que para Antonia eso sí supone toda una sorpresa. Casi nunca va a la iglesia desde que se casó con Saul, y ya antes de esto, solo acudía de manera esporádica cuando no se sentía con fuerzas para discutir con sus padres o cuando Frankie la convencía para que lo hiciera.

El aire en el interior de la iglesia es seco y fresco. Sofia apoya los tobillos hinchados en el reposapiés de madera, inclina el cuello hacia atrás y tiene la sensación de que su cuerpo se ablanda y se despega del banco de madera. Se le forma un nudo en la garganta. Hace una inhalación profunda y luego otra. El aire le huele a infancia. Huele a estar sentada entre la *mamma* y papá. Huele a inquietud, a un cosquilleo que le recorre brazos y piernas, a querer ser mayor, a ganas de volar. Huele a saber con exactitud por qué está aguantando: en diez minutos podrá saltar del asiento e irse a casa de Antonia, a Marte, a las grandes extensiones de arena del desierto del Sahara, a los caballos en los que las dos cabalgarán a medida que envejezca el día en su habitación.

Antonia atrapa el dedo índice de Sofia entre sus manos y la mira con preocupación. Sofia lleva días sin dar señales de vida y Antonia ignora cómo llenar los huecos que se producen en sus conversaciones.

—Gracias por venir —le susurra.

Sofia le brinda una sonrisa débil, y luego, más por distraerse que por otra cosa, saca la Biblia del cajoncito. Páginas finísimas, enceradas, que brillan debido al tacto de miles de manos. Va pasándolas con los dedos, leyendo frases sueltas que olvida tan pronto como cambia de párrafo. Tiene otra vez siete años, anida en el hueco que hay entre Rosa y Joey. El mundo entero parece emerger del centro de su familia.

De repente, Sofia, una mujer adulta de diecinueve años, y tan embarazada que apenas cabe en el banco, ya no aguanta más. No puede estar allí, sentada al lado de Antonia. No soporta enfrentarse al recuerdo de su antiguo yo. Sofia cierra la Biblia con brusquedad, se levanta y, sin respirar siquiera, se dispone a salir del banco.

—¿Sofia? ¿Sofia? —murmura Antonia y sus palabras resuenan en torno a ellos, pero esta, que teme vomitar si abre la boca, aprieta los labios y ni siquiera le contesta—. ¡Sofia!

Sofia se abre paso entre la multitud de católicos planchados y perfumados. Sale a la calle sin aliento e inhala el turbio aire caliente hasta llenarse los pulmones de él. Se apoya en la pared.

La ciudad le da vueltas. «Eres idiota», se dice, sorprendida de que le haya costado tanto llegar a esto. Sabía que podía pasar, y no obstante lo hizo de todas formas. Era algo que había aprendido de niña, uno de sus primeros aprendizajes. «Puede pasar cualquier cosa, Sofia», le dice Rosa en la cabeza. «Ve con cuidado».

«Puede pasar cualquier cosa, *mamma*», se percata Sofia. No es invencible. No puede retroceder en el tiempo para contener sus impulsos, su irresponsabilidad. No puede darse la vuelta para gritar a su yo más joven que «el mundo te pondrá en tu sitio».

—¡Sofia!

Antonia está a su lado, la coge de la mano, se pega a ella para protegerse de la multitud, y Sofia percibe el olor a café, a plancha caliente y al moho del inmueble donde vive. Antonia es sólida, regular y serena, y solo por una vez en su vida Sofia desearía ser la que mantiene la calma de las dos. Por ello decide no decir nada, ponerse bien a golpe de fuerza de voluntad, contener esas dudas monstruosas, traicioneras, desagradecidas y heréticas, seguir adelante y ser feliz, normal, como su amiga, como su madre, como todas las madres que la han precedido. Se cose los labios y evita los ojos de Antonia. No se fía de esa súbita resolución.

Antonia la acompaña a casa. La sienta en el sofá y acaricia su cara pálida. Le dice, en silencio: «Si tú estás bien, yo estoy bien».

En la cocina, Antonia pone agua a hervir para el té, pero cuando silba la tetera apaga el fuego y en su lugar saca una botella de whisky que sabe que tiene escondida en la alacena de encima de la pila. Sirve dos bebidas, se coloca la botella debajo del brazo y lo lleva todo al salón.

—Toma —. Le ofrece el vaso a Sofia. Ella lo acepta sin decir nada.

Antonia se sienta a su lado, sintiéndose enorme, abultada. El encantador campo magnético que suele rodear a Sofia se ha reducido hasta casi desaparecer; Antonia, habituada a discernir su propio tamaño en comparación con el de su amiga, tiene la sensación de estar hinchándose, como un globo, hasta explotar.

—No creo que pueda hacerlo —dice Sofia, con voz débil y trémula. Y al confesarlo se siente mejor y peor a la vez, claro: no ha logrado mantener escondida esta pequeña y oscura parte de sí misma.

—¿Hacer qué?

Sofia señala su barriga hinchada.

—No creo que pueda con esto.

Antonia no dice nada, pero tiene ganas de reírse. Las dos enormes, redondeadas, meando cada tres minutos, despertándose en plena noche por unos picores incesantes y los movimientos de sus respectivos bebés. Cualquier otra realidad es inconcebible.

—Ya veo —dice a modo de respuesta, sin soltar ni una risita, porque el absurdo de todo ello amenaza con sobrepasarla.

—¿No vas a echarme un sermón? —pregunta Sofia.

—¿A qué te refieres?

Sofia da un trago.

—¿No vas a empezar con la cantinela de que claro que puedo, de que las mujeres lo han estado haciendo desde el inicio de los siglos, de que soy fuerte, capaz y cariñosa, y cuento con el apoyo de generaciones de amables señoras italianas que, sin la menor duda, vendrán a verme, lavarán pañales y me introducirán en la liga eterna de la maternidad?

Antonia enarca las cejas.

—Tú misma lo has dicho —le dice.

Sofia pone los ojos en blanco.

—Mírame —dice—. Soy ridícula.

Y lo es, pero también está agotada. Cansada de luchar. Cansada de preocuparse.

—Yo no soy quién para juzgar —dice Antonia, moviendo los

dedos dentro de las medias—. Parecemos palomitas de maíz, ¿no crees?

Sofia se ríe.

—Más bien globos del desfile de Acción de Gracias.

—¡Somos el *Hindenburg*!

Se ríen hasta quedarse sin aliento. Se plantean lo improbable que resulta que en ese momento haya unos seres humanos creciendo dentro de sus propios cuerpos, sin dejarles espacio para reír o para respirar. Son cuatro los que están en esa habitación.

—Sabes que puedes hacerlo —dice Antonia. Una pequeña llama de miedo se le enciende en el pecho. Si Sofia se asusta, Antonia también.

—No estoy segura, Tonia… No estoy segura de querer hacerlo. —Qué sorprendente resulta, piensa Sofia, oír el eco en la sala, como el de un disparo.

Antonia no le dice que «tal vez ya es un poco tarde para esto». En su lugar, le coge la mano y le dice:

—Quiero que nuestros hijos sean como nosotras. Quiero que crezcan juntos. Quiero que se tengan el uno al otro.

No sabe lo que es tener miedo a la maternidad, pero el miedo en sí mismo no es algo que le resulte ajeno, y reconoce en la temblorosa Sofia el silencio que precede a la revolución o a la resignación. Ha oído historias de mujeres que abandonan a sus recién nacidos en Broadway o en los autobuses Greyhound, mujeres que cometen actos inenarrables para evitar la vergüenza de sus familias. Antonia se imagina quince años mayor, cargada de críos y de labores domésticas, hundida por el amor familiar, y se estremece ante la posibilidad de que Sofia no esté allí. «Tienes que quererlo —se imagina gritándole a Sofia—. Por favor, quiérelo por mí».

Sofia entrevé la luz de su vida brillando al final de un pasillo oscuro. Mira a Antonia. «Si me ves, es que estoy aquí».

«Puedes hacer cualquier cosa si decides desearlo», le dice Antonia sin palabras.

LIBRO CUARTO

# 1942-1947

A medida que el verano se vuelve más y más caluroso, incluso sofocante, y se reblandece el asfalto y los edificios desprenden por las noches el ardor del sol recogido durante el día, los bebés de Sofia y Antonia crecen en su interior mientras ríos de sudor les surcan a ellas la espalda y corren entre sus pechos. Antonia camina con una mano apoyada en las lumbares, pero Sofia se niega a hacerlo y se mantiene erguida, haciendo gala de la mayor dignidad posible. Están juntas a todas horas, como cuando eran niñas, solo que ahora pasan los días tiradas en uno de los dos pisos, riéndose al ver los esfuerzos de Saul y de Paolo a la hora de montar una cuna. Cuando Paolo y Saul retiran las manos de la frágil estructura del moisés, este se desploma entero en el suelo. Paolo suelta un juramento mientras da saltos de dolor. Saul pone cara de pena, y ellas dos se parten de la risa. Se palpan la barriga una a otra para notar las pataditas de los bebés. Comparten secretos.

La furia de la guerra les recuerda que son efímeros, frágiles, que su equilibrio depende de una cuerda que se extiende sobre un océano gigantesco lleno de catástrofes. El cielo está sujeto a los embates de esa locura. Sienten que el caos sacude sus vidas. Se aferran la una a la otra para lograr esa estabilidad, esa mínima certeza necesaria. Notan sobre sus hombros el peso de una carga sagrada y perciben la necesidad de mantenerse juntas. Se dan la mano mientras escuchan la radio. Se preocupan si pasan más de un día sin recibir noticias la una de la otra. Llevan pan y vino a una u otra casa, recorren el sendero ya gastado que cruza las calles que separan sus respectivos hogares; el barrio deviene un mapa de su familia. En esos paseos, solo pueden imaginarse a sí mismas con relación a la otra.

Intercambian recetas antiguas escritas en papeles amarillentos, maletines, cepillos del pelo, guisos, libros de bolsillo, sábanas por estrenar, monedas, almohadas. Cuanto más logran dejar en la casa ajena, más real parece todo.

Llega un momento del verano, cuando el sol alcanza su cénit, en que Antonia, Sofia, Saul y Paolo parecen vivir los cuatro en dos apartamentos: sus pertenencias se han repartido entre ambos, y el timbre de la puerta o el pitido del teléfono les interrumpe el sueño a menudo.

Por las noches, Antonia apoya una mano en la barriga y promete que hará las cosas mejor que su madre. «Cuidaré de ti, cuidaré de ti», repite hasta que la vence el sueño. Antonia prepara listas de cosas. Biberones, pañales, flamantes gorritos de punto. Le sobreviene un recuerdo que es pura sensación, sin palabras, de Lina meciéndola en brazos en el sofá. «Voy a cuidar de todos nosotros».

Con las manos apoyadas en el fresco cabezal de la cama que comparte con Saul, Sofia siente lo mismo que cuando tenía seis u once años. Deja que el miedo se le aloje en la garganta, en el pecho. Le roba el aire y la ahoga. «Ni siquiera sé cuidar de mí misma», reza. Como respuesta, el animal que lleva en la barriga le oprime los pulmones.

Sofia despierta en plena noche. El dolor en la parte baja de su espalda avanza al ritmo de su respiración. Crece y decrece, extendiéndose por sus caderas para luego replegarse hasta quedar localizado en un punto de la base de la columna vertebral.

Ve salir el largo sol del verano que se abre paso sobre la niebla matutina. Su habitación está teñida de sombras. El dolor aumenta. Le hace estirar los brazos sobre la barriga y la invade entera, ella retuerce las sábanas con las manos. Inhala. El dolor se le cuela por la columna, le rodea las caderas, presiona el final de la caja torácica con manos feroces. Exhala. El dolor se difumina. La sangre le late en los dedos y en la cara. Para Sofia, siempre amante de las grandes sensaciones, la dureza del parto no es ninguna sorpresa. Siente que se hincha y se deshincha mientras fuera amanece. Un calor rugiente la impregna entera. Respira directamente del sol que surge sobre el horizonte y luego despierta a Saul.

—Ya está aquí.


En la habitación que tiene para ella sola en el hospital, Sofia desearía haber traído a Antonia consigo. Desearía que pudiera oler su cabello de madre. Desearía poder arrodillarse en el tejado de su casa y aullar. La habitación está llena de siluetas blancas que no paran de moverse, de acero inoxidable y gestos cargados de buenas intenciones. Sofia se siente pequeña.

«Antes de darte cuenta, tendrás a tu bebé», le dice una enfermera.

Hay una aguja en su brazo. Una máscara de plástico le cubre la cara. Todo se estrecha a su alrededor. Todo se vuelve imposiblemente oscuro.


Cuando Sofia recupera la consciencia, lleva puesto un camisón fino de algodón que no es suyo. Las luces brillan tanto que los ojos le escuecen. Los entorna e intenta incorporarse, pero lo único que nota es que todo su interior se retuerce. Moverse es una locura. Sofia vuelve a hundirse sobre las tersas almohadas del hospital.

Enseguida aparece una enfermera con un pequeño fardo. Sofia vuelve a intentar incorporarse, pero esta vez lo que siente es dolor, una oleada de dolor inmenso que le corta la respiración, que la hace desfallecer. No le gusta estar allí, rodeada de extraños. Quiere un espejo. En lugar de dárselo, la enfermera le coloca una almohada detrás de los hombros y pone en sus manos a la personita más diminuta que Sofia ha visto en su vida.

El bebé es un ser humano del tamaño de una naranja. Tiene dos ojos, dos orejas y una boquita de labios fruncidos. Tiene la piel fina como las nubes y las uñas suaves y blandas. «La niña ha pesado tres kilos con ciento setenta y cinco gramos», le dicen a Sofia. «Vamos a buscar a su marido». Ella se queda en la habitación blanca y vacía mirando a ese animalillo con forma de útero, rodeada por el olor a carne húmeda.

Julia es el primer nombre que le viene a la cabeza; es familiar pero limpio, como las sábanas recién lavadas o una ventana abierta. «Es perfecto para ti», le dice con voz ronca, y es lo primero que le dice a su hija.

Cuando los recién nacidos establecen contacto visual usan el cuerpo entero para abrir los ojos y mirarte, y esto es lo que Julia hace ahora: flexiona los dedos y los pies, y aprieta los labios para poder abrir los ojos y contemplar a Sofia. Esta le devuelve la mirada y se arma de coraje. «¿Qué vamos a hacer?», le pregunta a Julia. Su voz le suena tensa incluso a sí misma.

Ante Sofia se encuentra la prueba incontrovertible de su propio poder. Nadie le había dicho que la maternidad sería algo así.

Mira, mira. Mira lo que ha salido de ti.


Acude toda su familia a verla. No solo Saul. Sofia siente un profundo alivio. No quiere estar sola.

—Solo puedo concederles diez minutos —dice la enfermera—. Las reglas son así.

Rosa y Frankie empujan a la enfermera y se dejan caer en la cama a abrazar a Sofia, que acoge ese abrazo, y Julia va de mano en mano en medio de la cacofonía familiar. Y luego ve que también están Saul y Antonia y Paolo, y Antonia le pregunta «¿Cómo ha sido?», y Sofía tiene que admitir que no lo sabe, porque lo único que recuerda son aquellas olas de dolor que rompían en su cuerpo, la marea dentro de sí y la oscuridad, y no consigue encontrar las palabras para explicarlo, pero sabe que, en realidad, eso no es lo que ha pasado: le consta que hay una parte en la llegada de Julia que ella no ha vivido de manera consciente. Saul le pregunta si se encuentra bien, y cuando ella le dice que sí, es sincera; ella cree que lo es. Joey le coloca un mechón de pelo detrás de la oreja. Apoya la mano en su frente, como hacía cuando tenía fiebre de pequeña. Luego le dirá a Sofia que Julia ha sacado la nariz de su bisabuela paterna. Sofia mira a sus parientes a la cara y se siente capaz de enfrentarse a esto.

Es un pensamiento momentáneo, pero será capaz de sostenerla en el futuro. Durante las semanas siguientes Sofia tendrá la sensatez de rodearse de la gente que la hace sentir ella misma. Aprenderá a coger a Julia, a cambiarla, a mecerla. Le olerá la cabeza y le contará los dedos de los pies, y la contemplará con pura admiración. Sofia se dejará llevar por la corriente nueva. Se sentirá plena. «La maternidad puede ser la aventura. Puede ser algo a lo que amar».

Algunas mañanas Antonia aún despierta con los puños apretados al recordar a Robbie recorriendo su cuerpo como si fuera un tren.

Después de que nazca el niño, y obedeciendo las órdenes del médico, ella se pasa tres semanas en la cama, intentando no pensar en todas las formas en que su cuerpo ha sido manipulado. Mantiene la boca cerrada y las piernas juntas. El doctor la visita; es un hombre de gafas pequeñas y amables que la cose en los lugares donde ha sido desgarrada y le dice que pronto estará del todo bien, del todo bien. Antonia asiente con la cabeza al oírlo, pero en cuanto se levanta está segura de que va a partirse en dos; de que sus órganos se le escaparán y acabarán por los suelos; de que se le caerá el pelo.

Los días son largos. Antonia nunca está sola.

Sofia llega, radiante, y la besa en la frente; lleva en brazos a Julia, que ya es un bebé que jadea con fuerza y mueve los pies y las manos, hasta la cuna donde duerme Robbie, cuyos rasgos de recién nacido aún llevan la marca de la presión del cuerpo de Antonia. Julia frunce el ceño, estira la mano y golpea al bebé dormido en el pecho. Este despierta con expresión asustada y abre la boca sin decir nada durante tres segundos, hasta que rompe a llorar. La luz de otoño entra por la ventana, iluminando la silueta de Sofía. Esta coge a Robbie y le da un beso, antes de pasárselo a Antonia para que lo amamante. Antonia intenta no llorar. «¿Por qué a ti no parece costarte nada?», se imagina preguntándole.

Llega la madre de Paolo y arropa más al bebé con la manta. Cuando se marcha, se detiene a hablar a solas con su hijo y le dice: «La única cura para esta melancolía es que la trates con normalidad. Deja de tratarla como si estuviera rota. En cuanto se recupere un poco se le pasará». Pero Paolo, que reverencia la fragilidad y la fuerza todopoderosa de su mujer, sigue llevándole ropa de abrigo y ropa más ligera, tés, caldos; insiste en que mantenga los pies en alto y en que descanse.

Por las noches, y a pesar del agotamiento que la invade, Antonia no puede dormir. Su cuerpo tira de ella hacia abajo, hacia el colchón, hacia el suelo. Le pican los ojos, pero no se cierran. Emparedada entre las respiraciones de Paolo y de Robbie, llora; se le agrietan las mejillas.

Después de que Robbie naciera, expulsado de algún lugar de su cuerpo que Antonia nunca supo que existía, se lo llevó al pecho, muerta de miedo. Lo miró a la cara y no lo reconoció. Lo recorrió con las manos, pero tuvo la sensación de que eran las manos de una extraña. Robbie dejó una huella viscosa, roja y blanca, en su pecho, y Antonia no logró sentirla. El niño abrió la boca, lloró, y ella apenas lo oía, como si la voz del bebé llegara desde una larga distancia.

Cuando contempla la cuna, Antonia sigue sin conocerlo. La ciega el miedo, algo que se parece mucho a la desilusión. «¿No es esto lo que querías?», se dice. Pero nada es tal y como se lo había imaginado.

El médico vuelve a visitarla dos semanas más tarde. Le quita los puntos uno por uno; le dice que está casi curada. Antonia se siente como un bistec de carne, traspasada por un cuchillo y a la espera de que le echen la sal.

Nunca se le había ocurrido que todo el proceso fuera tan físico.

Tan intenso. Tan distinto de todo lo que le había sucedido antes. Su cuerpo es como el casco de un barco a la deriva y ella, la ella que era, se había quedado perdida en un mar inmenso y oscuro.

Durante el día, Paolo, Lina y Sofia doblan pañales de algodón, friegan las manchas del suelo de madera, le cantan a Robbie cuando llora. El piso de Antonia está lleno del olor a ropa limpia y caldo de pollo, hierbas secas y antiséptico, caca de bebé y el metal de su propio cuerpo en su proceso de curación. Ella intenta no inhalarlo. Cuando le llevan a Robbie, ella lo coloca sobre su pecho desnudo y vuelve la cara hacia la pared.

Lina trae saquitos de lavanda y hierve clavo hasta conseguir una pasta, para aclarar el aire. Ayuda a Antonia a que se duche. Antonia se sienta en la bañera: mientras el agua caliente le azota la espalda, dobla la espalda y apoya la barriga hinchada sobre las piernas. Se abraza a Lina como cuando era niña.

Sofia acude todos los días. Coge en brazos a Julia y a Robbie, tarareándoles canciones que de repente le vuelven a la cabeza, recuerdos de infancia. Charla con Antonia, bañada en la débil luz invernal que entra por la ventana de su cuarto. Se la ve absolutamente tranquila. A Antonia siempre le parece que la voz de su amiga es un eco lejano.

Paolo se tumba al lado de Antonia cuando esta duerme, y cuando no puede dormir, y cuando amamanta a Robbie. Enrosca su cuerpo ante el de ella, como si fuera un escudo protector, pero sin moverse de su lado de la cama porque Antonia no soporta que la toquen. Durante la primera semana él no había logrado reprimir las ganas de abrazarla, de entrelazar las manos con las suyas, de besarle las orejas y la cara. Pero la respuesta de ella era un derramamiento de lágrimas, susurros en los que le pedía que parase, y Paolo había dado un paso atrás y ahora acechaba su antiguo matrimonio como un animal hambriento que dibuja círculos alrededor de un esqueleto.

Una noche, Antonia despierta después de un sueño breve, súbito, un sueño que está más cerca de la inconsciencia que del descanso. Abre los ojos y contempla las sombras acechantes de los muebles. Al otro lado del dormitorio, Robbie duerme en su cuna, lo que significa que Antonia ha estado dormida el tiempo suficiente para que Paolo, que ahora duerme junto a ella, haya sacado a Robbie de encima de su pecho y lo haya trasladado a su camita. Siente una oleada de ternura hacia Paolo. «Lo siento mucho», piensa ella, mientras percibe la respiración de su marido. No hay más sonido que el ruido blanco del lejano tráfico nocturno. «No soy lo bastante buena para ti. No soy buena en esto». Los tres hijos, la futura casa espaciosa, el diploma universitario de Antonia apoyado en su pecho con sus hijos: esa foto que ella imaginaba que se haría algún día se le antoja ahora imposible. Más lejana que la luna. «Has fracasado», se dice a sí misma, segura de que esta noche no va a volver a dormirse.

El invierno sigue su curso.

Cuando nieva, Paolo envuelve a Robbie en mantas, le coloca dos gorritos de punto en la cabeza, uno encima del otro, y lo saca a la calle. Robbie estornuda y parpadea con furia al notar la nieve en la cara y Paolo sigue paseándolo por la calle durante una hora.

En Navidad, consiguen que Antonia se ponga un vestido; le cepillan el pelo. Asiste a la misa; a un lado está Paolo, con Robbie en su regazo, y al otro Sofia con Julia. Apenas prueba bocado en la cena.

Antonia pasa los meses oscuros germinando; dormida en vida, inaccesible detrás de una especie de escudo. Los días se acortan y luego empiezan a alargarse de nuevo. El viejo año se transforma en uno nuevo en cuestión de segundos. Antonia evita los espejos, está tan disgustada consigo misma que no soporta ver su propio reflejo.

Nada es como ella había pensado.

Nada es como ella había pensado.

Sofia recuerda esta época como una mezcla de insomnio y de temor. Antonia yacía en su cama, gris y menuda, un día tras otro, mientras Sofia cogía a Robbie en brazos, lo acunaba cuando lloraba, se aprendía su olor tan bien como el de su propia hija. Sofia recuerda a un Paolo impotente, que se llevaba una mano a la cabeza y repetía «Tengo que ir al baño, tengo que ir a dar un paseo, tengo que salir de aquí», cogía el abrigo y salía a fumar a la calle, a dar paseos nerviosos de un lado a otro de la acera; y a sí misma, inclinada en la cama, diciendo «Tonia, creo que el niño vuelve a tener hambre», y los ojos de Antonia, que se abrían de repente, como dos túneles y asentía con un «de acuerdo» mecánico y vacío. Sofia quiere pellizcarse; esta no puede ser su vida, ni la de Antonia. «Está absolutamente sana», dice el doctor mientras se lava las manos, después de tirar a la basura el hilo de las suturas de Antonia, y Sofia se sorprende a sí misma gritando «¿Qué es estar sana? ¿Qué es estar sana? ¿Acaso existen puntos para su mente, para su corazón?». Grita tanto que Robbie se despierta llorando. «Lo siento», se disculpa ella ante un médico perplejo, que ha dejado el agua abierta mientras contempla a Sofia. «Lo siento». Coge a Robbie en brazos. Le duele el corazón; le tiemblan las manos.

Pero en la mayoría de ocasiones en que va a casa de Antonia, Sofia está alegre, tan alegre como puede en esas circunstancias. Le habla a Antonia de las nuevas expresiones faciales de Julia, del nuevo hombre de Joey, que es, «nunca lo adivinarías, Tonia, ¿recuerdas a Marco DeLuca?», otro chaval del barrio absorbido por la esa omnipresente aspiradora que es la Familia, y que, aunque Sofia lo ignora, ha sido contratado para ayudar a Paolo, cuyo negocio de falsificación de documentos se ha ampliado hasta incluir un taller de impresión en Gowanus, una sastrería en la Treinta y ocho, un almacén de material escolar en Greenpoint y que, por tanto, necesita ayuda para los recados para manejar la carga de trabajo. Lo único que sabe Sofia es que Marco apareció un domingo, para la cena, con una botella de vino y luciendo su mejor camisa; que saluda a su padre con la deferencia debida; que tiene un cuerpo más robusto y fuerte del que ella habría imaginado, puesto que su último recuerdo de él se remonta a los tiempos del jardín de infancia.

Antonia recuerda a Marco DeLuca. Recuerda la integridad de su propio cuerpo cuando lo conoció. Recuerda el día en que Sofia lo tiró al suelo. La cara horrorizada de Marco mientras intentaba reconciliar el mundo que creía conocer con la peligrosa y extraña realidad en la que una niña podía atacarlo, hacerlo caer al suelo, derribarlo por completo, partirle un diente de raíz. Y Antonia lo entiende. También ella está viviendo una pesadilla en un mundo que había creído elegir.


Por las noches, Sofia reza. Ni siquiera recuerda haberlo hecho nunca, pero ahora las oraciones emanan de ella con la fuerza de un río. Concentra hasta el último átomo de su inquieta e inflamable energía en un solo ruego: «Por favor, devuélvemela». Reza mientras desinfecta los biberones de Julia, mientras se despide de Saul cuando este se va a trabajar.

La oración es una manera de reconocer el miedo, de admitir que hay cosas que escapan a nuestro control, a nuestros deseos e incluso a nuestra comprensión. Es, a la vez, rendición y ataque. «Por favor», reza Sofia, pensando en Antonia, en las sombras de su expresión, en su aliento inerte. «No podré seguir adelante sin ti».

Durante el día, sin embargo, Sofia entiende que le corresponde la tarea de llenar el hogar de Antonia de luz, de espacio, de sol, y para ello descorre las cortinas y no se deja caer a los pies de su cama a rezar. Le lleva libros; enciende la radio, a un volumen muy bajo, para que Antonia no se dé cuenta de que está escuchando algo más allá de los sollozos inconsolables de Robbie. Limpia las alacenas de la cocina, tarareando como hacía Rosa.

Paolo y Saul llegan todos los días, en cuanto salen de trabajar, y Saul recoge a Sofia y a Julia. Paolo le pregunta todos los días «¿Está mejor?», como si Antonia estuviera rota, cuando en realidad no le pasa nada. No está rota, sino perdida. Sofia ya no sabe cómo explicárselo; esa es una de las cosas que agradece más a Saul: no le pide que reduzca el progreso en trozos medibles. «Hay momentos en que está aquí —le dice Sofia— y se ríe, o se levanta a por Robbie cuando llora antes de que lo haga yo. Y, luego, hay otros en que...». Sofia se calla porque su descripción podría extenderse también a Saul: a la forma en que la tristeza puede echársele encima durante unos días como si fuera un abrigo y luego desaparecer.

Saul lo comprende. No tiene noticias de su madre desde hace poco más de un año. Conserva la fe de que la luz de Sofia sea para Antonia el mismo bálsamo que es para él. La coge del brazo y, mientras andan hacia casa, se inclina para besar a Julia en la cabeza. Y luego se queda callado, meditando sobre el idioma del trauma de Antonia. Meditando sobre si es el mismo idioma que él domina tan bien. Y, aunque no hay día en que no dé gracias por el incansable calor de Sofia, meditando también cómo sería estar con alguien que lo entendiera de verdad.

Una mañana de febrero Antonia se despierta temprano: ha soñado que jugaba a los vestiditos con Sofia debajo del agua. La ropa y los cabellos flotaban, y, al mirarse los dedos, Antonia se percataba de que era una niña. Cogía a Sofia de las manos y sus cuerpos se separaban, dibujaban un círculo con los brazos mientras emergían hacia el sol.

Paolo y Robbie duermen. Está oscuro; tan solo un débil reflejo morado en su habitación revela a Antonia que casi está amaneciendo. Sale hacia el salón y oye, por primera vez en todo el invierno, el zumbido del radiador que combate el frío del exterior. Se sienta en el sofá. Piensa en Sofia, que ha venido todos los días del invierno a decirle que existe, que está en su cuerpo, que está en el mundo. Sofia, que tiene a su propia hija a la que cuidar y que sin embargo ha pasado meses al lado de Antonia, regándola como si fuera una planta, esperándola.

Antonia ahoga un sollozo. Ahoga un millar de sollozos al día. Pero este se le convierte en un hipido. Una tos rara. Un sonido que quiere salir del centro de Antonia. Entierra la cara en un cojín.

Tarda varios minutos en darse cuenta de que se está riendo. La risa le hace cosquillas en los brazos y en las piernas. La golpea en la garganta. Se aposenta en su barriga, desciende con suavidad hacia ese vacío que antes ocupó Robbie, en las partes de su cuerpo que ella ya no mira ni toca, las partes que la han traicionado por su fragilidad, por la facilidad con que han sido destruidas.

Y Antonia no se rompe. Se ríe, y todo su cuerpo se mueve en silencio, de una pieza, hacia el amanecer.

Ahí está. Zumbando en la cavidad más profunda de sí misma, resistiendo contra todo pronóstico, hay una minúscula partícula en Antonia empeñada en volver a la vida.


Empieza por dar paseos; paseos cortos, le promete a Paolo, solo una vuelta a la manzana. En cuanto sale, anda todo lo que quiere y luego le dice a Paolo que perdió la noción del tiempo. Antonia, que había estado tan ávida de la compañía y de la estabilidad de su madre, descubre ahora que solo es lo bastante fuerte para ejercer la maternidad si pasa una hora al día completamente sola. Eso habría sido una decepción para la Antonia joven: una muestra de inmadurez, sin duda, porque aquellas escapadas, que ya de joven protagonizaba para ir a misa, revelaban el poder que emanaba de mantener parte de su vida en secreto. Pero la Antonia mamá está simplemente agradecida por haber sobrevivido, por la luz del sol, por la emoción de apartarse de un salto cuando un coche pisa un charco negro y viscoso.

La comida vuelve a tener sabor para ella. Y cuando escucha, habla o mira, los sonidos y las vistas no parecen estar ocultas detrás de unos gruesos y sucios cristales. Poco a poco el mundo empieza a revelarse ante ella de nuevo. Y, también poco a poco, Antonia empieza a formar parte de él.

En marzo Antonia va un día andando hasta el piso de Sofia. Esta la recibe con un abrazo y luego se refugia en el cuarto de baño, donde nota la piel de gallina y tiene que respirar hondo varias veces. Apoya las manos y la cara en la puerta cerrada y por primera vez en meses confía en que Antonia esté al otro lado.

Para cuando Robbie cumple cinco meses, Antonia ha logrado aunar el valor suficiente para mirarse en el espejo, para recorrer con las manos el contorno de su nueva silueta.

Y una tarde normal de abril, cuando la escarcha cae de los árboles y la tierra empieza a florecer, Antonia coge a Robbie en brazos cuando el niño despierta de la siesta y siente el calor de su cuerpecillo en los brazos. Él sonríe al verla, con esa boca sin dientes. Y algo en ella se abre. «Lo siento», le susurra en la cabeza. Y, como hizo Lina hace tantos años: «Ya estoy lista para ser tu *mamma*».

Ahora vive instalada en la maternidad; los días marcados por los leves llantos de Robbie, por su risa incontrolable, por sus necesidades simples y fáciles de resolver.

Con Robbie cogido bajo el brazo o apoyado sobre su hombro, Antonia percibe que la primavera tiñe la ciudad de rosa y de verde, con una intensidad que no había notado nunca antes. «Mira», le dice, mientras él le chupetea el cuello o abre y cierra los dedos de las manos. «¡Mira todo lo que hay ahí afuera!».


En la primavera de 1943, Joey firma la compra de una sólida casa de piedra rojiza, con cuatro plantas y un espacioso jardín delantero, en la zona de Carroll Gardens. La guerra lo ha convertido en un hombre, si no rico, sí al menos acomodado. Sofia, Saul y Julia se instalan en la primera planta en un día gélido en el que el cielo suelta nieve a puñados, copos pegajosos que se aferran a los cuellos de los abrigos y se congelan en los cordones de las botas y en los pliegues de los pantalones.

Rosa no pierde el tiempo en su cocina nueva. Hace años ya que el pisito de Red Hook se había quedado pequeño para las cenas de los domingos. Invierte en una mesa larga y pesada que se extiende como un cañón desde un extremo al otro del comedor. Incluso entonces, los invitados son tantos que siguen necesitando sillas plegables para que quepa todo el mundo. La preparación recae en la cocina de Sofia, donde siempre hay bandejas de ravioli en la mesa, a la espera de ser hervidos. Donde la nevera está hasta los topes de envases de la panadería y donde hay una fila de botellas de vino alineadas sobre el suelo. Una niebla de salsa de tomate con carne invade los pisos de Sofia y de Rosa. Llena los pasillos de la casa. Se abre paso en forma de hilos aromáticos hasta alcanzar la calle.

A pesar de que Antonia parece recuperada, Sofia sigue yendo a su casa todos los días del verano. Aliviada, tal y como lo estaría el familiar de alguien que ha estado a punto de morir: en cierta parte, una especie de «qué habría sido de mí sin ti», una duda egoísta e insistente que no ha menguado mientras Sofia se mira en el espejo y en los vidrios de los escaparates. Está atascada dentro de un contenedor que se desintegra. Tiene la cara abotargada y con muestras de cansancio; nota el pelo frágil y lacio cuando se lo toca con las manos. Ha conseguido embutirse en las fajas y las medias que llevaba antes del embarazo, pero a su cuerpo le cuesta respirar y se resiente por ello. El miedo que la ahogaba durante el embarazo ha cambiado; Sofia ha desarrollado una gran confianza en sus habilidades para cuidar de Julia.

Se duerme pensando en ella y se despierta ante el más ligero gemido. Sofia sabe dónde está Julia de la misma manera que sabe que tiene brazos; es fácil. Sofia ama a Julia con el estómago, con las manos; es un amor ardiente como una llama. Pero al mismo tiempo tiene la impresión de estar hundiéndose en la invisibilidad. Desea con todas sus fuerzas entrar en un camino alternativo. Ya no es la misma que era, ni tampoco igual que otras madres, y eso la entristece; se despierta con la esperanza de ver la cara de Antonia todas las mañanas. Antonia es un timón; una raíz fuerte, una máquina del tiempo.

Y así, mientras la alfombra de flores se pudre en silencio bajo sus pies, y sobre sus cabezas surge una ondulante marea de hojas verdes, mientras los neoyorquinos abren las ventanas para ventilar los pisos y empiezan a tender la ropa en los patios, mientras los olores de sus comidas empiezan a invadir el exterior, en definitiva, mientras la ciudad empieza a resplandecer de nuevo, Sofia Colicchio viste a su hija, pese a que sus anchas piernas y sus bracitos gordezuelos amenazan con cargarse las costuras de cualquier trajecito, y juntas recorren las tres manzanas que las separan del piso de Antonia.

Un barrio puede sufrir un cambio drástico en solo tres manzanas; tanto es así que Sofia y Julia caminan desde los cuidados jardines y las sonrisas de piedra rojiza del histórico Carroll Gardens hasta los bloques más deteriorados de las afueras en solo cuestión de minutos. Antonia, Paolo y Robbie viven en el octavo piso de un edificio de ladrillo rojo de la calle Nelson. Tienen un dormitorio que da al exterior, la cocina en la parte de atrás, y una habitación estrecha y una salita dispuestas a lo largo del pasillo como huevas en las entrañas de un pez.

Sofia llega sin aliento, sudorosa de cargar con Julia en brazos.

—Tonia —le dice—. Te traigo a una niña hambrienta que necesita comer.

Antonia coge a Julia y le hace carantoñas; se echa a un lado para que entre Sofia.

—Perfecto —dice Antonia, con Julia apoyada en la cadera—. Precisamente estaba intentando alimentar a otro bebé. —Besa la mano de Julia—. ¿Y cómo es que estás tan sucia? ¿Qué pasa, no te lava tu *mamma*? ¿Qué tienes en estas manitas?

Sofia se está sacando las medias, los cierres le cuelgan de los muslos. Salta sobre un solo pie.

—Es puré de zanahorias. Deberías haberla oído gritar cuando intenté lavarle las manos con un trapo. Estos días pide comida cada dos horas. —Deja las medias en el suelo, donde se enredan como serpientes en torno a sus zapatos, y suspira—: Ya hace calor. Tengo la impresión de que era ayer cuando estaba sudando y embarazada. Ahora sudo y soy un monstruo.

—Qué vas a ser un monstruo... —dice Antonia automáticamente mientras lleva a Julia a la cocina para lavarle las manos. Desde el dormitorio de la parte delantera de la casa llega un sollozo, un grito de sirena.

—Ya lo cojo yo —dice Sofia.

Mientras Antonia abre el agua caliente de la pila y Julia se inclina para jugar con el chorro, Sofia recorre el largo pasillo que da a la habitación donde Robbie acaba de despertar de la siesta.

Las manos de Robbie se aferran a los barrotes de madera de la cuna, tiene la cara pegada a ellos, esperando que alguien venga a por él. Se traga los mocos y deja de llorar en cuanto ve a Sofia entrando en el cuarto, descalza y sonriente.

—Mi bebé —susurra ella—. ¿Estás aquí solo sin que nadie venga a buscarte?

Robbie no contesta, pero extiende los brazos hacia Sofia y echa la cabeza hacia atrás, francamente aliviado.

Qué fácil resulta, piensa Sofia. Qué sencillo puede ser acomodarse al papel que te corresponde. Ella y Antonia tienen toda la tarde por delante. Paolo y Saul están fuera haciendo Dios sabe qué. Antonia ya se encuentra bien y Sofia es feliz. Lo es, ¿no?

Robbie, cansado de que Sofia no se mueva, le coge un mechón de pelo y da un tirón. Sofia lo mira y recuerda al instante dónde está, oye que Antonia habla con Julia en la cocina y nota el aire caliente que entra por la ventana.

—Vamos a buscar a la *mamma* —dice a Robbie, lo cual es justo lo que él esperaba desde hace ya un rato.

Más tarde, después de que Robbie y Julia hayan comido y tomado su baño de rigor, y los hayan convencido de dormir otra siesta, los dos juntos en la cuna de Robbie, Sofia y Antonia se han refugiado en la cama de Antonia con una botella de vino blanco, han abierto la ventana de par en par y respiran el intenso aroma verde que procede de la hierba y de las hojas nuevas, junto con el olor de la colada de alguien y el de los restos de carne chamuscados que alguien intenta arrancar de la barbacoa para usarla de nuevo este año. Luce un rico sol vespertino que se cuela en la estancia como sirope de arce, contagiando a las dos de una atmósfera entre holgazana y deliciosa, y es que, cada una a su manera, necesitan de estas tardes para afianzar su convencimiento. A Sofia le gusta que, con Antonia, siempre con Antonia, ella es ella misma. Y a Antonia le gusta que Sofia crea que existe una manera de poder volver a ser tal y como fueron alguna vez. Antonia, que se ha pasado el invierno sumergida en las profundidades del mar, que ha visitado los abismos más hondos y oscuros de su conciencia, disfruta del optimismo de Sofia, quien se empeña en recuperar una esencia que ya no existe.

Queda ya solo un culito de vino en la botella y la habitación se ha oscurecido en torno a ellas antes de que se oiga la llave de Paolo en la puerta. Enseguida lo ven aparecer, con Saul, encendiendo la luz de la cocina, de pie en el tranquilo y crepuscular apartamento donde duermen dos bebés que, después de una siesta tan larga, ya no se acostarán a su hora, y dos mujeres que se ríen de algo que no piensan explicar. Saul sale sin decir nada a buscar unas pizzas a Stefano's, que está justo en la esquina y presenta serios problemas de servicio y de higiene, pero que vende unas pizzas de masa fina y crujiente, cargadas de queso. Sofia y Antonia se levantan de la cama, despegándose la una de la otra y de la ensoñación de cada tarde. Paolo está en la cocina, descorchando otra botella de vino, una de tinto que le regaló un socio de Joey de un viñedo familiar que tiene en la vieja Italia, y que en teoría reservaba para una ocasión especial. Pese a eso, Antonia no protesta. Ella y Sofia verán que sus maridos se despojan de abrigos y sombreros, que van a saludar a sus hijos. Aceptarán sus besos ásperos en las mejillas.

De vez en cuando, las miradas de ellas se cruzan, y se dedican un guiño o una sonrisa. Porque, aunque están casadas, ¡casadas!, aún tienen la impresión de que Rosa puede entrar en cualquier momento para decirles que bajen la voz y que se acuesten de una vez. A pesar de que ya son madres, cuando están juntas les resulta fácil deslizarse por la elasticidad infantil que las unió entre sí y al mundo exterior. Y, con bastante frecuencia, cuando esas miradas se cruzan en presencia de sus maridos o de sus hijos, ambas se descubren sofocando las ganas de reír.

La primera vez que Saul hace daño a alguien, su hija tiene dos años. Saul y Joey pasan la tarde en la trastienda de un bar próximo a las casas de Red Hook. Joey no le ha explicado el motivo de la visita, pero le ha dado un tubo de acero para que lo tenga a mano. «No quiero agredir a nadie», dice Saul. «Yo nunca quiero agredir a nadie», replica Joey. El espacio está espeso debido al humo de los puros y al olor de la gomina, y una mujer con labios como cerezas va sirviendo a Saul un vaso tras otro de whisky; él intenta beber despacio, o simplemente no beber, pero en más de una ocasión se descubre acercando el vaso a la boca para amortiguar la inquietud, el temor de que los allí congregados puedan oír el latido nervioso de su corazón o el roce del tubo que lleva escondido en la pierna.

Saul no sabe quién empezó la pelea, tan solo que, de repente, Joey se ha levantado, poseído por una furia inconfundible, y que uno de los otros ha sacado un cuchillo. Su hoja parpadea y brilla bajo la luz artificial. «No deberías hacer eso», dice Joey. En tono de advertencia. «Pues sé un poco más razonable», dice el otro. Y entonces Joey dice: «Saul». Y la situación deviene muy clara para Saul, que comprende que ha llegado el momento de blandir el tubo de acero y dar con él un golpecito en el suelo. Casi como si no quisiera hacerlo. «No podemos permitírnoslo», dice el hombre. El whisky nubla el cerebro de Saul, que está pendiente del eco del golpe del tubo contra el suelo y del nerviosismo inmenso que le invade los ojos y el cuerpo mientras se esfuerza por permanecer impávido. «Me consta que las cosas están difíciles —concede Joey—. Por eso no podemos consentir la impuntualidad en los pagos». Joey mira a Saul. El hombre del cuchillo aprovecha la oportunidad para lanzarse, empuñando el arma, con los ojos poseídos por el miedo.

Y de una manera simple, fácil, como si siempre hubiera sabido cómo acabaría la velada, Saul levanta el tubo de acero y lo descarga contra el cráneo de ese otro hombre.

Este se desploma contra la pared con la nariz sangrando y un corte en la mejilla.

«Te lo has ganado a pulso», dice Joey. «Vámonos».

Saul sigue a Joey hacia la noche, monta en el coche que los esperaba y contempla las luces cambiantes de los semáforos durante el trayecto hasta la casa de Joey, y luego hasta el piso de Paolo y Antonia, donde Sofia ha ido a pasar la tarde y donde, ahora, Julia y Robbie duermen con caras plácidas y brazos lacios. Saul da las buenas noches a Antonia, coge a Julia en brazos y le da un beso en la cabeza. Ella vuelve a dormirse sobre su pecho. Él la lleva a casa, recorriendo esas tres manzanas que parecen más largas debido al aire helado que sopla esa noche de otoño. Sofia cierra la puerta de la habitación de la niña después de que Saul la haya acostado en su cama, y ambos se retiran al dormitorio conyugal.

Cuando Saul se está ya alejando mentalmente de los sucesos de esa noche, Sofia pregunta:

—¿Qué hacíais esta noche?

Saul se vuelve hacia ella. Sofia está recostada, apoyada sobre un codo, y el cabello le cae sobre el pecho hasta rozar la almohada. La luz de la mesita de noche le ilumina la cara.

—Trabajar —dice él. Está perplejo: Sofia no suele hacerle preguntas sobre su trabajo y él no sabe cómo contestarlas. De hecho, no quiere hacerlo.

—Eso ya lo sé —dice Sofia, impaciente—. Pero ¿haciendo qué? ¿Dónde? ¿Con quién?

—Bueno, lo... lo de siempre —dice Saul—. Con Joey.

Y ahora el corazón se le acelera, porque tiene la impresión de que Sofia sabe que está noche ha sido distinta, que Saul ha cruzado una línea que no tiene vuelta atrás. Es más una constatación intelectual que otra cosa, porque, en el interior de su cuerpo, donde deberían alojarse el arrepentimiento, el miedo o la empatía, solo hay un espacio vacío. Saul quiere acostarse. Quiere hundirse en ese lugar donde el cabello de Sofia le cae sobre los hombros, llenarse las manos con sus senos y el pecho con su aliento hasta que ya no quede ni un ápice de su propio ser.

—Vale —dice Sofia. Pero cuando apaga la luz, se da la vuelta, colocándose de espaldas a él, y Saul se queda contemplando el techo.

Sería fácil decirse que estaba destrozado por lo que había hecho, que la imagen del hombre herido, tendido en el suelo, con las manos temblorosas en la cara, le perseguiría en sueños. O que para cumplir con su trabajo ha desarrollado un fino sistema emocional que consigue separar su vida personal de la profesional. O que, en el fondo, estaba psicológicamente afectado, y que esa violencia era el reflejo del trauma de Alemania, de su indefensión por haber tenido que renunciar a su religión y a su cultura.

Resulta difícil discernir qué está aprendiendo Saul: tal vez que la violencia no es tan dura como se la pintaban. Que quizá exista algo humano en ella. Que quizá sea fácil.


Sofia oye respirar a Saul mientras este se desliza hacia el sueño. Pero sigue despierta, con los ojos secos, arrugando las sábanas con su inquietud. No está del todo segura del porqué le ha preguntado a Saul por su trabajo; sabe bien que los asuntos profesionales de la Familia nunca se discuten, lo ha sabido siempre.

Tiene claro que su tarea como esposa de un miembro de la Familia consiste en proporcionarle un espacio seguro, una alternativa a ese peligro difuso y amenazante que constituiría dejarlo pensar demasiado. «Esta no es la manera de conseguir lo que quieres», se dice ella.

Y luego, con una voz interior que se parece mucho a la de Frankie, se pregunta: «Pero ¿qué es lo que quieres?».


1945 no tarda en llegar. Sofia pasa un invierno de insomnio. Ya casi tiene veintidós años. Le da por despertarse sin aliento, como si un peso le oprimiera el pecho. Deambula hacia la cocina, abre el agua fría y se queda contemplando el chorro que sale del grifo hasta que el corazón recupera el ritmo normal. Mira por la ventana de la cocina y se agarra al borde de la pila, intentando, con todas sus fuerzas, recordar qué la ha asustado hasta el punto de despertarla. En cualquier caso, ya no vuelve a dormirse, permanece tumbada con el corazón mirando al techo.

Durante el día, Sofia cocina con Rosa. Pasea con Antonia, y juntas observan los pasos de sus hijos, vestidos con ropa de invierno. Limpia la encimera y dobla la colada. Saul trabaja muchas horas, y llega a casa procedente de Dios sabe dónde con hambre y con ganas de hablar. Coge a Julia en brazos, le hace cosquillas, y se para a darle un beso a Sofia, mientras esta se esfuerza por morderse la lengua: por no formular las preguntas que le suben a la boca de manera involuntaria, una tras otra.

Pero por las noches Sofia yace despierta, con los pulmones inundados de insatisfacción, y se desplaza a la cocina en un acto reflejo: cuanto más se aleja de Saul y de Julia, antes recupera el control de su cuerpo. Fuera brilla la luna llena, y su luz lechosa ilumina las cuerdas donde tiende la ropa y los difusos árboles del fondo. Sofia abre la ventana de la cocina y saca la cara hacia la noche impregnada de luna.

Dos semanas después vuelve a pasar. Esta vez, baja de puntillas, en camisón, y se para a las puertas de su casa, con el cabello flotando en el aire nocturno y los pies endurecidos sobre los gélidos escalones.

Sofia ha descubierto que vive sin apenas tener responsabilidades concretas, pero con innumerables expectativas tácitas. La extraña libertad que emana del confinamiento de su vida adulta la ahoga y la hace sentir desesperada, histérica. Se vuelve arisca con Saul y con Julia; evita la mirada de Rosa. Sofia se amarga, nota el vinagre en la lengua cuando friega la pila. La vida de Saul parece avanzar y la suya se estanca. Rosa no lo entiende: no se imagina la posibilidad de no estar satisfecha con un montón de pañales y una cría, una cría cuya abrumadora necesidad de llamar la atención de Sofia, su tiempo y su cuerpo, amenaza con derribar la casa ladrillo a ladrillo. Sofia contiene las lágrimas mientras baña a Julia, mientras le da y le quita una pieza de madera para hacerle reír, mientras escucha el silencio diurno de la casa cuando Julia duerme, mientras se siente cada vez más sola. No puede acudir con sus quejas a Antonia, a quien casi perdió. Antonia, que se había incorporado a la experiencia de la maternidad cual fénix resucitado, quitándose de encima aquella depresión que casi la llevó a la tumba; Antonia, que tiene la habilidad de encontrar en la maternidad algo que escapa al imaginario de Sofia. Siempre ha sabido que Antonia sería mejor madre que ella. Siempre lo ha sabido.

En febrero de 1945, Sofia despierta, boqueando, y en lugar de deslizarse como una intrusa por los helados escalones de piedra de su casa, se sienta en la silla del escritorio de Saul y empieza a revisar los papeles que hay allí.

En marzo de 1945, Sofia se ha acostumbrado a levantarse de la cama regularmente para revisar las notas de Saul. No es que sean numerosas: horas anotadas en un cuaderno cualquiera y una lista de lugares que Sofia entiende que encajan con esas horas. «Claro —se dice—, la mayor parte del trabajo no se anota». Se queda despierta durante el resto de la noche. Aunque nunca se ha hablado de ello de manera explícita, le consta que Saul es útil debido a su dominio de varios idiomas y a su discreción. Sabe que están rescatando refugiados europeos, o que los ayudan a encontrar empleos y hogares, o al menos a salir de los barcos y pisar tierra firme. Y una vez Sofia empieza a hacerse preguntas sobre el trabajo de Saul, ya no puede parar.


A principios de mayo, en su tercer aniversario con Saul, Sofia decide que quiere trabajar.

—¿Por qué ibas a querer formar parte de esto? —pregunta Saul.

Están comiendo unos filetes caros alumbrados por velas. A Sofia le gusta la carne bien cruda, que sangre en el plato, blanda y roja. Mastica. Traga.

—Lo sé —dice Sofia—. Yo tampoco me lo esperaba. —Se lleva otro pedazo de carne a la boca y dice, con la boca llena—: Me aburro, Saul. Necesito hacer algo. Necesito ser... alguien. Al fin y al cabo, el trabajo va a seguir existiendo aunque no lo haga yo. —Bebe un sorbo de vino—. Tú no vas a dejarlo. No puedes dejarlo. Y, en resumidas cuentas, ayudas a la gente. Ayudáis a muchas personas.

Saul, que apenas ha catado su comida, contempla el lago de mantequilla que corona la patata al horno.

—Ayudamos a algunas personas —dice—. Y eso acabará cuando termine la guerra.

«Cuando termine la guerra», se repite a sí mismo. La frase resuena en su cabeza. La guerra tiene visos de no terminar nunca. Y, cuando lo haga, ¿qué tendrá él? ¿Quién será? ¿Qué será de Saul una vez llegue al otro lado de esa guerra que lo ha convertido en la persona que es? Saul no se arrepiente de haber aceptado el empleo que le ofreció Joey Colicchio. Ama a Sofia. Adora a Julia. «Y el arrepentimiento —dice una voz en su interior, una voz que se parece mucho a la que recuerda de su madre— no es propio de alemanes». Pausa. Ella le tocaría la barbilla o le acariciaría el pelo: «El arrepentimiento no es propio de judíos». Saul no es idiota, se ha limitado a aprovechar las oportunidades. Se ha adaptado.

—¿Quieres decir que preferirías estar haciendo algo distinto? —pregunta Sofia.

—No es lo que había imaginado para mí —dice Saul.

¿Ha estado fantaseando con viajar hacia el oeste o navegar hacia el este? ¿Con desaparecer en el siempre cambiante tapiz del mundo y empezar de nuevo? ¿Con arrojar por la borda las reglas y las expectativas de la Familia para convertirse en pintor, historiador o pediatra?

—¿Qué imaginabas?

—Me imaginaba que llevaría el volante de mi vida —dice Saul.

—Yo también —dice Sofia—. Por eso quiero trabajar.

—No eres capaz de ver lo que ya tienes —dice Saul—. No eres capaz de ver que tienes el mundo a tus pies. No eres capaz de ver que lo tienes todo. A Julia, a tu familia. —«Has tenido una vida tan fácil», está a punto de añadir.

—Tú tampoco eres capaz de ver todo lo que tienes.

Sofia desearía salir por la puerta y largarse sin que nadie supiera adónde iba. Desearía que la contemplaran, sí, pero no que la acorralen, la limiten, la repriman. Le gustaría tomar el timón que dirige el mundo y variar la dirección. Pero no sabe cómo decírselo a Saul sin que parezca que le echa la culpa de algo.

—Yo lo he perdido todo. ¿Cómo puedes decir algo así? Lo he perdido todo.

—Nos tienes a nosotros —dice Sofia—. Tienes tu trabajo. —Y entonces, sin poder contenerse, añade—: ¿Esa va a ser siempre la excusa para quejarte de todo?

Ella y Saul se miran por encima de los restos de sangre y mantequilla de la cena. En los ojos de Saul asoman la sorpresa y el reproche.

—Daría cualquier cosa por no tener esta... excusa —dice despacio.

—Yo sé lo que quiero —dice Sofia desde las tripas—. Quiero esto.

La noche acaba en silencio. Sofia y Saul se acuestan sin tocarse.

El deseo crece en Sofia como si fuera una larva. Empieza siendo un puntito minúsculo, intangible, pero antes de que se dé cuenta se ha extendido por todas partes.

Julia y Robbie apenas caben ya juntos en un carrito, pero Antonia los coloca como canelones, uno junto al otro, y les echa una manta por encima. Los dos están cansados, y el paseo termina de relajarles el cuerpo y de cerrarles los párpados.

Es 9 de mayo de 1945. La radio y los periódicos han anunciado el final de la guerra. Pero, dentro de tres meses, Estados Unidos lanzará bombas atómicas sobre Hiroshima y Nagasaki. Ya han muerto millones de personas, lo cual se percibe como una abstracción lejana la mayor parte de los días, o, en aquellos en que Antonia se interesa por los mundos que la rodean, un hecho subyacente increíble y doloroso. Una tormenta sonora y espeluznante de piedras y cuchillas afiladas; una enfermedad que se propaga y gime por el mundo. Algo que la pone enferma. Le quita el sueño. La aterra, y por ello evita escuchar la radio, aunque no logra eludir los titulares de los periódicos en los quioscos. Devuelve la atención a los niños que van con ella.

Julia y Robbie duermen plácidamente bajo una ligera lluvia blanca de flores primaverales. En este momento hay algo más acuciante que la guerra: Sofia debía haber ido a recoger a Julia hace una hora. Se había presentado en casa de Antonia antes, toda sonrisas y cargada de cuanto Julia podía necesitar, tanto pañales como una muda, y se deshizo en promesas de que volvería a la hora de comer. «Solo serán unas horas, Tonia, necesito que me dé el aire, ¿sabes?». Y Antonia había cogido a Julia en brazos y olido su dura cabecita de bebé. «Claro, Sof. No te preocupes, estaremos bien».

Y lo están, se dice para sus adentros. Su día no varía mucho con dos niños en lugar de uno; ahora duermen, y ella ha tenido tiempo de limpiar la mermelada del suelo, de barrer el arroz que se cayó a la hora de comer y de cepillarse el pelo. Le ha dejado a Rosa un mensaje para Sofia, diciéndole que se lleva a los niños a pasar la tarde con Lina.

Antonia y Paolo viven en el borde de Carroll Gardens, donde las escuelas van mejorando, pero donde, todos los días, tienen que oír el estruendo que se deriva de la construcción de la autopista.

Espacios que, en la memoria de Antonia, eran terrenos abandonados o agrícolas están ahora plagados de edificios. Se han excavado y llenado canales; las nuevas autopistas surcan el viejo Brooklyn, dividiendo Red Hook de Carroll Gardens con una especie de ánimo optimista: «Este será el barrio malo y ese el bueno». En la zona de construcción de la autopista de Brooklyn-Queens, Antonia se agacha para no darse un golpe en la cabeza. La nueva vía dibujará una cicatriz a través de su viejo barrio. La iglesia del Sagrado Corazón de Jesús y María ya ha sido demolida como parte de lo que Robert Moses califica de «plan de limpieza».

Julia y Robbie no se alteran, ni siquiera con los baches de unas aceras descuidadas, endémicas en Red Hook, por donde los lleva Antonia; ni siquiera cuando sube el carrito escalón a escalón hasta llegar al piso de Lina.

—*Mamma* —le dice cuando esta abre la puerta—, la guerra ha terminado.

—La guerra nunca termina —dice Lina, y mientras mira a su hija, ambas piensan en Carlo.

Antonia pasa la tarde en ese piso, donde Julia y Robbie deben ser vigilados constantemente para que no tiren los jarros de vidrio de los estantes ni metan los deditos en la cera caliente de las velas. Lina está haciendo mermelada: hierve naranjas sicilianas en azúcar y en toda la cocina flota una intensa fragancia. Antonia encuentra un juego de piezas de madera para Julia y Robbie, y luego se arremanga para ayudar a Lina, sumergiendo tarros en la olla de agua hirviendo y luego poniéndolos a secar en un trapo sobre la encimera, sin dejar de controlar de vez en cuando que Julia y Robbie no hayan cambiado el juego por los enchufes, los estantes frágiles o las cuentas de cristal.

—El mundo parece ahora mucho más peligroso —le dice a Lina.

—Sí. Porque lo miras a través de sus ojos y de los tuyos.

—¿Tú tenías miedo? —pregunta Antonia. Ella aún se estremece, tiene escalofríos cuando piensa en Lina después de la muerte de su padre: en la manera en que la atravesaba con la mirada; en su ingravidez, en su rostro frágil.

—A todas horas —dice Lina—. Y me avergonzaba de ello.

—¿Ahora ya no? —pregunta Antonia.

Lina aleja una vela encendida del alcance de Robbie.

—El miedo es una herramienta —dice con sencillez—. He aprendido a usarla.

Antonia retrocede interiormente a sus dieciséis años, cuando, en esta misma cocina, la guerra acababa de empezar y su vida era una silueta que debía rellenarse. «Podría haber pasado cualquier cosa», piensa. La imposibilidad de terminar «aquí». La extrañeza. La suerte y la tragedia.

Otras personas que también tenían dieciséis años cuando empezó la guerra se encontraban ahora con las manos amputadas, con las caras quemadas y desfiguradas. Sus madres muertas a manos de las tropas de soldados, sus pueblos arrasados. Algunos, como Saul, escaparon a bordo de frágiles embarcaciones. Flotaron por el océano, alejándose de todo lo que conocían. Pasaron hambre, sus estómagos rezaron pidiendo comida, sus tripas se retorcían sobre la nada. Murieron. Murieron una y otra vez: las vidas perdidas (¡vidas!, tan reales como la de Antonia) le agarrotan las manos y le hacen soltar un tarro en el suelo, donde se parte con un chasquido fuerte. Va en busca de la escoba.

«¿Y tú de qué puedes presumir?», se pregunta mientras recoge los trozos de vidrio del suelo del piso donde pasó su infancia. Sus manos siguen intactas. Ha sobrevivido. La deuda que tiene con el destino se le antoja casi insoportable.

«Algo tiene que cambiar», piensa Antonia.


La ciudad de Nueva York gira con el resto del mundo, pero es también un remolino en el río del universo: da vueltas y vueltas, sujeta a su propia corriente.

La ciudad celebra la noticia. La guerra ha terminado, se dicen los unos a los otros. La guerra ha terminado, se dicen a sí mismos una y otra vez. Se miran al espejo y dicen en voz alta: «La guerra ha terminado». Establecen contacto visual en la calle; casi sonríen; no llegan puntuales al trabajo después de comer; se olvidan de dónde viven y hacia dónde van, balancean los maletines y se disculpan cuando tropiezan sin querer con otra persona. Es como si toda la gente de Nueva York se hubiera tomado una copa de más; se oye el zumbido boquiabierto, entusiasta y frenético de una fiesta que está en su punto álgido. En toda la ciudad, personas que no se conocen descubren que sus corazones laten al mismo ritmo. Observan a los demás pasajeros del autobús, a los demás comensales en los restaurantes, a los vecinos en los ascensores y piensan: «Yo te conozco».


El hermano de Paolo murió en Francia; un trozo de metralla rebotó en un edificio y se le incrustó en el pecho. Esto genera una herida abierta en la familia. Que la guerra haya terminado, que se haya ganado, tan solo ilumina el lugar que el hermano de Paolo debería ocupar en la mesa. La percha donde debería colgar el abrigo. Paolo apoya a su madre; sus otros dos hermanos también están allí, pero nada le sirve de consuelo, ni nada podrá consolarla de ahora en adelante. La ausencia de su hijo supondrá un vértigo doloroso y mareante, como si el mundo se hubiera quedado torcido. No habrá un cuerpo, ni una tumba donde rezar. «Eran unos niños, no eran más que unos niños», dice ella, y Paolo apoya una mano sobre sus escápulas, con suavidad, y al hacerlo vuelve a ser un niño de cinco años que se agarra a su madre, y de nueve, y de doce, y entonces comprende que ella tiene razón: él no es más que un crío, su hermano no era más que un crío.

Joey reservaba una botella de whisky caro precisamente para este momento. La abre, se sirve un vaso generoso y lo bebe, dejando que el alcohol lo caliente y lo suavice por dentro. Siente un leve atisbo de temor; sus finanzas han dependido de la guerra desde que esta empezó. Ahora su familia disfruta de una posición acomodada. Viven en un barrio mejor y hay niños en los que pensar. Joey Colicchio nunca se ha topado con un problema que no fuera capaz de resolver. Y, mientras se sirve otro vaso de whisky, se dice que, a estas alturas, eso no va a cambiar.

Saul llama a casa antes de comer, pero nadie contesta. Sofia debe de estar fuera. Él se va a comer *dim sum* con otros tres tipos que se pasan la comida dándose palmadas en la espalda, jugando con los palillos, riéndose de manera estruendosa y propinándose codazos en las costillas: hacen más ruido que ningún otro cliente del restaurante. Abrumado por sus voces, se marea y tiene que meterse en los servicios para echarse agua en la cara; luego se aferra a los bordes de la pila y se mira al espejo. «La guerra ha terminado», se dice para sus adentros. Pero ignora qué partes de él desaparecerán ahora, y está seguro de que no serán pocas. ¿Qué queda de Saul sin la guerra? ¿De qué podrá presumir cuando la guerra, que lo convirtió en quien es, no sea ya más que historia? Puede sentir que eso ya está sucediendo: su madre es un recuerdo, el regusto metálico y espeso del hambre o la sed se han desvanecido ahora que encuentra agua corriente dondequiera que va. Cuando Saul nota que alguien lo sigue por la calle, entiende que su tarea consiste en mantener la calma y el aire de autoridad. Dentro de Saul, un niño judío vuelve corriendo a casa cuando se pone el sol porque las calles de Berlín han dejado de ser seguras para él al anochecer.

Sofia bebe café turco de una taza del tamaño de su pulgar y observa la puerta del restaurante que tiene justo enfrente en busca de alguna señal de Saul. Sabe que ya debería haber ido a recoger a Julia, y aún se sorprende de encontrarse aquí, siguiendo el rastro de su marido a plena luz del día sin el menor remordimiento.

El café es fuerte y dulce, y Sofia se siente como si la hubieran electrocutado. Uno de sus pies no para de oscilar, dos de sus dedos tamborilean en la mesa.

—¿Va a querer algo más, señora? —pregunta el camarero.

—No, gracias —dice ella. «Señora», oye una y otra vez dentro de su cabeza. «¿Algo más, señora? Señora. Señora».

El camarero deja la cuenta en una bandejita. Sofia coloca las monedas en ella sin apartar la mirada de la puerta del restaurante donde sabe que está Saul.

Sofia no tiene muy claro cuáles son sus expectativas. Sigue a Saul mientras este realiza su trabajo, pero ¿con qué fin? Estar al tanto de lo que hace no va a cambiar el hecho de que ni su padre ni su marido están dispuestos a abrirle las puertas de su mundo. Verlo dar palmadas en la espalda a otros hombres solo sirve para reforzar la constatación de que siglos de reglas tácitas, no escritas y universales que rigen la Familia no se moldearán ahora solo porque ella se aburra un poco en casa.

Sin embargo, saber que algo es imposible nunca ha frenado a Sofia Colicchio a la hora de intentarlo.

Joey está sentado en su butaca favorita, con los pies en alto, cuando suena el teléfono. Descuelga antes de que se apague el primer pitido.

—Freddie.

—Lo está siguiendo una vez más, jefe.

Joey suspira. Se imagina lo tranquilo que viviría si tuviera una hija sencilla, alguien que no quisiera saltarse todas las reglas que se le imponen.

—¿Dónde están?

—Comiendo, jefe. En Chinatown. —Se produce una pausa—. ¿Quiere que... la pare?

—Por supuesto que no —dice Joey—. No seas imbécil. Ni se te ocurra acercarte a ella. —A algunos de sus hombres se les da bien la estrategia, se dice. A otros no.

—Lo siento, jefe.

—Yo me ocuparé de esto. Limítate a vigilarla hasta que se meta en un taxi —dice Joey—. Asegúrate de que llega a casa sana y salva. Y asegúrate de que no te vea.

Cuando Joey era niño, a veces se imaginaba con una familia. La mujer con la que se casaba se parecía a su madre, preparaba la misma *parmigiana* de pollo, y lo abrazaba, oliendo a harina y rosas, siempre que a él le hacía falta. Sus hijos eran menudos y traviesos, ocho o diez, que se movían a su alrededor como los coches de los autos de choque. Era un caos feliz.

En su cabeza, Joey nunca se veía con una hija adulta. En realidad, nunca se imaginó teniendo hijas. Para el Joey de diez años, no había nada más aterrador que una niña. En su imaginación, Giuseppe Colicchio nunca se enfrentaba a una bomba de relojería fuera de control amenazando con destruirle el negocio y la familia. Y aunque nadie puede negar que Sofia es el gran orgullo de la vida de Joey, y que en sus momentos de sinceridad él admira su determinación, su perseverancia, su absoluta insistencia en ser ella misma bajo cualquier circunstancia, también es cierto que Joey no puede evitar irritarse cuando esa manera de ser se vuelve en su contra.

Pensativo, Joey tamborilea con los dedos sobre la mesa. Sofia no sabe lo que hace, y si un idiota con dos neuronas como Freddie es capaz de seguirla, cualquiera podría hacerlo: ya sea el flamante agente de policía recién salido de la academia que no sabe lo que le conviene, o, peor aún, algún chaval de los Fianzo, un listillo que quiera usar a Sofia como pieza de cambio. Para hacerse el chulo. Sofia insiste en arriesgar su propia vida además de la seguridad y el bienestar de toda su Familia.

Habrá que tomar cartas en el asunto.


Esa noche, cuando Sofia llega a casa con Julia dormida en brazos, hay un ramo de flores esperándola en la mesa de la cocina y Saul está escuchando la radio en el salón. «En París, las celebraciones de la victoria han alcanzado su máximo apogeo», dice la radio. Sofia señala el ramo y mira a Saul con expresión de sorpresa, para ver si él sabe de qué se trata.

—Hay una tarjeta —le dice él. Y añade—: La guerra ha terminado.

«Una multitud de jóvenes desfila por las avenidas, cantando, bailando y agitando banderas».

Sofia mira a Saul.

—La guerra ha terminado —dice ella dirigiéndose hacia la mesa donde reposa el sobre—. Está abierto.

—Tu padre me puso al tanto —contesta él, con una cara extrañamente inexpresiva.

Sofia baja la vista a la tarjeta, que reza:

*Sof: me dicen que te apetece trabajar. Pide y tus peticiones serán atendidas. Te quiere, Papá. Pd: Deja de seguir a Saul.*

Sofia mira a Saul.

—Va a dejarme trabajar —dice ella, y sonríe. Sofia Colicchio, iluminada y triunfal.

—Eso parece —dice Saul.

Joey lo había llamado esa tarde para decirle que «tú ya sabes que nuestra Sofia no es una chica como las otras». Había soltado un suspiro y luego había dicho, con brusquedad: «Seamos sinceros, si se empeña en ello, lo hará mejor que cualquiera de nosotros». Y luego se produjo un silencio, durante el cual Saul pudo oír cómo el viento iba cerrando las puertas de todas las posibilidades que había acariciado en su mente: no habría otros trabajos, ni otros estilos de vida. Ni California, ni el Upper West Side. No sería pintor ni pediatra. Así pues, ahora Saul contempla el foso que será el resto de su vida. Lamenta la pérdida de algo que nunca habría tenido.

En Europa, soldados rusos y norteamericanos disparan sus armas al aire para celebrar la victoria. Los oficiales nazis deslizan pastillas de cianuro en las manos de sus esposas y de sus seres queridos. Su madre es un esqueleto en vida o un montón de cenizas, y Saul se ha convertido en alguien a quien él ya ni siquiera reconoce. ¿Cómo se van a encontrar?

—Estás enfadado —dice Sofia. No quiere que Saul le arruine el momento. Casi se enoja al pensarlo. Pero en ella también existe una inquietud insistente, un punto de preocupación genuino por Saul, que ahora mismo parece la viva imagen de la derrota.

Él se incorpora para apagar la radio y hunde la cara en las manos.

—Saul, ¿qué pasa? —pregunta Sofia. Cruza la estancia y cubre las manos de su marido con las suyas. En su pecho hay un pajarillo que se debate entre la alegría y la más absoluta decepción.

—No estoy enfadado —dice Saul.

—De acuerdo, ¿y entonces?

—Es difícil de explicar.

—Inténtalo —dice Sofia, y es una orden.

—Bien —dice Saul—. Cuando llegué aquí estaba muy solo. Nunca lo había estado tanto. Pero luego este trabajo… me encontró. Y tú…, tú también. Y la guerra era ese monstruo que acechaba a mis espaldas, algo de lo que yo huía. Y de repente, en lugar de estar solo, os tenía a ti y a Julia, y desempeñaba este trabajo, y luchaba contra la guerra con cada persona a la que recogía. Y no me quedaba tiempo para pensar en todo aquello a lo que había renunciado, en todo lo que había cambiado. Mis pérdidas parecían un poco menos importantes.

Saul se quita las gafas y se pellizca el puente de la nariz con el índice y el pulgar. Sofia está callada. El silencio los presiona a ambos.

—Pero, de repente, hoy, la guerra ha terminado. Ya no lucho contra nada, no huyo de nada. Y tú… actúas como siempre lo has hecho, avanzas en la vida como una carga de dinamita sobre el asfalto. Y de golpe yo me encuentro aquí sin nada que lo justifique. Podría estar en cualquier otro sitio. —Saul apoya la espalda en el sofá y siente que se está hundiendo. «Bendito seas»—. Soy solo un náufrago, Sofia.

En el tiempo que llevan juntos, Saul ha logrado suavizar a Sofia. Es uno de los cambios más monumentales que se ha producido en ella. Ahora domina su propia topografía emocional. Aprende a parar, a procesar toda la información. Aún puede reaccionar como lo haría una explosión o un tornado, pero es más capaz de controlarlo. De afilarlo. De dirigirlo.

Son esta suavidad y esta decisión las que llevan ahora a Sofia a sentarse en el regazo de Saul y a llenarse los brazos con él, con sus hombros y con el hueco desesperado que se ha abierto en su pecho, con los rizos castaños que le salen de la cabeza. Se llena de su aroma, restos de la loción del afeitado mezclados con los de la nicotina amarilla y el sudor de la camisa que ha llevado puesta todo el día. Y luego Sofia se llena la boca de Saul, de sus labios y de su aliento, hasta que el único ruido en el piso es una exhalación, un colapso, y Sofia no susurra que lo necesita aquí, pero siente esa necesidad tensándose en ella como si fuera un músculo y cree que Saul también la percibe.

Durante la semana siguiente, Sofia se reúne con Joey varias veces. Él le sirve un vaso de vino y cierra las puertas. Se sienta frente a ella, con las rodillas abiertas y le dice:

—Ya es hora de que aprendas algunas cosas sobre cómo funciona todo esto.

El primer encargo de Sofia es con el inspector Leo Montague, quien, en palabras de Joey, ha estado haciendo la vista gorda durante muchos años. Se llevó una tajada de los beneficios desde los tiempos de la Prohibición, y él y Joey han desarrollado un respeto mutuo a lo largo de las décadas que llevan trabajando juntos. Ha sido un aliado valiosísimo durante la guerra.

—Pero ya no vamos a ganar esa cantidad de dinero —dice Joey—, y eso siempre resulta difícil de explicar.

Por teléfono, Joey le mencionó a Leo que ahora debería conformarse con menos y este repuso: «Vaya, Colicchio, pues no estoy seguro de querer aceptar eso ahora». Luego se quedó callado durante un minuto y dijo: «No olvides que me necesitas». Y a Joey le había costado mucho no colgarle el teléfono sin más. Joey podría atemorizar a Leo para someterlo, pero a Leo no le resultaría difícil vengarse. Ambos podían salir perdiendo. Estas cosas se desbocan enseguida.

—Creo que se te dará bien —le dice Joey a Sofia—. Tal vez no te acuerdes, pero te pasaste muchos domingos fisgando alrededor de la mesa, intentando captar cotilleos, intentando entenderlo todo.

Sofia recuerda la emoción de colarse en un círculo cerrado de mujeres, en un grupo de hombres que fumaban.

De manera que Sofia concierta una cita para comer con el inspector, y en ella debe evitar los detalles de negocios, los pocos que Joey ha compartido. Su misión es escuchar más que hablar. Cuando se lo dijo a Saul, ilusionada, él se quedó muy callado.

—Es perfecto, Saul —dice Sofia—. Es trabajo, es emocionante, y no es en absoluto peligroso.

—Todo está conectado —dice Saul—. Todo es peligroso.

Pero ya nada va a detener a Sofia.


Sofia se encuentra con el inspector en un restaurante iluminado por velas para un almuerzo tardío. Joey le ha dicho lo que debe pedir.

—Berenjenas a la *parmigiana* —dice ella— para mi amigo y para mí. *Grazie.*

Nota el corazón latiéndole de emoción y dirige a Leo una mirada cargada de aprecio.

—Es la especialidad de la casa —explica, aunque en verdad Joey le ha dicho que se trata del plato preferido del inspector Leo y que esa es una manera de hacerlo sentir cómodo.

«Pero, papá, ¿qué le digo?», había preguntado ella. Joey había apoyado ambas manos en sus mejillas y le había dicho: «Limítate a ser tú misma».

El inspector Leo tiene casi sesenta años, el pelo encrespado y salpicado de canas, y lleva unas gruesas gafas cuadradas. A Sofia le hace pensar en Saul con veinticinco años, veinte kilos y un poco de arrogancia americana de más.

—Así que es usted la hija de Joey. Creo que nos conocimos en una ocasión.

—Es posible —dice Sofia, mientras se pregunta cómo encauzar la conversación hacia la Familia sin que se note. Pero el inspector se lanza al tema en cuanto llega la comida.

—Respeto a su familia, de verdad —dice él—. Pero he corrido muchos riesgos por ustedes.

—Papá aprecia todo el trabajo que ha hecho —dice Sofia.

—Lo sé —dice Leo. Levanta la vista del plato para posarla en Sofia, y ella se percata con sorpresa de que hay en esa mirada un atisbo de temor. ¿Le tiene miedo?—. Por favor, asegúrese de que sepa que lo sé.

—Por supuesto —dice Sofia.

—Es solo que un hombre de mi edad… —dice el inspector—. Me faltan solo cinco años para la jubilación. Si tengo que seguir a bordo, si tengo que saltarme las reglas… Maldita sea, señora, estas son las mejores berenjenas a la parmesana que he probado en mi vida.

«Están chiclosas», piensa Sofia: queso reseco sobre un insulso relleno como si fuera ámbar sobre un insecto.

—Deliciosas, ¿verdad? —dice Sofia.

—Siempre he confiado en su padre —dice el inspector.

—Él también confía en usted —dice Sofia—. Me ha hablado de usted en términos de lo más elogiosos.

—¿En serio? —pregunta el inspector Leo y Sofia comprende que ha hecho bien en decirlo porque su interlocutor parece sonrojarse un poco—. Bueno, eso es muy… muy amable por su parte. Buen tipo, Joey Colicchio. —Se calla para dar otro bocado—. Tengo hijos, ¿sabe? Y dependen de mí. He podido darles algunos extras…, bueno, las cosas no siempre han sido fáciles.

—Lo entiendo —dice Sofia—. Yo también tengo una hija. Haría cualquier cosa por ella.

—¿Tiene una hija?

Y en este momento Sofia se percata de que el inspector lanza una mirada cargada de aprecio hacia su cintura. La gente suele hacerlo. Tienen que imaginarse a Sofia embarazada para decidir si eso le ha arruinado la silueta. Sin embargo, ella mantiene una expresión completamente neutra.

—Su padre hizo algo muy especial durante la guerra para

aquellos que lo necesitaban —dice el inspector—. Personas que escapaban de algo horrible, ya lo sabe, de toda esa basura nazi. Bueno, al final les dimos su merecido, ¿no? Y tal vez usted no lo entienda, pero lo único que pido es una compensación más que merecida. Tengo que abogar por mí mismo.

El inspector Leo ha terminado de inhalar la comida y se apoltrona en la silla para observar a Sofia a través de sus gruesos cristales oscuros. Tiene una pizca de tomate en la comisura de la boca.

—Su padre es un hombre de honor —dice él—, así que creo que entenderá mis demandas.

Y Sofia ve ahora, con absoluta claridad, qué necesita Leo.

—¿Sabe una cosa? —le dice—. Creo que mi padre no podría haber llevado el negocio sin su ayuda.

—¿De verdad? —pregunta Leo—. Bueno, supongo que se necesita a alguien que sepa cómo moverse.

Leo bebe un sorbo de agua para disimular una sonrisa lenta, pero Sofia la ve.

—Sin duda —dice Sofia—. Sé que lo tiene en gran estima.

—Pero la estima no es suficiente —dice el inspector Leo—. Debe existir una compensación adecuada. Es la manera de demostrarla.

—Me consta que mi padre es consciente de ello —dice Sofia—. Creo que se limita a hacer lo que puede para cuidar de su familia y de las familias de todos los que trabajan para él. Quizá dé la impresión de que es sencillo, pero conlleva una gran responsabilidad.

—Lo comprendo —dice Leo—. Cuando reorganizaron mi zona…, bueno, entiendo lo que significa tener responsabilidades sobre otras personas.

—No me cabe duda —dice Sofia.

—Joey Colicchio es un verdadero hombre de honor —dice Leo, y por primera vez en su vida adulta, Sofia ve un camino abierto ante ella, un sendero por el que quiere avanzar.

«Estoy en el sitio correcto», piensa, y se siente tan agradecida que está a punto de romper a llorar allí mismo. «Esto es lo que sé hacer».


Cuando Sofia vuelve a casa y Saul le pregunta cómo ha ido, ella lo mira con los ojos brillantes y le dice: «Ha sido fácil».

Tiene la esperanza de dormir profundamente esa noche, pero en su lugar se descubre mirando al techo y no consigue discernir qué la mantiene en vela. ¿La cara de Leo cuando se despedían, la manera en que se dio la vuelta y se rascó la cabeza, tal y como a veces hace Saul cuando tiene que lidiar con algo para lo que le faltan las palabras? ¿O el mismo Saul, que solo la ha mirado a medias desde hace días, sumido en una melancolía que Sofia no reconoce y que nunca se habría esperado ahora que la guerra ha terminado?

En algún momento antes de dormirse Sofia recuerda un patio de escuela y a ella cogiendo a Antonia de la mano. Había un grupito de niñas al otro lado del columpio y Sofia sabía que hablaban de ella. «Tu padre es un asesino», dijo Maria Panzini, en tono contundente, mientras hacían cola para volver a clase. El estómago de Sofia se llenó de un hielo duro como el asfalto. Incluso en primaria, había albergado el deseo inexplicable de ser mejor que las demás. ¿Lo ha logrado hoy? ¿Entiende el precio que tendrá que pagar? «Ha sido fácil», su propia voz resuena en su cabeza. Es como si hubiera nacido para esto.

Al lado de Sofia, Saul finge dormir. Pasa las horas con los ojos medio cerrados fijos en el despertador.


Durante la cena del domingo Joey alza la copa para brindar por Sofia y todo el mundo se une al brindis: Antonia y Paolo, Frankie, el abuelo, que últimamente se repite y no termina de entender el motivo del brindis, la *nonna* de mirada rapaz; incluso

Rosa esboza una ligera sonrisa, y el hermano de esta asiente, y Marco DeLuca y otros dos individuos nuevos e intercambiables levantan sus respectivos vasos, pero miran todo el rato a Joey en lugar de a Sofia.

—Bienvenida —dice Joey con afecto.

Sofia está demasiado ocupada evitando la mirada de Antonia para percatarse de que su padre evita la de Rosa, pero esta encuentra a Sofia fregando los platos después de la cena y empieza a reprenderla con la ferocidad de mil madres:

«Vestida como una fulana, menuda desgracia. Tienes un marido y una hija, Sofia, ¿qué pensará Julia cuando sea mayor? ¿Cómo se va a educar?». Pero Sofia, por primera vez en su vida, quiere algo más que discutir con Rosa, de manera que le da un beso a su madre y le dice: «Tendré cuidado, Julia estará bien». Y con estas palabras deja a Rosa tartamudeando en la cocina, debatiéndose, como ha hecho tantas veces a lo largo de su vida, entre el orgullo y el horror.

El trabajo se convierte en una parte tan importante de ella que en poco tiempo Sofia no puede ni siquiera recordar no haberlo querido. Apunta todo su ser hacia ese horizonte, hacia la gloria de salir de casa y que el mundo la vea.

Cuando Saul trabaja hasta tarde, Julia a menudo se queda en casa de Antonia. Para Sofia esto empezó siendo una manera de eludir el tema de su trabajo con Rosa, pero con el tiempo se ha convertido en un hábito, una forma de vida. A veces Sofia va con ella, permanece despierta con Antonia hasta bien entrada la noche, conversando en tono quedo en el sofá. En otras ocasiones, Sofia está en otro sitio. Cuando cierra la puerta del piso de Antonia y se marcha, lo hace invadida por una sensación de alivio, de alegría y de expectación que le recorre las venas. No se para a pensar en Antonia, cuyo gesto de labios levemente apretados ha constituido una especie de faro moral desde que Sofia aprendió a hablar. Tampoco suele pensar en Julia. «Tu hija», le dice la gente a todas horas, casi como si hablaran en mayúsculas, como si el hecho de ser madre implicase renunciar a cualquier vida autónoma, como si necesitara que alguien le recordase que la cabeza de Julia huele a pan caliente, como si no fuera ahora una madre mejor, una maldita leona. «Mi hija nunca se sentirá culpable por llevar la vida que desee», piensa Sofia. Y lo aplica en la crianza: si Julia quiere desayunar los restos del pastel, bollería rellena de chocolate y de crema de coñac, Sofia abre la caja y también se la come con los dedos. Si a Julia no le apetece bañarse y se mete en la cama con los pies sucios y el cabello enredado, Sofia se limita a taparla. «¿Qué pasa?», le dice a Rosa. «La niña está bien», le dice a Antonia, que siempre encuentra la manera de introducir el baño como parte de la rutina de Julia cuando esta se queda en su casa.

Durante la mayor parte del tiempo, Sofia ejerce de intermediaria; de bálsamo tranquilizador para los empleados de la Familia que en algún momento empiezan a ponerse nerviosos. Se trata de algo nuevo que se le ocurrió a Joey. Pensó en Carlo, y en cómo el curso de las cosas podría haber cambiado si Carlo hubiera podido hablar con una mujer, alguien joven, profesional y atractivo que le mostrara hasta qué punto su trabajo estaba conectado con la familia, con la tierra, sin tan siquiera hacer mención directa de ello. A veces la presencia de una mujer en una sala puede exacerbar la tensión, pero en muchos momentos Sofia puede calmar a un hombre intranquilo sin necesidad de decir una palabra.

A Sofia no le importa. Es algo que se le da bien: tanto, que cualquier objeción que pudiera haber concebido, cualquier reserva mental derivada del hecho de ser usada como elemento decorativo, como el equivalente de carne y hueso de una bebida fuerte, se disipa sin dejar rastro. Salta de la cama todas las mañanas. Cuando vuelve a casa de una de sus cenas, de una de sus copas, de sus capuchinos convertidos en copas de vino, lo hace con los ojos brillantes y la lengua suelta. Se dirige a Saul en un tono lo bastante alto como para despertar a Julia, encantada consigo misma. «Le he cambiado», piensa ella, o se lo dice a Saul, o se lo susurra a sí misma al mirarse al espejo del cuarto de baño. «Le he hecho cambiar de opinión». No se para a pensar si ese cambio que produce en los hombres es para mejor, o si está al servicio de una misión en la que ella cree. A Sofia le basta comprobar que las intenciones de todos esos hombres parecen moldearse y variar a medida que ella habla y se mueve. A principios de 1946, Joey le sirve un vaso de oporto y le dice que la va a enviar a otra clase de reuniones: a partir de entonces, cuando Sofia no está hechizando a los miembros de la Familia que se muestran volubles o a policías nerviosos, se dedica a supervisar cargamentos de vino, vinagre y quesos curados, y aprende cómo manejarse para que nadie le haga preguntas o la ponga en un aprieto; con el paso de los días se siente más y más poderosa, más y más conectada con el latido interno, tanto el de su corazón como el del mundo entero.

Con Antonia, Sofia va con pies de plomo. Es consciente de que Antonia no lo aprueba, pero ni puede dejar de trabajar ni puede perder a Antonia. Hay muchas cosas que las unen ahora: su historia, sus familias, sus hijos, que duermen mejor si están en la misma habitación. De manera que el trabajo de Sofia es un tema que ella y Antonia sortean en sus conversaciones; lo observan en silencio y tratan de evitarlo.

Y Antonia, que se ha sumergido en la maternidad, en la vida conyugal, en el papel de mejor amiga, de canguro y de tía preferida de Julia, no dice nada. Antonia acoge a Julia cuando Sofia se presenta, vestida para salir. No le dice a Sofia que esa independencia de la que presume apesta tanto como el empleo de Lina en la lavandería. Por supuesto, no tiene la certeza de que Sofia lo esté haciendo peor que ella, porque, al fin y al cabo, ¿dónde han ido a parar su independencia, su título universitario, su gran porche, esos tres hijos que nunca hayan oído hablar de la Familia y que serán médicos, exploradores o granjeros? El año pasado tuvo un conato de rebelión, cuando acabó la guerra: se pasó varios días mirando horarios universitarios. Si acudía a dos clases nocturnas por semana podía sacarse un título en seis años. Cuando planteó el asunto con Paolo, este se enfadó. Le dijo que su familia ya había sufrido suficientes cambios con el fin de la guerra. No sabía cuál sería su trabajo a partir de entonces, ni siquiera si tendría uno. No sabía cómo irían de dinero. Su propia familia estaba sometida a una crisis constante, ya que su madre se negaba a levantarse de la cama. «Todo es inestable —dijo él—. Tengo la impresión de que el suelo se desintegra bajo mis pies. La última vez que me sentí así fue cuando..., cuando nació Robbie y tú...». No había terminado la frase, pero había conseguido hacerla sentir culpable por la última vez en que abandonó a su familia. «Sabes que no me opongo a ello», le dijo él cuando se acostaron. «Simplemente este no es el momento oportuno».

De manera que Antonia se ha entregado de lleno a la maternidad y a sus esfuerzos para diferenciarse de Lina, de Sofia; está a los pies de la cama de Robbie cuando este se despierta y lo duerme con cariño, apoyándole una mano en la espalda todas las noches. Intenta evitarle cualquier clase de dolor, de miedo, de pérdida, y se pasa el día repitiéndole que lo quiere, que tenga cuidado, que mire a ambos lados antes de cruzar; pero todo eso, más que desarrollar en Robbie el sentido común, lo que hace es aumentar la necesidad de tenerla cerca, de manera que apenas se los ve a uno sin el otro, excepto cuando Julia está en casa. Julia, en cuya presencia Robbie se ilumina, se crece; Julia, que enciende en Robbie una chispa valiente y traviesa que lo aleja de Antonia, que permite a esta descansar, tomarse un respiro del precio que su cuerpo y su mente están pagando por esa obsesión por ser la mejor madre. Antonia no diría que esta es la independencia con la que siempre soñó, pero en la adolescencia había sido incapaz de imaginar lo que la cambiaría el amor por dos niños, hasta qué punto desearía entregarse a ellos, cuán difícil resultaría encontrar el equilibrio. Su propia necesidad la asusta; está agotada; no lo cambiaría por nada del mundo, pero a la vez crece en ella un leve sentido de supervivencia que le recuerda los meses posteriores al nacimiento de Robbie, a cuando necesitaba pasear sola para aclararse las ideas, para estar en paz consigo misma.

Antonia escucha las quejas de Paolo: su trabajo después de la guerra se ha convertido en algo insulso y tedioso, la falsificación de documentos no puede compararse al aburrimiento de llevar las cuentas. Ella no le dice lo aliviada que se siente de que esté fuera de la línea de fuego, o al menos tan alejado como es posible estarlo. Hace un repaso de su vida y decide que todos sus desafíos están bien recompensados, que todas sus alegrías son indispensables y, siguiendo este razonamiento, maneja ese malhumor, nuevo en Paolo, la nueva veleidad de Sofia, y la sensación que la corroe de estar relegándose siempre al último lugar, aplazando sus propios objetivos. La mayor parte del tiempo consigue sentirse llena, llena, llena de amor.

1946 pasa como una exhalación. Sofia da una fiesta en Nochevieja. Se viste de gala y Antonia se siente como si fueran adolescentes que escapan para ir a un baile. Rosa y Joey se marchan a medianoche llevándose a Julia y a Robbie con ellos, pero Sofia, Antonia, Saul, Paolo y un par de tipos que trabajan con ellos se suben al tejado y contemplan cómo su aliento se convierte en nubes congeladas que ascienden al cielo oscuro de la ciudad, hacia el año que acaba de empezar.


Marzo. Antonia está con Robbie y Julia. Los niños duermen: caras plácidas, el pelo pegado a la frente. Robbie está tan fascinado por Julia como Antonia lo estuvo por Sofia, pero es mucho más travieso de lo que era ella; es más sensible, se lastima con facilidad. Y también Julia parece más movida que su madre, menos centrada, pero igual de grande, igual de enérgica, igual de vehemente. Mete los pies en todos los charcos. Antonia agradece verlos dormidos.

Un rato antes, Antonia había interrumpido un encarnizado combate que se celebraba en el suelo de su dormitorio. «¿Qué narices está pasando aquí?», susurró. «¡Soy un Fianzo!», exclamó Robbie. Tenía la cara radiante de la emoción; le encantaba contarle cosas a su madre, atraerla hacia su mundo. La buscaba siempre con los brazos abiertos. «¿Qué?», preguntó Antonia. Sudor frío. Robbie se incorporó del todo y levantó los brazos. «Grrrrr», gruñó. «¡Te atraparé, Fianzo!», gritó Julia, saltando encima de él. Había piernas por todas partes. Un vaso de agua cayó de la mesita y se hizo añicos. «¡Ya basta!», dijo Antonia. Apartó a Robbie y a Julia de los cristales rotos. «¡Salid de aquí!». Y Robbie se había ido: rechazado, angustiado. Nunca quiere hacer enfadar a su madre.

Antonia respiró hondo y cerró la puerta. Vive bajo el temor constante de convertirse en su madre. Se imagina gritándoles «¡Mataron a tu abuelo!» en un momento de pánico, pero entonces ya no sería la madre que quiere ser, estaría actuando por satisfacción propia. Antonia ha hecho las paces con la madre que su madre es capaz de ser, pero no quiere convertirse en ella.

Piensa también en los Fianzo: en sus apestosos puros, en los zapatos y el pelo brillantes. Agradece la idea de que su hijo los considere unos monstruos y a la vez siente una profunda decepción: desde que nació Robbie, Antonia ha hecho todo lo posible para aislarlo de la tragedia y del terror de su propia infancia. «Has fracasado», piensa.

A Antonia apenas la sorprende, ya no, el intenso y feroz amor que siente por Julia. No es verdad eso que dicen que la sangre es más espesa que el agua. Así que está encantada de tener a Julia durmiendo tranquilamente en el cuarto de su hijo, e intenta no echarle nada en cara a Sofia, que se presentó en su casa hace un rato y le rogó que se quedara con Julia durante un par de horas. Antonia siempre abre la puerta. Siempre besa a Sofia en las mejillas y le dice que se vaya, acaricia el pelo de Julia e intenta concentrarse en el océano absoluto que es su amor por ellos, más que en la cara de la niña, que se contrae un poquito en cuanto Sofia se marcha, como si fuera la parte superior de un pastel que se cae al enfriarse.

Mientras los ve dormir, se apodera de ella un lamento interno: un tirón primario, físico que sale del bajo vientre y se transforma en lágrimas antes de que ella sea consciente de lo que sucede. Le gustaría proteger esos cuerpos con el suyo. Le gustaría amputarse los brazos y las piernas una por una y alimentar con ellos a los niños que duermen ahora en su casa. Acaba de cumplir veinticuatro años.

Antonia echa de menos a Carlo. El dolor viene en oleadas. Robbie tiene la nariz de Carlo, la forma de sus ojos. A medida que lo ve más y más en su hijo, Antonia comprende por fin que le han robado algo. Algo irreemplazable. Incapaz de manejar este sentimiento, se dedica a limpiar la casa, acordándose de Lina, a sacar brillo a unos suelos de madera que ya estaban manchados antes de que ellos vinieran a vivir al piso. «Esto no tiene remedio». Así que sueña despierta o duerme sin soñar, inquieta, preguntándose por las versiones alternativas que podría haber tenido su propia vida. Por lo que controla, por las oportunidades perdidas, y por lo que sucederá con independencia de sus decisiones.

Se imagina con la capacidad de encenderse de ira, como tiene Sofia. Qué satisfactorio debe de ser lanzar ríos de fuego en todas direcciones. Qué definitivo, condensar lo que es desesperación, amor y nostalgia en pura rabia. Antonia imagina que esa rabia le daría la sensación de actuar. De moverse hacia delante.

Se siente tan parada.


Ha llegado un momento en que, si se colocan codo con codo junto a otros hombres de la Familia, nada distingue a Saul y Paolo del resto. Hace solo cuatro años estaban tan verdes que perdían savia; eran tan entusiastas como torpes, iban siempre un paso atrás. Pero los hijos han conferido a sus dos siluetas un aire de gravedad; la experiencia ha dibujado arrugas en sus caras y, a medida que avanza 1947, Paolo y Saul se ven anclados en la rutina.

El trabajo cambió cuando terminó la guerra. De algún modo, y en contra de todas sus intenciones, Paolo ha acabado en una oficina de la calle Nevins, dispuesta más de cara a la galería que otra cosa, donde se pasa los días armado con lápiz y papel, ideando nuevas formas de negocio que van desde pasear perros para los pijos del Upper East Side a interceptar cruceros y ofrecer a los pasajeros una visita guiada a la ciudad a cambio de unos cuantos dólares. Durante una hora al día, manipula los libros de cuentas que permiten a la Familia el pago de impuestos sin desvelar de dónde proceden los beneficios. Viajes Luigio realiza un trabajo pesado. Al final de la semana, le entrega los apuntes a Joey y le dice: «Creo que hay algunas ideas buenas ahí, jefe». Y Joey, ya sea por compasión o por generosidad, sigue pagándole lo mismo que en tiempos de guerra, cuando su trabajo de falsificador era indispensable. Así, Paolo está atrapado en un círculo vicioso, una batalla entre la parte de sí mismo que respira tranquilo al realizar las mismas tareas una semana tras otra y aquella otra parte que soñó con algo de más envergadura. Que pensó que, fuera lo que fuera, le haría sentir más importante cuando llegara ese momento.

Ahora Saul se pasa los días a las puertas de los cafés, esperando que Joey termine sus reuniones; o, acompañado de un Tío de más edad, le toca ir a ver a alguien para recordarle sus deudas, lo que suele significar propinarle un par de puñetazos en la mandíbula y preguntarle por sus hijos; retorcerle una muñeca o amenazarlo con cortarle el dedo con una navaja.

Saul añora el ferry de la isla de Ellis, el alemán suave que solía utilizar para tranquilizar a las familias con las que se reunía allí, la facilidad con que podía ayudarlas. «Hablad inglés, no alemán», les decía. «Deletrearán mal el apellido. No los corrijas. No tosas. Permaneced erguidos». Ahora que todo ha terminado, Saul se pregunta por qué la interacción con esas familias terminaba así: al otro lado del ferry de la isla de Ellis, cuando les entregaba los sobres marrones llenos de títulos, currículums y cartas de recomendación falsas que ellos usaban para empezar una nueva vida en América. Se pregunta quiénes eran: familias tan desesperadas que pagaban su peso en oro a cambio de unos cuantos documentos falsos y de una promesa; en una ocasión, conoció a una adolescente que viajaba sola y que le dijo que su familia había vendido todas las joyas para pagarle el billete. «¿Cuándo podrán venir ellos?», preguntó, y Saul había respondido: «No tosas ni te toques la cara cuando estés en los primeros puestos de la cola. Usa solo la primera sílaba de tu apellido». Hubo semanas en que les dijo lo mismo a ocho o nueve familias. «¿Por qué no corriste tras ellos para rogarles que les preguntasen a sus parientes por tu madre?, ¿por qué no besaste esas manos que habían tocado suelo europeo?». El amor hacia un lugar que te quiere ver muerto es como una bestia que crece dentro de ti.

Sin embargo, el final de la guerra acabó con esa tarea. Y Saul no tardó en verse metido en lo que cualquiera llamaría el trabajo sucio de los matones a sueldo. Ahora su mirada firme, su ética impecable y su habilidad para componer un semblante inexpresivo y encajar en todas partes, sin necesidad de responder a ninguna pregunta, son cualidades que, en conjunto, lo convierten en un mensajero intimidatorio y eficaz.

Hay momentos, fugaces, eso sí, apenas partículas de segundo, en los que Saul se pregunta cómo diablos ha terminado en esta vida. En los que se ve con ocho años, tumbado en el suelo de una de las casas que limpiaba su madre, leyendo un tebeo o mirando por la ventana hacia el solemne y anticuado sol de Europa, o paseando a orillas del río Spree, echándoles migas de pan a los patos. Le resulta imposible reconciliar el mundo donde vive con el mundo que veían sus ojos de niño. Es imposible que su madre ya no esté y que él viva en América, casado con una familia que le ha dado algo que unos días se asemeja a un hogar y otros, a una cárcel. Y en esos momentos en los que acaricia pensamientos imposibles, Saul se plantea los pasos que debería emprender para regresar a una vida que le resultara reconocible: abandonar a su mujer, a su hija, cruzar el océano para volver a un hogar que, por lo que sabe, ya ni siquiera existe. Abandonar las calles de Brooklyn, que ahora se han tornado tan familiares para él como las rayas de su mano. «Aun así —se dice algunos días—, la alternativa es quedarse». Permanecer en un mundo donde para alimentar a su familia debe amenazar a las de otros. Un mundo donde, al llegar a casa, tiene que lavarse los restos de sangre ajena de los nudillos antes de cenar. Saul comprende lo que es la suerte. Comprende que solo un leve giro del destino podría haberlo llevado a habitar en un millar de vidas distintas, algunas más afortunadas y otras menos.

Sofia ha asumido su papel de «la hija del jefe», una expresión que mascullaron un par de tipos en tono peyorativo para describirla cuando empezaba, pero que ahora es, sin lugar a dudas, un término que deja constancia del respeto que inspira, ganado a pulso durante el año y medio en que los hombres la han visto plantar cara a individuos mucho más grandes que ella y cuyas reacciones, impregnadas de miedo y de desesperación, podían ser imprevisibles. «A mi padre no le complacerá enterarse de esto», dice a tenderos y restauradores que se atrasan en los pagos, y a un agente del orden que intenta salir de la nómina de la Familia. O, en los últimos tiempos: «Mi marido es un hombre muy amable, pero diría que esto le hará perder la paciencia». Sofia domina ya la expresión impasible y el tono imperturbable de su padre y de Saul. A ello le añade unos labios pintados. Le añade un estilo propio. Su baza es ser un arma psicológica. «No eres más que una mujer», le ha dicho alguien alguna vez, un político que pagaba a cambio de discreción y protección. «Sí —respondió Sofia—, yo solo soy una simple mensajera».

Sofia ya casi no se acuerda de sus reticencias ante este trabajo. Un trabajo que, en realidad, tal y como saben bien Saul y Paolo, es más un estilo de vida. En su lugar, se deja llevar por una dieta de adrenalina y actuación. Se siente como si hubiera estado toda la vida en una zona oscura, mirando desde fuera el interior brillante de una habitación, en la que ahora por fin ha conseguido entrar y bañarse en su luz. A las reuniones siempre la acompañan un par de hombres armados que se quedan en la puerta. Su padre no le ofrece el peligro que ofrece a los hombres. Pero Sofia nunca necesita refuerzos. Ha descubierto que el simple espectro de la Familia basta y sobra. Se ha percatado de que tanto Joey como Saul, como Paolo, pese a ser formidables en su trabajo, recurren al pozo de misterio y folclore que rodea a su ocupación. La mera presencia de uno de ellos basta para que se le abra paso en la acera, para que se le haga un hueco en un bar. Sofia bebe de esas aguas. Descubre que, hasta ahora, había estado sedienta.

«Yo solo soy tu mejor opción».

El verano antes de que cumplan los cinco años, Julia y Robbie contraen la varicela a la vez, y Saul, Sofia y Julia se instalan en el piso de los Luigio y se pasan cinco días con sus respectivas noches vigilando para que Julia y Robbie no se rasquen el uno al otro; unos días en los que Antonia, Paolo, Saul y Sofia reviven una especie de utopía preniños, en la que sus vidas, posesiones y horarios de dormir se convierten en algo intercambiable y mágico. Por las mañanas, Sofia distrae a esos animalillos febriles y enloquecidos que han reemplazado a Julia y a Robbie, y Saul prepara el desayuno: elaborados platos con huevos y sobras del día anterior, beicon caramelizado, magdalenas recién hechas y rellenas de fruta y trocitos de chocolate. «Pavo con queso suizo», piensa a veces mientras revuelve los huevos. «Lengua con mostaza».

En la mañana del tercer día, Saul está salteando cebollas cuando Antonia entra en la cocina.

—Sofia ha tenido que salir —dice ella—. Otra vez.

Saul asiente con la cabeza, y entonces se da cuenta de que Antonia, que se ha sentado a la mesa de la cocina y mastica un trozo de pan, tiene un aspecto inconfundiblemente melancólico.

—¿Te preocupa algo? —pregunta él.

—Bueno, sí... Se trata de Julia —dice Antonia, y se calla. Saul puede oír cómo mastica—. Me recuerda un poco a mí misma, en los últimos tiempos. Una niña que busca un hogar, que se siente sola, que echa de menos…, bueno, no es el caso, porque tú estás aquí, yo echaba de menos a mi padre. Intentaba no añorarlo tanto. Y que… da igual.

—¿Y qué? —Saul se concentra en ella.

—Y que no podía contar del todo con la madre que necesitaba, cuando la necesitaba.

Antonia se queda en silencio. Observa la espalda de Saul, sus escápulas moviéndose debajo del suéter mientras remueve los huevos en la sartén.

Hace años Saul le preguntó a Sofia por el padre de Antonia. Fue a principios del noviazgo y él estaba distraído por las manos de ella, que entrelazaban las suyas, por la forma en que una acera atestada parecía despejarse para que pasaran, por su aroma: a tierra o a lilas, algo que despertaba en Saul ganas de comerlo, de atragantarse, de ahogarse en él. De manera que cuando ella le respondió que había sido una tragedia, lo aceptó sin darle más vueltas. Pero ahora que contempla a Antonia se da cuenta de que existe un hueco en la comprensión que él tiene de las desgracias que la moldearon. Un espectro que ronda por la cocina, viéndolo cocinar. Él aún ignora lo que necesita saber, ahora que necesita saberlo.

—Antonia —le pregunta, con cuidado—, ¿qué le pasó de verdad a tu padre?

La cara de Antonia se ensombrece.

—¿De verdad no lo sabes?

El aire de la cocina se vuelve denso, espeso, podrido por el secreto. Saul nota que está conteniendo la respiración.

—Sé una parte.

Antonia se asoma al pasillo para asegurarse de que Julia y Robbie no andan por allí.

—¿Sabes que Joey se reúne una vez al mes con un hombre llamado Tommy Fianzo? —pregunta ella.

—Sí —dice Saul.

Acude a esas reuniones todos los meses. Algún día irá solo. Nunca ha preguntado a qué vienen esos encuentros. Se da cuenta de que ha sido demasiado confiado. Es algo en lo que lleva pensando muy en serio a lo largo de este último año. Saul abandonó a su familia y a su hogar, y se trasplantó en la tierra fértil de una vida distinta. Es una mutación de carne y hueso. Pero, en cierto sentido, Saul también está empezando a entender que ha sido un mero espectador en su propia vida. ¿Cuántas cosas más ha dejado escapar? ¿Cuántas cosas finge no ver?

—Joey trabajaba para Tommy —dice Antonia—. Joey era el mejor amigo de mi padre, Carlo. Todos eran amigos.

Antonia nota que se le enrojecen las mejillas, pero sus manos y sus pies están helados. Es como si su propio cuerpo no supiera cómo proclamar el secreto.

—Eso lo sé —dice Saul—. Me lo contó Sofia... hace años. Dijo que eran amigos. Que él desapareció.

—No —dice Antonia—. Mi padre decidió que no quería seguir trabajando para la Familia. Pero las cosas no funcionan así, y Tommy Fianzo ordenó que lo mataran. Supongo que puede decirse que desapareció, en cierto sentido. Nunca descubrimos qué había sido de él. Joey ya no pudo seguir trabajando para Fianzo después de eso. Llegaron a una especie de acuerdo. Joey le paga y trabajan por separado.

¿Sofia le había mentido? Saul recuerda la cara que puso ella mientras se lo contaba. Había sido una tragedia, dijo, y se había encogido de hombros. Un misterio. Le había mentido.

—Eso destrozó a mi madre. Durante años fue como... una cáscara vacía. No estoy diciendo que Sofia sea así, por supuesto que no. Pero, desde mi perspectiva, nunca tuve la madre que esperaba. Nunca sabía si podía depender de ella. Y eso me cambió.

Cuando Antonia deja de hablar, la boca se le transforma en una fina línea y la expresión de su cara indica a la vez vulnerabilidad y desafío.

El pasado resuena.

Sin apenas darse cuenta, Saul cruza la cocina para coger las manos de Antonia entre las suyas, para enterrar la cara en su pelo. Se para a medio camino. Hay una barrera implícita que no desea rebasar.

En la cabeza de Antonia, es ella la que recorre esa distancia para abrazar a Saul: hunde la cara en su suéter, se deja acunar por esos brazos que parecen ramas y que conforman un hueco seguro donde refugiarse.

Esa noche Saul no consigue dormirse. No para de dar vueltas en el colchón que Antonia y Paolo han colocado en el suelo del comedor para que duerman Sofia y él. Antonia y Paolo están durmiendo en su habitación, con la puerta un poco abierta. Julia y Robbie descansan en el cuarto del niño. Encima de Saul, justo donde cuelga la lámpara, hay una grieta que cruza el techo. La casa está en silencio.

No puede dejar de pensar en el padre de Antonia. Comprende la violencia inherente al trabajo que hace. La perpetra. Pero ¿cómo llegaron a matar a uno de los suyos? ¿Cómo pudieron privar a una niña de su padre? ¿Cómo pudo seguir Joey Colicchio después de eso? Era lo más práctico, eso Saul lo entiende. El camino menos conflictivo, menos sangriento, menos caótico. Pero ahora no puede dejar de preguntarse cómo ha podido Joey levantarse de la cama todos los días sabiendo que habían matado a su mejor amigo —aunque en verdad «ellos no usan nunca ese verbo, y hablan de desapariciones, no de muertes», se recuerda—, cómo ha podido vestirse, salir de casa y aguantar el día entero bajo el peso opresivo de saber lo que le había sucedido a Carlo, lo que le habían hecho a Carlo. Por eso le había mentido Sofia, comprende de repente. Ella sabía que él tendría que seguir con su trabajo y no quería que cambiara la opinión que tenía de Joey.

—Sofia —susurra Saul, por fin, incapaz de soportar el torbellino de sus pensamientos por más tiempo—. ¿Sofia?

Ella se da la vuelta. Estaba profundamente dormida.

—¿Qué? —murmura.

A Saul le invade una oleada de ternura al ver las marcas del sueño en su cara, al notar el tacto de uno de sus brazos, que sale de debajo de las sábanas para buscarlo. Su mano, acariciándole el hombro, le pone la piel de gallina. Saul suspira. No quiere arruinarle la noche ni el descanso, pero en su cabeza rondan un montón de preguntas sin respuesta.

—Hoy Antonia me ha contado cómo murió su padre. —Saul habla tan bajo como puede, no siente el menor interés en que nadie los oiga.

Sofia se incorpora, apoyándose en el codo.

—Ya te lo había explicado yo, ¿no?

Saul niega con la cabeza. Sofia es capaz de hacerlo: incluso medio dormida, puede fingir que es él quien no recuerda si ella le mintió o no.

—Me dijiste que había desaparecido —responde él—. No me contaste el porqué.

—Lo siento —dice ella—. Supongo que la estaba protegiendo.

—Estabas protegiendo a Joey —dice Saul, en un tono más amargo del que pretendía usar.

—Es mi padre —dice Sofia.

—¿Cómo podemos seguir con esto? —pregunta Saul.

—¿Seguir con qué? —Y mientras posa los ojos secos en Saul, nota una sensación familiar cubriéndola como si fuera una tela de seda: Sofia Colicchio convenciendo a un hombre de la Familia que se ha puesto nervioso.

—Quería marcharse, ¿y por eso lo mataron? ¿Por eso dejaron viuda a su mujer y huérfana a su hija? ¿Cómo pudo Antonia casarse con Paolo a sabiendas de lo que le había pasado a su padre? ¿Cómo puedes trabajar para Joey? ¿Cómo puedo hacerlo yo? —El tono de Saul va subiendo a medida que habla. Se le antoja inconcebible encontrarse atrapado en un mundo así.

—¡Chis! —dice Sofia—. Julia y Robbie pueden oírte.

Ella se calla durante un momento. Se le da mejor cuando se enfrenta a un extraño, porque está segura de que a Saul no lo va impresionar con el aleteo de sus pestañas ni con el tono meloso de su voz. No le queda otra opción que decirle lo que opina de verdad.

—No tengo las respuestas a todas esas preguntas. Si lo pones en esos términos, nada tiene sentido, ¿no crees? Y sabes que yo también tengo muchas preguntas. Sabes que ni siquiera puedo mantener la boca cerrada. Ese no hablar de según qué cosas, tan propio de mis padres, de mi madre sobre todo…, conmigo no funciona.

—En ese caso, ¿cómo puedes…? —empieza a decir Saul, pero Sofia menea la cabeza.

—La Familia no es algo sencillo —dice ella, y Saul puede distinguir la voz de su madre, cuando le decía que Dios no es algo sencillo, y el sabor húmedo del aire en el barco que lo trajo a América—. Yo solía pensar que mi padre era un dios. Y luego, por fin, empecé a entender mejor lo que pasaba y me enfadé mucho. El papá de Antonia, Carlo, el tío Carlo, había desaparecido y todos fingíamos que todo iba bien, como si nada hubiera ocurrido. Estaba enfadada con mis padres a todas horas; me enfadé incluso con Antonia por no rebelarse ante algo tan terrible. Pero luego llegaste tú, y fue como si entendiera que la violencia y la guerra pueden dar como fruto algo bueno, amor incluso, y que eso era lo que habían estado enseñándome durante toda la vida.

—¿Así que es culpa mía? —Saul se enoja, su susurro se convierte en un zumbido—. Apenas logré escapar con vida de una guerra, ¿y ahora me dices que eso te hizo entender el valor de la violencia? ¿Te habrías marchado de no ser por mí?

—No —dice Sofia—, claro que no. Pero me ayudaste a entender que las cosas no son del todo buenas o del todo malas. Debido a esa guerra tenemos a Julia. Debido a esa violencia Antonia y Paolo tienen a Robbie. Puedo ver ambos lados de la cuestión cuando trabajo. Las personas a las que ayudamos. Puedo ver lo bueno y lo malo.

—Tú sales a cenar —dice Saul sin poder contenerse—. No ves la violencia.

La boca de Sofia se convierte en una línea fina.

—Yo crecí en ella —dice en tono glacial—. Y no hay manera de cambiar lo que ya ha sucedido. Muy bien, has decidido que tienes objeciones morales a cómo funcionan aquí las cosas. ¿Qué propones? ¿Que nos marchemos? Explícale a Julia que no podrá volver a ver al *nonno*, o a la *nonna*, ni a la tía Antonia y al tío Paolo, ni a Bibi. Vámonos a cualquier sitio y empecemos de nuevo: puedes conseguir un trabajo en una tienda de ultramarinos y yo me ocuparé de Julia, y nos pasaremos el resto de nuestras vidas temiendo que algún día nos encuentren y que tú... desaparezcas. Porque así terminaría todo. Ni siquiera yo podría librarte de eso. —Sofia también habla en susurros, pero sus palabras llenan los oídos de Saul—. ¿De verdad crees que eso causaría menos dolor que si nos quedamos?

Saul contempla la grieta del techo hasta que vuelve a oír la respiración dormida de Sofia; luego se levanta del colchón y se dirige a la cocina, donde empieza a preparar un elaborado desayuno, moviéndose con sigilo para no despertar a nadie antes de que amanezca.

Julia es la primera en levantarse. Estira los brazos y arrastra la manta hasta el comedor, donde Sofia duerme sola. Se acurruca en el hueco que ha dejado Saul y se pega a la espalda de su madre. Cuando Saul asoma la cabeza, ve las cabezas de su esposa y de su hija apoyadas en la misma almohada. Julia abre los ojos y lo llama, papá, una palabra que es a la vez una orden, una plegaria y una pura y sincera expresión de amor. Saul abre los brazos para acogerla, se imagina partiéndose por la mitad para cubrir a Sofia con todo su poder de protección.

Antonia no es infeliz en su matrimonio.

Hay muchos días en que tiene todo lo que puede imaginar.

Los días en que Paolo vuelve a casa lo bastante temprano para que ella no esté agotada y no se pasa toda la tarde refunfuñando monótonamente sobre lo útil que podría resultar en otras tareas. Y ella no piensa en su padre, no se pregunta si tomó la decisión correcta, no recuerda la voz de su madre avisándole de que no hablara con nadie que llevara el pelo engominado.

Esos días la casa huele a pan recién horneado y ella se siente conectada con Robbie, que todavía la necesita desesperadamente desde un espacio sin palabras de su pequeño cuerpo, y que se aferra con uñas y dientes a ella hasta que consigue que lo admita en su mundo, algo para lo que algunos días se siente con fuerzas y con ganas y que otros días teme que acabará destruyéndola. Pero hay días en que Robbie hace sus palotes, y pasean por el parque, y se gastan bromas, y Antonia distingue en su carita perfecta al hombre que será, fuerte y dulce como lo es su padre, como lo fue su abuelo.

Esos días ella lee, aprovechando la luz que entra en la cocina como si fuera un río de oro líquido de diez a once de la mañana, cuando le da el sol. Vuelve en sí misma en cuanto la sombra del edificio vecino se refleja en la página, y en esos momentos se siente exquisitamente alerta, llena de una fortaleza sobrenatural.

Esos días, llama a Sofia y la encuentra en casa, y va a verla con Robbie. Toman café o vino y contemplan a esos dos polvorines que han reemplazado a sus hijos y no paran de correr por el piso; Sofia y ella pueden disfrutar de una hora juntas, pueden acercarse la una a la otra como si fueran niñas e imaginarse cómo serán cuando sean viejas. «Paolo dice que, quizá, cuando Robbie empiece el colegio en horario completo, yo podría matricularme en alguna clase de la universidad», dice Antonia. Y así, cuando Sofia responde «Yo también espero poder trabajar más cuando llegue ese momento», Antonia lo está pasando tan bien que no le contesta: «Dejas a Julia en mi casa tan a menudo que ya casi es como si fuera al colegio». Y, cuando se marchan, Antonia puede coger a Julia en brazos, acercársela al cuerpo y olerla, mirarla a los ojos y ver el destello de Sofia que asoma en ellos mientras Julia se retuerce, intentando escapar.

Esos días ella empieza a hacer la cena a su hora y la cocina huele a vapor y a especias, y Paolo la encuentra troceando algo cuando llega, desliza las manos por su cuerpo y apoya la cara en su cuello, y Antonia se inclina bajo su peso y percibe esa corriente cálida que emerge de la boca de Paolo hacia el centro de su cuerpo.

En la cabeza de Antonia no cabe una vida distinta.

Pero, por supuesto, el velo que se extiende entre vidas distintas es bastante fino. El camino alternativo siempre está ahí, siguiéndole el rastro, encaramándose a ella. Y, muy pronto, ella no será capaz de rehuirlo.


La varicela ha desaparecido casi por completo de las piernas de Julia y de Robbie, y Saul se descubre tan inquieto durante el quinto día de reclusión en el piso de Antonia y Paolo que, por la tarde, sale a dar un paseo. Paolo se ha ido a la oficina y Antonia y Sofia están tumbadas juntas en el sofá como si fueran dos ramas de un mismo árbol, mientras Julia y Robbie hacen estragos en silencio en el cuarto de Robbie.

Al salir del piso, Saul gira a la izquierda y se encamina hacia el agua. Es uno de sus privilegios: poder andar adonde quiera sin miedo. La mayoría de la gente sabe para quién trabaja.

Saul presiente el coche antes de verlo avanzando a su lado mientras él camina. La alerta le eriza el vello de la nuca y de los antebrazos. No se para: el sutil baile de poder del barrio le prohíbe fijarse en el coche. Que sea el conductor quien lo detenga, que le pregunte la hora, que se las apañe para iniciar una conversación con un «disculpe» o un «perdone que lo interrumpa, señor Colicchio», pero justo entonces una voz se dirige a él desde el interior del coche diciendo «¿Saul?», y, aunque eso no es lo que esperaba, decide que puede usarlo en beneficio propio, asumiendo, como siempre, que en cada interacción existe siempre la posibilidad de extraer un beneficio.

—Eso depende de quién lo pregunte —dice Saul. No se vuelve; no va a agacharse para mirar a través del resquicio abierto de la ventanilla.

—Me llamo Eli Leibovich. Creo que ya es hora de que hablemos un poco.

Saul se para en seco. Está sorprendido. Ha perdido toda la ventaja con la que contaba hace un instante. Mira hacia el coche, que se detiene del todo a su lado. Se abre la puerta. Eli Leibovich es un poco más joven que Joey, y tiene un mentón fuerte y oscuro, y su boca se tuerce un poco hacia abajo cuando levanta la vista hacia Saul. Tiene las mejillas surcadas de profundas arrugas de expresión, ya sea de reírse o de fruncir el ceño. Da la impresión de tener muchas cosas que decir.

—Sube —dice Eli Leibovich—. Mi mujer está haciendo la comida.

Saul ha tenido noticias de Eli Leibovich de la misma forma en que se ha enterado de cualquier otra información relevante para su trabajo: a fuerza de callar y escuchar, de pasar horas en vela uniendo una pequeña pieza de información con otra, de reproducir en su cabeza las conversaciones que ha oído.

Así ha llegado a averiguar que Eli Leibovich es el hijo de unos inmigrantes lituanos que escaparon de las políticas crecientemente antisemitas del Imperio ruso justo antes del nuevo siglo. El propio Eli nació en un edificio en ruinas de la calle Orchard. Su madre tuvo diez hijos, de los cuales sobrevivieron seis, y decía la buena fortuna para sacarse un sobresueldo. Su padre había sido médico en Lituania, pero en Nueva York pasó a ser capataz en una fábrica textil. Eli se crio en el barrio más violento del Lower East Side, en un piso sin luz de tres habitaciones y cuarto de baño compartido, y decidió, como tantos otros antes que él, utilizar las habilidades que necesitaba para sobrevivir allí de una manera más efectiva.

Hacia 1940, Eli Leibovich era el coordinador de uno de los sindicatos del juego de la ciudad. Se requería mucho dinero para acceder a las partidas, y, a cambio, podían ganarse en ellas verdaderas fortunas, de manera que las invitaciones a las mismas iban muy buscadas. Como en cualquier organización de juegos de azar, la casa siempre ganaba. En ocasiones, después de que a los participantes se les hubiera servido un picoteo tan salado que no podían dejar de beber, la casa ganaba muchísimo. Y las consecuencias de no poder pagar una factura en una partida de Leibovich podían ser letales.

A oídos de Saul llegó una vez la historia de un hombre que apareció con el brazo despellejado después de un mal encuentro con los tiburones de Leibovich.

En su país de origen, antes de que los padres de Eli Leibovich huyeran hacia América por un camino de tierra, ocultos en el compartimento secreto de una carreta, las autoridades ortodoxas rusas habían apoyado y presenciado cómo se desmembraban a los bebés judíos de un pueblo cercano. Aprendieron así que es posible desmembrar a un bebé.


La violencia apareció entre los seres humanos con el guiso primigenio. Nos hace menos humanos, pero aquí sigue.


Eli Leibovich vive con su mujer y dos hijas en un precioso apartamento con vistas a la zona sur de Prospect Park. Rematado con suelos de parquet, flanqueado por grandes ventanales de gruesos cristales. Una de las hijas coge el abrigo de Saul; la otra le ofrece una bebida. Saul titubea, pero justo entonces Eli entra en la habitación, le da una palmada en la espada como si fueran viejos amigos y dice:

—Venga, hoy estamos de celebración.

Y Saul termina sentado en la salita con una copa de coñac, contemplando la vista panorámica que ofrecen las ventanas: al parque por el norte y a Manhattan por el oeste. Es absolutamente consciente de su postura, de su piel; intenta adoptar una expresión neutra en la cara, pero teme que los nervios lo traicionen.

Saul nunca ha estado en una reunión así: imprevista, súbita, no concertada por Joey ni por otro jefe de alto rango. Está tan prohibido que nunca ha hecho falta prohibirlo de manera expresa; es tan inconcebible que nadie se ha planteado la posibilidad de advertir a Saul de ello. Es algo más que infidelidad, es traición. Saul lo sabe, pero la curiosidad corre por sus venas, así que permanece sentado, bebiendo en pequeños sorbos. Se disculpa para llamar a casa de Antonia y avisar a su familia de que se le ha complicado el día por trabajo. Les dice que volverá antes de cenar.

Saul elogia la vista; la bebida; la comida que le sigue, compuesta de remolacha en vinagre y falda de ternera, acompañada de patatas nuevas cocidas en *schmaltz*. Se siente mareado, pero es capaz de ver con claridad la estancia que lo rodea. Lo asedian recuerdos de infancia; cada mordisco lo transporta en el tiempo y le hace oler a leño, al aire frío de Berlín, al interior mohoso de la cartera del colegio. A la falda de su madre, girando en el aire a su alrededor. La transición de la hostilidad de los Fianzo a la hospitalidad de Leibovich es como un latigazo. La cabeza le da vueltas.

Después de comer, Eli blande dos puros enormes y aromáticos, y Saul y él se encierran en el despacho, al final del pasillo. Las paredes están forradas de libros; la mesa, atestada de papeles.

—Gracias por venir —dice Eli. Su expresión es indescifrable. Saul asiente—. Hace tiempo que estoy interesado en ti.

—Ah, ¿sí? —dice Saul.

—Por supuesto. Un hombre con tu… historia. Alguien de mi misma cultura. Hemos estado trabajando en lados contrarios, ¿no crees? Y yo no consigo hacerme a la idea.

—Si me permite… —dice Saul, avanzando con pies de plomo por un campo sembrado de minas—, ¿hemos estado de verdad en lados contrarios?

Se dice que, si logra mantener la neutralidad, podrá salir de esta trampa indemne: siempre puede aducir delante de Joey que estuvo recabando información. «No estaba planeado, jefe —dirá—, pero pensé que podía enterarme de algo útil». Le sudan las manos.

—Si no estamos unidos, ¿qué es lo que somos? —dice Eli. Saul abre la boca para contestar, pero Eli lo acalla con un gesto de la mano—. Por mucho que disfrute discutiendo de temas semánticos, Saul, no es por eso por lo que te he pedido que vengas hoy. Quiero ofrecerte un empleo.

—Ya tengo un empleo —dice Saul. En el fondo de su pecho empieza a abrirse un pequeño hueco, ya sea de esperanza o de deseo. Una insatisfacción inexplicable que ya estaba ahí.

—Te estoy ofreciendo el regreso a tu cultura —dice Eli—. ¿Tienes acaso un empleo y el corazón lleno? ¿Un empleo y la sensación de estar conectado con tus orígenes? Aquí hacemos vacaciones. Tenemos una casa en el valle del Hudson. Nos reunimos para comer, para celebrar nacimientos y funerales. —Eli da una calada al puro y dibuja dos círculos de humo perfectos en el aire del despacho—. Te ofrezco la posibilidad de empezar de nuevo. Te ofrezco una familia.

—Me siento muy honrado —dice Saul—. Soy consciente de que mi situación no es… la habitual. Pero tengo un trabajo y tengo una familia.

Eli se pone de pie. Fuera, el sol se ha detenido directamente sobre Manhattan. Prospect Park queda envuelto en una luz aterciopelada.

—Entiendo que sientas lealtad hacia la familia de tu esposa

y de tu hija. Y lo respeto. No quiero interferir en ello. Solo te quiero a ti. —Eli contempla a Saul con una mirada cálida, afectuosa—. No te pediré que hagas nada que comprometa los negocios de Joey. Nunca lo haría. Mi objetivo es la familia Fianzo. No debería decírtelo, pero confío en ti. Sé que puedo confiar en ti, que puedo decirte qué es lo que quiero exactamente.

Saul no dice nada, pero desea con todas sus fuerzas corresponder a la confianza de Eli Leibovich.

—Se hace tarde —dice Eli de repente—. Deberías volver a casa. Tu mujer no es muy ducha en la cocina, ¿no? Tal vez tu hija tenga hambre. Y tu trabajo… te está consumiendo en estos últimos tiempos. No te tratan como a alguien de la familia. Y no estás del todo seguro de si encajas o no.

Saul sigue en silencio. Recuerda que, cuando era niño, las juventudes de Hitler le pusieron un ojo morado en más de una ocasión, le tiraron el sombrero nuevo a la alcantarilla; una vez lo derribaron y le pusieron cintas de beicon en los labios mientras lo llamaban «cerdo, cerdo, *Unnütze Esser*». Comedor inútil. Él tenía hambre; cuando se marcharon chupó el beicon que tenía en la cara. Le supo a sal y a su propia sangre, porque le habían apretado los labios con fuerza contra los dientes. Después de esos encuentros, su madre solía abrazarlo, limpiarle la cara, achucharlo como si quisiera devolverlo al interior de su cuerpo.

Saul imagina a Tommy Fianzo Jr. mirándolo como si fuera una cucaracha. Imagina a Sofia, escabulléndose de la cama antes de que él se despierte; a Julia, ensuciando de tierra el suelo del comedor, inconsciente como solo un niño puede serlo, de una manera caprichosa e irritante. Sabe que su trabajo se basa en unos cimientos ensangrentados, en la desaparición del padre de Antonia, en la desgracia de la misma gente que lo sostiene. Y por un momento oscuro y abismal, por un instante sísmico que hace temblar toda su vida, Saul se pregunta a qué se refiere realmente cuando afirma que tiene una familia.

—Saul, cuando decidas que quieres volver a casa, llámame.

Antes de que pueda parpadear siquiera, Saul se encuentra en la calle, acariciado por la brisa vespertina. Los coches pasan ante él, raudos, con la esperanza de evitar la hora punta. Un millar de extraños se dirigen a un millar de hogares distintos. «¿Vosotros tenéis trabajos?», se pregunta Saul, aturdido ante esa incomprensible diversidad de las vidas que zumban a su alrededor. «¿Tenéis familias?».


Saul llama a Eli al día siguiente para decirle que acepta el empleo. En cuanto cuelga siente un burbujeo de ilusión. Sale de la cabina telefónica, se enfrenta a la calle y grita «¡Ja!», sorprendiéndose a sí mismo y a una sucia familia de palomas.

Saul está decidiendo por sí mismo. Está construyéndose su hogar. Por fin siente que avanza.

Claro que Saul no puede abrir la puerta y a la vez controlar lo que entra por ella. No tiene más remedio que exponerse al inmenso mundo de las posibilidades. El peligro lo huele, y, voraz como es, empieza a seguir su rastro.

LIBRO QUINTO

# 1947-1948

Durante el otoño de 1947, Saul vive una angustiosa doble vida. Es un padre para Julia, un empleado y un hijo para Joey. Es un marido para Sofia. Y un jueves cada dos semanas, cuando se planta en un callejón del sur de Brooklyn, que por otro lado no tiene nada de especial, para llamar a Eli, es un traidor.

Eli trata a Saul con afecto, con amabilidad, y habla con una cadencia sutil que Saul nunca habría asociado con su hogar hasta que este le fue arrebatado. Habla como los hombres del templo, que asienten con la cabeza mientras se preguntan por sus respectivas familias, y, poco después, discuten en voz alta. Habla como el carnicero que anuncia los mejores precios, como el panadero que proclama tener el mejor *rugelach*, como el portero que subía a cambiar las bombillas que estaban demasiado altas para su madre. Cuando Eli se ríe, Saul siente que regresa un pedacito de sí mismo, una brizna de esa alma que no había echado de menos y a la que ahora no es capaz de renunciar.

Aceptar la oferta de Eli había sido como un bálsamo para Saul, que de repente acusó de manera visceral todo aquello que había dejado atrás o que había perdido en su paso a la vida adulta, todo eso que no terminaba de encajar en ese nuevo mundo al que pertenecía ahora, a pesar de sus esfuerzos. Asumía que todos los que lo rodeaban se sentían acogidos en sus respectivos mundos; que no sentían tristeza, que no había sombra alguna que los acompañase en su vida cotidiana y que no sentían nunca una sensación de abandono en sus propios hogares, en sus propios cuerpos. En comparación, su propio mundo se le antojaba lleno de carencias.

Y lo único que quería Eli era información.

La familia Fianzo llevaba mucho tiempo controlando los muelles de Red Hook, beneficiándose de una parte de todo lo que pasaba por allí. Saul se sorprendió al descubrir que eso incluía las importaciones de Colicchio, aceite de oliva, los mejores quesos, cosas que estuvieron prohibidas durante la guerra y que siguieron siendo prohibitivamente caras de importar a través de los canales legítimos una vez esta hubo terminado. Los muelles dieron también acceso fácil a la familia Fianzo a los canales de embarque, lo que les permitía introducir y sacar de Nueva York tanto mercancías como personas. Después de la Primera Guerra Mundial, los Fianzo se habían destacado discretamente por su negocio de tráfico de armas. Los muelles les permitían ocultar contendedores de artillería del ejército que eran enviados a otros lugares. Los muelles les permitieron enviar de vuelta a Sicilia a Lorenzo Fianzo, el hermano de Tommy padre, cuando el FBI le seguía la pista. Los muelles proporcionaron a los Fianzo unos ingresos estables, ya que los sindicatos diseñados para proteger a los trabajadores se convirtieron en perfectas incubadoras para la corrupción y la extorsión.

Eli Leibovich quería el control de esos muelles.

Saul empezó a prestar más atención en las reuniones mensuales que él y Joey mantenían con Tommy Fianzo. De camino al lugar de encuentro contaba a los hombres que veía apostados por la zona: dos fumando en la puerta, uno de guardia delante de la puerta del despacho de Tommy. En cuanto llegaba a casa anotaba todos los detalles que podía recordar. «Hombres distintos fuera esta semana, pero el mismo delante de la puerta del despacho de T. F. La ventana del despacho tiene una buena vista hacia el oeste, pero hacia el suroeste esta queda obstruida por unos palés». Si alguna vez le asaltaba un atisbo de culpa —el semblante de Joey dándole consejos, ofreciéndole un trabajo o la mano de su hija en matrimonio; el de Sofia, radiante en el día en que nació Julia; o la misma Julia, aquel corazoncito cálido y salvaje que explotaba en el salón cuando corría a abrazar a Saul a su llegada a casa—, Saul los aplastaba recordándose que los Fianzo también eran malos para la familia Colicchio. «Estoy ayudándolos». Casi ha logrado convencerse de ello.

Obviamente, el nuevo trabajo colateral de Saul no solo lo pone a él en peligro. Amenaza también la estabilidad de la paz que Joey Colicchio ha mantenido desde 1930. Amenaza con instigar una guerra letal entre Eli Leibovich y las familias sicilianas. Amenaza las vidas de todos aquellos a quienes Saul ama.

Todos los meses, Eli Leibovich recibe agradecido los retazos de información que le lleva Saul y luego lo invita a cenar. Al principio, Saul declinaba la invitación; se le antojaba poco seguro, lo hacía sentir desleal. Pero la curiosidad y el genuino encanto de Eli terminaron imponiéndose. La madre de Eli, que ahora ocupa un ala propia del inmenso piso de Eli, abrazó a Saul la primera vez que lo vio. «¡Qué joven más guapo!», le dijo, y Saul palideció y sintió que el corazón y el estómago intercambiaban sus lugares; tal era el poder de ser abrazado por una madre que compartía una esencia inexpresable con la suya propia.

Qué fácil parece la vida familiar desde fuera. Cuán desesperado se vuelve Saul por el estado de la suya propia.

En casa, Saul ha empezado a provocar disputas. Pequeñas discusiones sobre el horario de trabajo de Sofia. Sobre los puzles y las cartas de Julia, manchados de azúcar o de mocos, que yacen en la alfombra del salón. «¿Es que no podemos comer juntos como una familia normal?», pregunta una noche, en tono ofendido y agotado. Julia, que lee en la mesa mientras juguetea con tiras de zanahoria hervidas en el tenedor, y Sofia, que acaba de llegar, otra vez tarde, contemplan a Saul con expresión de sorpresa. «Lo siento», dicen ambas, lo cual es poco habitual porque ambas son más bien peleonas, y Saul se pregunta cuál es el grado de inestabilidad que han percibido en él que las ha sorprendido tanto como para disculparse. «He hecho pollo —dice a modo de explicación—. Y se enfría».

Esta noche, cuando Saul llega a la cabina telefónica, se yergue conscientemente, entra en ella y cierra con firmeza la puerta corredera. La cabina huele a basura y a asfalto. Saul saca un pañuelo para limpiar el auricular antes de introducir las monedas en la ranura y marcar el número.

—Eli Leibovich —dice Eli al descolgar.

—Soy yo —dice Saul.

—¡Saul! Siempre puntual. ¿Alguna novedad?

—Nada especial este mes. Lo siento. Ya sabe, ni siquiera estoy seguro de que tengan planes de expansión ahora mismo.

Saul puede sentir el aguijón de su inutilidad. Es poco lo que puede pasar a Eli, aparte de los pequeños detalles en los que se fija cuando sube o baja las escaleras en sus visitas al despacho de Fianzo.

—Todo el mundo tienes planes de expansión, Saul —dice Eli—. Está en la naturaleza humana. —Y luego—: Mira, vente a tomar una copa esta tarde.

A Saul lo esperan en casa. Sofia notará que no está, y podría mencionárselo a Rosa o a Joey. Podría mencionárselo a Antonia, que a su vez se lo mencionará a Paolo, cuya amistad con Saul se ha deteriorado a lo largo del último año junto con su salud mental y su propio matrimonio. Paolo, que anhelaba mucho más que ese trabajo de despacho.

—¿Saul?

—Lo siento, esta tarde no puedo —dice Saul—. La familia.

—La familia —repite Eli—. ¿Y cómo están?, ¿cómo va la familia?

A Saul no le agrada hablar de los suyos con Eli. Separa bien los temas.

—Están bien —le dice.

Eli percibe sus reticencias.

—Llama cuando quieras —dice. La calidez de Eli funciona como un arma. Cuanto más amable es su voz, más severas son las consecuencias.

Saul cuelga, sudando.

«Todo el mundo tienes planes de expansión», dice Eli una y otra vez en la cabeza de Saul mientras este camina hacia casa. «Está en la naturaleza humana».

«¿Es así?», se pregunta Saul. Él lo único que quiere es hundirse en los lugares de su vida donde se siente acogido. Lo único que quiere es que esos lugares puedan coexistir.


Cuando Robbie empieza el colegio, Antonia decide que si de verdad piensa volver a estudiar tiene que coger el toro por los cuernos. De manera que esboza un plan: los lunes y los miércoles por la mañana, después de dejar a Robbie en la escuela y de que Paolo se haya ido a trabajar, ella se prepara algo para picar, un cuaderno y un suéter, porque en la biblioteca hace un frío glacial, y se escabulle de su piso y de su calle furtivamente, como si alguien fuera a detenerla.

Sigue sin tener dinero para matrículas, pero el recuerdo de la lectura de *Antígona* cuando iba al instituto ha vuelto a ella como si se tratara de una amistad perdida y ha empezado a leer la sección de clásicos de manera sistemática. Se sienta en una silla con las piernas dobladas, como un caracol en su concha, en una de las inmensas salas de lectura, llenas de ecos, y desde las nueve de la mañana hasta las doce del mediodía se pierde en el drama y las vicisitudes de una época completamente distinta. Esquilo y Eurípides. Aristóteles y Ovidio.

Antonia no tarda en llegar a *Las metamorfosis*, un ejemplar raído y arrugado del que se enamora casi al instante. Si la Antonia adolescente se aferraba a historias sobre los principios, sobre las grandes injusticias perpetradas por los que ejercen el poder, la Antonia madre prefiere historias sobre evolución, relatos que le prometan que nadie ha nacido en su forma final. Repite palabras para sus adentros, saboreándolas mientras se deslizan por su lengua. Se pregunta si ella misma posee la capacidad de cambiar.

Cuando vuelve a casa, a primera hora de la tarde, Antonia está exultante, la combinación entre la alegría de ejercitar la mente y la adrenalina de guardar un secreto la impulsan hacia delante. Por supuesto, es consciente de que esto no es más que un parche, algo que se ha inventado para pasar el tiempo y distraerse. Es capaz de ver las formas concretas en que ha cambiado la gente que la rodea: Sofia, con su trabajo; Lina, que se ha creado una clientela tan fiel que a menudo recibe visitas de la mañana a la noche. Incluso Frankie, que en su tiempo se columpiaba sobre sus rodillas como un osito de peluche, ha empezado a ahorrar para irse de la casa de sus padres. Corta el pelo a las vecinas y estas se olvidan de que tiene solo dieciséis años; la seguridad que tiene en sí misma es contagiosa. Su cara, siempre seria.

«Nosotros somos los únicos», piensa Antonia. Ella, Paolo y Robbie. «Somos los únicos que no nos movemos».


El teléfono suena mientras Saul está terminando de desayunar. Sofia ya se ha ido; le ha dado un beso a Julia en la frente y le ha susurrado a Saul que su *mamma* puede llevar a la niña al colegio, y luego, en lugar de despedirse de él también con un beso, ha girado los talones y se ha esfumado envuelta en una nube de Soir de Paris. Saul descuelga el teléfono.

Es Joey. No dice gran cosa, pero quiere concertar una reunión con él.

La sala donde Saul debe esperar a Joey es pequeña, oscura y huele a carne salada. Hay en ella dos sillas con asientos blandos de piel marrón que han vivido días mejores, y una mesa plegable con una máquina de café y una serie de tazas que se sostienen en un lado en precario equilibrio. A través de la única y sucia ventana, entra la luz saturada de primera hora de la tarde e ilumina generaciones de motas de polvo acumuladas que danzan en el aire. En la planta baja, justo debajo, hay una tienda de bocadillos, y el ajetreo del negocio se filtra a través del suelo.

Saul permanece sentado, con la curiosidad sobre el porqué está aquí como única compañía. Se ha vuelto un experto en esperas, en confiar, en mantener la compostura. Lo hace en el trabajo, donde se le ha dado un empleo, pero no una razón para ello; lo hace en casa, cuando a Sofia la invade un arranque de ira, de curiosidad o de alegría sin darle ninguna explicación. Lo hace, ahora también, los jueves alternos cuando espera a que Eli descuelgue el teléfono. Lo hizo, una vez, a bordo de un viejo barco que se mecía con apuros entre Europa y América, un lugar del que lo único que sabía era que no sabía nada.

Joey llega tarde. Cuando abre la puerta, Saul se levanta para estrecharle la mano, para besar el aire que le roza la mejilla.

—*Ciao*, colega —dice Joey—. No he podido llegar antes. ¿Te has hecho un café? La máquina es vieja, pero hace un expreso perfecto.

Mientras habla, Joey rellena la cafetera; comprime la dosis de fragante café, pregunta a Saul si quiere uno con un gesto.

—Estoy bien, jefe —dice Saul. Se está relajando a su pesar, ese encanto especial de los Colicchio, marca de la casa, lo hace sentir acogido y disipa sus reservas.

Joey se da la vuelta con dos tacitas de café expreso entre los dedos índice y pulgar de ambas manos, como si no hubiera oído la negativa de Saul. Le da una y se acomoda en la otra silla de la sala.

—Muy bien, ya estoy listo. Saul. ¿Cómo va todo?

Saul tiene miedo de hablar. Esta es la otra cara de trabajar para Eli. Sus momentos con Joey, sobre todo si se producen a solas, son terroríficos. En cualquier momento Joey podría revelar que sabe lo que Saul se trae entre manos. No importa que Eli haya cumplido su promesa y que nunca le haya pedido a Saul la menor información sobre Joey, eso no cambiaría nada.

—Todo bien, jefe —dice él.

—¿Sofia? ¿Julia?

—Están bien. Están perfectas.

Joey y Rosa cenaron con ellos hace dos noches. Joey había hablado con Sofia justo la noche anterior: apareció en la puerta como un espectro y le preguntó si podría estar en un restaurante de Sackett esta mañana para facilitar la entrega de un aceite de oliva de máxima calidad.

—Bien. —Joey sonríe—. Ha sido una gran cosa para Rosa, para nosotros, teneros tan cerca. Han pasado muchas cosas buenas últimamente. Sofia…, me consta que podrías tener tus peros con esto, Saul, y créeme, lo entiendo, pero Sofia ha supuesto un gran activo. —Joey se detiene—. ¿Te parece que es feliz?

Saul piensa en Sofia, en sus llegadas tardías y sus salidas tempranas. En el rubor de sus mejillas cuando le cuenta cómo le cantó las cuarenta a Mario Bruno, el nuevo que pensó que, como ella era una mujer, no se enteraría de que había afanado unas botellas de vino del cargamento de la semana pasada. «Tendrías que haberle visto la cara. Me fui hacia él y le dije: "¿A estas les pasa algo?". Las devolvió como si le quemaran en las manos. Estaba tan atónito que pensé que la boca se le quedaría abierta para siempre».

—Parece contenta —dice Saul sintiendo un pequeño alivio. No da la impresión de que esta conversación vaya a desembocar en su traición.

—Eso está bien —dice Joey—. Es lo mejor para todos.

El trabajo de Sofia es un problema que Joey ha resuelto, y ahora contempla la solución sintiéndose francamente satisfecho. Le ha costado muchas discusiones con Rosa, que no puede creer que su hija se deje degradar metiéndose en ese mundo, primero con los de los restaurantes y luego con los cargamentos, «... rodeada de gánsteres y de pistolas, Joey, ¿es que no lo ves?». Estallidos que van seguidos de horas de silencio, de platos dejados con fuerza contra la mesa, del frío «sí, claro» en respuesta a sus «deja este tema en mis manos».

—Coincido —dice Saul. Se acomoda en la silla, apoyando la espalda con cuidado en el polvoriento y ajado sillón. Da un sorbo al expreso y se dice que se enterará de lo que necesita saber cuando sea el momento. Intenta calmarse.

—Ahora escucha —dice Joey—. Las cosas no están yendo tan bien.

Saul no reacciona, o cree que no lo hace.

—¿Cómo es eso, jefe?

—Bueno, yo no soy el único por aquí. Ya has visto cómo van las cosas. Desde que terminó la guerra hemos ido decayendo poco a poco, Saul. Tú lo has visto. Ya no tenemos la ley seca. Los días de fuentes de champán y ríos de dinero se acabaron. Cada día hay más competidores; como supongo que sabes, nada le gustaría más a Eli Leibovich que echarnos de Red Hook. Y se está volviendo cada vez más poderoso, ¿sabes? Podría llegar a conseguirlo. —Joey hace una pausa. Saul siente un escalofrío. Eli le ha prometido que eso no entra en sus planes. Joey prosigue—: Y, como también sabrás, tenemos gastos extra. Los Fianzo..., bueno, no han reducido el tanto por ciento de lo que se llevan. Es una obligación que tenemos para con ellos. —Joey baja la vista hacia la taza de café vacía y Saul, sentado al borde del asiento, no sabría decir si están jugando con él como lo harían con la cuerda de un violín o si está siendo testigo de un momento de vulnerabilidad genuina—. No hemos conseguido encontrar nuestro camino —dice Joey—, y aunque yo aún impongo algo de respeto, esto cada vez sirve de menos.

Saul se inclina hacia delante y la silla protesta con un crujido triste.

—¿Qué puedo hacer?

Joey sonríe, hay chispas en sus ojos felinos, y se inclina hacia él.

—¿Qué dirías si te propusiera un ascenso?

Saul se queda en silencio. Se pregunta con amargura a cuánta gente le habrán ofrecido tantos empleos como a él, y cuántas de esas ofertas, como estas, no eran ofertas propiamente dichas, sino movimientos incomprensibles en una partida de ajedrez de proporciones vitales.

—Un ascenso —repite, saboreándolo, ganándose así un poco de tiempo.

—Hace falta un cambio —dice Joey—. No es que yo me esté bajando del carro, pero sí que busco a alguien que asuma parte de mis responsabilidades. Alguien con quien compartir el trabajo, pero que a la vez sea capaz de aportar cosas nuevas. Si Sofia fuera un varón…, bueno, sería distinto.

—¿Y quieres que yo te ayude? —pregunta Saul.

—Quiero que seas mi número dos —dice Joey—. Oficialmente. Quiero que asumas parte de mis reuniones, que te ocupes de algunos de mis problemas y que aportes nuevas ideas. La reunión mensual con los Fianzo, para empezar… Has estado acompañándome, ahora ya puedes ir solo. Yo seguiré a cargo de algunas de las cosas a gran escala… y del trabajo de Sofia. Supongo que para ti sería incómodo, así que de eso ya me encargo yo.

»Estoy seguro de que ya habías notado que hemos pasado mucho tiempo juntos últimamente. En cierto sentido, ya estás desempeñando el trabajo. Pero en este negocio las apariencias cuentan mucho.

Joey se queda en silencio. Se termina el expreso y devuelve la taza y el platillo a la mesa que tiene a su lado. Luego entrelaza los dedos y suspira, y Saul se da cuenta de que Joey parece cansado, de que en la curvatura de su espalda y en la pesadez que se aprecia en sus rasgos faciales subyace un agotamiento profundo.

—Tienes más poder del que crees, Saul. Perturbas lo que la gente considera el orden natural de las cosas. No siempre estuve seguro de que esa fuera la estrategia correcta, pero ahora ha habido muchos cambios.

Sonaría raro darle las gracias, así que Saul opta por no decir nada. Entre ellos se establece un denso silencio. Saul no sabe cómo reaccionar.

—¿Qué piensas? —pregunta Joey.

Saul piensa. Piensa en Julia, que corre a abrazarlo cuando llega a casa, en que la niña solo asume y actúa a partir de la voracidad de sus propios deseos. Piensa en Sofia, cuando abre los ojos por la mañana y le sonríe, en la luz clara de su risa, en el magma de su ira. Piensa en su madre, cuyo nombre nunca apareció en ninguna lista de los campos de la muerte, cuya casa fue ocupada en los primeros años de la guerra; su madre, de quien nadie ha vuelto a saber nada y a quien Saul ha sido incapaz de llorar de la manera en que se puede llorar a alguien que ha fallecido, y cuya ausencia, por tanto, es algo que Saul siente como una llama encendida, un desgarro interior, un constante nudo en el estómago, en el corazón y en la cabeza. Piensa en que la guerra lo ha destruido y lo ha arrojado a una orilla lejana. Cuando aceptó unirse a Eli estaba buscando una familia. Pero para hacerlo traicionó a otra.

—No puedo —dice a Joey.

—Bueno, en este caso vas a tener que explicarme el porqué —dice Joey.

Saul tiene la sensación de que va a romper a llorar, y la mera idea es tan represible que cierra la boca con fuerza, tensa la garganta y clava una uña en la piel suave de la palma de la mano hasta que se le pasan las ganas.

—Aprecio todo lo que has hecho por mí —dice—. Ni siquiera sé cómo empezar a darte las gracias por darme todo esto…, por darme esta familia. Pero no puedo participar en más guerras. No puedo… La violencia, Joey, no puedo meterme ahí.

En el fondo de su corazón, Saul sabe que la violencia no es el verdadero obstáculo. Pero se siente culpable. ¿Cómo va a aceptar un ascenso de un hombre al que ha traicionado?

Joey asiente con la cabeza. El aire en la habitación se ha vuelto silencioso, denso, expectante.

—¿Conoces la historia de mis padres antes de que me trajeran aquí?

—No —dice Saul—. Bueno, sé que eras solo un bebé.

—Mi padre era horticultor —dice Joey—. Cultivaba naranjas y limones. Amaba esos putos árboles. Durante toda mi vida lo oí quejarse de los cítricos de América. —Joey coge su taza y se da cuenta de que está vacía. Vuelve a mirar a Saul—. Estoy intentando resumir. En definitiva, mi padre cultivaba naranjas y limones. Cuando era niño, conservaban la fruta en la isla o la embarcaban en dirección a Roma. Intercambiaban cajas de fruta con vecinos que se dedicaban a los higos, los huevos o la achicoria. La cambiaban por pescado o la vendían en un mercado local.

»Pero luego —prosigue Joey—, después de la unificación de Italia, el resto del mundo descubrió las naranjas y los limones. Y de repente se necesitaban cajas de limones en los barcos de todo el mundo para prevenir el escorbuto. Necesitaban marinar la carne; necesitaban limonada, necesitaban comer naranjas durante todo el invierno. El precio de las naranjas subió. La demanda subió. Y ya nadie en Sicilia pudo volver a comprarlas. El padre de mi padre tenía que enviar todas las naranjas empaquetadas en cajas. No ganaba mucho dinero: aparecieron unos intermediarios que elevaban los precios cuando los barcos llegaban a puerto, o durante la temporada de vacaciones. La gente de todo el mundo comía fruta siciliana. La demanda era tal que empezaron a robarla. Mi abuelo se levantaba por la mañana y se encontraba con que unos árboles que la noche anterior rebosaban frutos estaban vacíos, les habían arrancado hasta las hojas. Las ramas, rotas; la tierra donde crecían, asolada. Todos los campesinos de la isla pasaron por eso.

»¿Te imaginas qué fue lo siguiente? —pregunta Joey.

Saul niega con la cabeza.

—Yo creo que sí. Pero te lo contaré de todos modos. Surgió un nuevo mercado. Gente que se ofrecía para proteger los cultivos de naranjas y limones a cambio de una parte de los beneficios. Guardaespaldas de cítricos, si quieres llamarlos así. Lo normal era que todo transcurriera de manera pacífica, pero hubo personas, en su mayor parte aspirantes a ladrones, que resultaron heridos o incluso muertos en esa época.

»Nuestra profesión se ha labrado una mala reputación —dice Joey—. Y no podemos negar que ha cambiado. Ya no somos soldados defensores de los cítricos. La corrupción nos ha afectado en varios sentidos. Hay personas…, hay personas a las que he hecho daño, Saul, y me arrepiento de ello. Pero aplaudo a los hombres que custodiaron esos huertos. Salvaron la forma de vida de familias enteras. Permitieron que más niños llegaran al mundo y que los ancianos estuvieran bien atendidos. Defendieron a los pequeños granjeros del conflicto, la violencia y la desesperación provocados por líderes lejanos. Se preocuparon de los suyos en lugar de dejar esa tarea en manos del gobierno.

»Tienes razón, Saul, esa guerra es un cáncer. Es una mancha fea en la tierra. Es la expresión de la cobardía y del miedo humanos más profundos. Son los caprichos de unos poderosos, hombres que en su mayoría no se han ganado ese poder, enviando a unos críos a luchar por sus mezquinos conflictos. Es la versión adulta de esos fuertes en los que se enfrentan unos contra otros. Construyeron Italia a partir de pueblos distintos, nos dijeron que habláramos un único idioma, esperaron que defendiéramos las fronteras en su nombre. Unas fronteras que ellos habían creado. Siempre crean fronteras.

»Sé que perdiste tu casa. Sé que perdiste a tu *mamma*. Saul, lamento tanto todo lo que te ha pasado.

Joey se para. Saul está hechizado, apenas respira. Puede ver su vida fluyendo como un río de un extremo de su cerebro al otro. A su madre, agachándose para acariciarlo.

—La decisión es tuya, Saul. Pero, por favor, escúchame cuando te digo que nunca te pediría que luchases en una guerra. Te pido que seas parte de una familia. Que construyas algo, no que lo destruyas. Que protejas nuestras naranjas.

Saul no puede hablar, desbordado por la gratitud hacia este hombre que se ha portado con él como un padre. Que lo aceptó entre los suyos y que, Saul se da cuenta ahora, tuvo que afrontar una extrema oposición por parte de su propia comunidad. Saul siempre ha culpado a Joey por haberle robado su cultura. Nunca ha comprendido la magnitud de lo que ha recibido a cambio.

Joey se pone de pie. Deja una bolsa de papel de estraza en la mesa. Hace un gesto hacia Saul y aprieta los labios. Dice:

—Hazme saber lo que puedas, cuando puedas. Y, por favor, entrégale esto a Sofia. Lo he guardado para ella.

Luego sale de la sala, la puerta se cierra tras él como un suspiro.

Saul ya sabe que dirá que sí. Nota un zumbido en la cabeza; la luz de la tarde penetra a través de la ventana sucia y forma planos sobrenaturales; un leve eco flota en el aire, como si este recordara la potente voz de Joey.

Saul se levanta y se dirige hacia la mesa, se tambalea como si acabara de bajar de un barco.

Hay una nota prendida a la bolsa de papel marrón. Reza así: «Sofia: creo que siempre supe que esto sería para ti».

Saul abre la bolsa para ver su contenido.

En el fondo, desnudo como un bebé, yace un brillante revólver con culata de nácar.

Ese mismo día, más tarde, Antonia está de rodillas junto al borde de la bañera, intentando limpiar una mancha mientras Robbie está liándola en la cocina, cuando oye la puerta y luego la voz de Paolo.

—Lo van a ascender, Tonia. —Sus pasos airados cruzan el corto recorrido de su casa. Paolo abre la puerta del cuarto de baño y Antonia medio se vuelve a él—. ¿Me has oído?

—Te he oído —dice ella.

Esa misma mañana había leído sobre el Hambre, sobre cómo su delgadez, su palidez y su absoluto vacío inspiraron, sin embargo, un hambre insaciable en otros. Es el mismo apetito incontrolable que afecta a Paolo; ella no consigue prestarle toda su atención. «Su barriga, que ya era solo una mera sombra de donde debía encontrarse una barriga».

—Saul acaba de llamarme al despacho para decirme que Joey lo va a convertir en su mano derecha. Está a punto de despegar.

Paolo se sienta en el borde del retrete y se lleva las manos a la cara.

—Pensé que sería yo. Pensé que mi vida apuntaba hacia algo más.

—Paolo...

Antonia quiere añadir unas palabras. Le consta que Paolo está esperando que le exprese su confianza, que le entregue una pequeña parte de sí misma que lo haga más grande. Pero ella ya no puede darle nada más, porque lo que siente es una oleada de profunda decepción. Su hogar, que es más pequeño y más caótico de lo que ninguno de los dos había querido, parece reducirse aún más ahora que están los dos en el cuarto de baño. Escapar parece imposible. Antonia no puede darle más palabras. Ni nada más de sí misma. «Tal y como el mar recibe los ríos del mundo, y nunca está satisfecho..., todo lo que come solo lo deja vacío».

—Yo aspiraba a algo más —dice Paolo al tiempo que señala el cuarto de baño, la pintura desgajada, las tuberías viejas—. Quería ofrecerte otra vida.

—Yo soy feliz —dice Antonia. Es una respuesta automática, pero sofocará las preguntas que Paolo y Antonia no quieren hacerse. Preguntas del estilo de «¿cómo hemos llegado hasta aquí?». O, más importante aún: «¿Cómo salimos de esto?». Y, la más terrorífica: «¿Podemos hacerlo juntos?». Algo se rompe en la cocina—. Mira, ¿puedes ocuparte de Robbie? ¿Podemos dejar esto para luego?

Paolo se levanta y sale del cuarto de baño. Antonia estruja el trapo entre los dedos hasta que nota que las manos se le irritan.

Una semana después Antonia se despierta notando que la piel le duele al roce con el camisón. Sabe que está embarazada antes incluso de llegar tambaleante al cuarto de baño. Se arrodilla en el suelo de baldosas con la mejilla apoyada en la porcelana de la bañera y cuenta los días. Ha ido con cuidado, con tanto cuidado como es posible, desde que nació Robbie. «¿De verdad sería tan malo tener otro hijo?», ha preguntado Paolo cuando ella se aparta de él diciendo: «Esta semana no».

«¿De verdad sería tan malo tener otro hijo?», se pregunta Antonia ahora. Desde el otro extremo del piso oye que Robbie se ha despertado ya. Paolo se ha marchado a trabajar: cada día sale más temprano, como si pudiera escapar de sus tareas de despacho sobreactuando.

Cuando ha recuperado el control de sí misma, Antonia se levanta y se dirige a la cocina para hacerle el desayuno a Robbie. Él corretea por el pasillo tras ella, su pelo negro de recién levantado forma una especie de escultura arquitectónica. Lleva un brazo hacia la cadera de su madre, como si le perteneciese, y apoya la cabeza en ella.

—*Mamma* —dice él.

—Hola, mi amor —contesta ella.

Hace cinco años ella lo tenía en brazos: era la misma persona, en cierto modo, en forma de bebé llorón de cuatro kilos, exigente, un paquetito envuelto que reclamaba su atención interminable y absoluta. Antonia recuerda habérselo apoyado en el pecho y haber cerrado los ojos, intentando transportarse a cualquier otro sitio. Intentando ser cualquier otra persona. Cómo iba a alimentar a Robbie si ella misma era solo una caverna vacía.

Antonia se lleva una mano a la barriga y siente que el miedo se desliza por su columna vertebral como un río de agua helada.

La idea de un huevo crudo le da náuseas, así que prepara para Robbie una tostada con jamón, y este se sienta en su sillita de la mesa de la cocina con un tebeo en las manos.

—Tenemos que irnos al cole enseguida —le dice Antonia. El niño asiente. Balancea los pies hasta arrastrarlos por el suelo, tal y como Sofia solía hacer. Mientras él desayuna, Antonia llama a Sofia.


Sofia y Antonia se organizan para pasar la tarde juntas, las dos solas.

Ya no suelen hacerlo, así que por un momento la situación no fluye: la conversación se estanca y ambas llevan la mirada al reloj que hay detrás del mostrador de la cafetería. Comen unos sándwiches de pastrami en el centro.

—¿Cómo me dijiste que encontraste este sitio? —pregunta Antonia.

—Saul trabajaba aquí —contesta Sofia—. Me trajo una vez antes de casarnos. Dice que hacen el mejor pastrami de la ciudad.

Antonia tiene la boca llena. Asiente con la cabeza. Nota un cosquilleo en el corazón; aún no le ha contado a Sofia el porqué de este encuentro. Se siente rebelde, con ganas de beber martinis todo el día, de no ir a recoger a Robbie a tiempo al colegio, de quitarse de encima sus responsabilidades, una tras otra, como si fueran las hojas del maíz, hasta que sus tripas brillantes queden expuestas al sol. Ella sugirió ir al centro; lleva unos pantalones que se le arrugan por delante y que, a medida que el pastrami la infla como si fuera un globo de helio pegado a una bomba de aire, quizá no hayan sido la mejor elección para este tipo de restaurante.

—¿Te lo imaginas? —dice Sofia mirando a su alrededor—. Si papá no le hubiera dado un empleo, Saul podría seguir trabajando aquí aún.

Antonia traga; ha estado absorta en ese mismo tipo de razonamientos en los últimos tiempos. ¿Y si…? ¿Qué habría pasado si…? Cuando vuelve la vista atrás, ve su vida como una serie de senderos que se cruzan y se obsesiona dándole vueltas a qué habría pasado si hubiera tomado otro camino. Si hubiera ahorrado y hubiera ido a la universidad. Si se hubiera quedado embarazada antes de casarse. Si no se hubiera llegado a reconciliar con su madre. Si no hubieran matado a su padre. Si no se hubiera casado con Paolo. Si no se hubiera despistado con las cuentas el mes pasado. Se imagina algo que crece en su barriga. Se imagina desintegrándose. «Idiota», se dice a sí misma.

—¿Te pasa algo? —pregunta Sofia.

—No —dice Antonia—. ¿Cómo va el trabajo?

El trabajo es estupendo. Reclama toda la atención de Sofia. La hace vibrar, como si recibiera pequeñas descargas de la cabeza a los pies.

—Como siempre —dice Sofia. Se muestra cautelosa. No es que Antonia haya opinado al respecto, pero pasaron un año raro cuando Sofia empezó a trabajar y ella desea tenerlo todo: su amistad, su familia, su Familia. Se descubre hablando con tacto, algo que nunca había hecho antes.

—¿Y Julia?

Julia está obsesionada con los bichos. Se despelleja las rodillas; mete moscas en tarros. Hojea ejemplares viejos del *National Geographic* tumbada bocabajo en el sofá, de manera que el pelo le llega al suelo y sus pies, en el aire, rozan el respaldo sin que ella se dé cuenta. Rosa se escandaliza; sus flacos esfuerzos por no demostrarlo solo sirven para acentuar la severidad de su fruncimiento de labios, el gesto de represión que hace con la cabeza.

—Julia es una pequeña salvaje —dice Sofia. La niña aún se mete en la cama de sus padres algunas noches, aunque siempre se ha ido cuando Saul y ella se despiertan—. Es increíble —dice Sofia, aunque se debate, como siempre, entre el mundo en que Julia la necesita y el mundo en que Sofia se necesita a sí misma. Se trata de un camino por el que nunca ha sabido circular con facilidad, de manera que oscila: durante una semana llega a casa cuando Julia ya se ha dormido y luego la lleva un día entero a Coney Island, la regaña por una tontería y después le compra un peluche y helado para cenar. Julia la tiene maravillada, pero a la vez sometida a un miedo constante: miedo a perderse en el amor que siente por ella, o a que Julia no la corresponda y Sofia se encuentre con que ha lanzado su amor al vacío. En el fondo de su corazón sabe que trabajar no la ha hecho una madre peor; aun así, hay solo un número de expectativas no escritas que una puede desafiar antes de cuestionarse sus propios instintos.

—¿Cómo está Robbie?

Robbie es sensible. Creativo y lleno de amor, pero también inestable de una manera que Antonia nunca ha sido. No ha heredado su compostura; de ella tiene la conciencia de sí mismo, que se expande generosamente a todo cuanto lo rodea, pero reacciona como Paolo cuando las cosas no salen como él tenía previsto. Se quiebra al menor fracaso. Ella se siente como si fuera el corazón de la familia, lo único que la mantiene unida.

—¿Tonia?

—Está bien —dice Antonia.

El silencio desciende sobre ellas. Antonia y Sofia mastican los sándwiches. Antonia nota cómo se encoge bajo la mirada de Sofia, incluso mientras, en su interior, las células se dividen y la hacen crecer.

—¿A qué hora tienes que ir a buscar a Robbie? —pregunta

Sofia, y si Antonia no estuviera distraída en sus cosas esa pregunta la enfurecería: Julia y Robbie van al mismo colegio, llegan a casa a la misma hora. Sofia ha abdicado del reino de la maternidad típica, de la responsabilidad; de saber qué hay en la nevera, dónde está el zapato perdido y qué peine no da tirones al pelo.

—Estoy embarazada —dice Antonia como respuesta.

Ahora sí que Sofia deja a un lado el sándwich.

—¡Tonia, enhorabuena! —dice. Se muestra cálida y expansiva. Quiere que su amiga esté contenta.

Antonia rompe a llorar. Se lleva la servilleta a la cara y se agita, haciendo el menor ruido posible.

—Tonia —dice Sofia, ahora en voz baja y con tono inquisitivo—, ¿qué te pasa?

Antonia deja de llorar a base de esfuerzo. Mantiene los ojos brillantes tan fijos como puede y abre el bocadillo para sacar de él una loncha de pastrami que rompe en tiras finas. Ve cómo se desprenden los jugos de la carne.

—Tonia —dice Sofia.

—¿Te acuerdas de cómo fue la última vez? —pregunta Antonia.

—Lo recuerdo —dice Sofia.

—Me preocupa desaparecer esta vez —dice Antonia.

—No pasará —dice Sofia.

—Llevo meses preocupada —dice Antonia.

—Meses —repite Sofia.

—Supongo que me preocupa haberme equivocado en todo.

—¿En qué?

—Debería haber ido a la universidad. —Antonia sumerge el pastrami en la mostaza.

—Aún podrías hacerlo —dice Sofia.

—Me preocupa... Creo que no debería haberme casado tan joven. Me preocupa que ni siquiera me planteé otras opciones, y las había. Y ahora ya no puedo... planteármelas.

—Claro que puedes —dice Sofia, y luego—: ¿Qué clase de

275

opciones? —Está nerviosa. Antonia, el metrónomo que rige la vida de Sofia, parece estar moviéndose a toda velocidad.

—Mi madre nunca quiso que me casara con alguien de la Familia —dice Antonia—. Y ella está tan... Ahora hace las cosas a su propio ritmo, ¿lo has notado?

—Sí —dice Sofia. Y luego, en voz más baja—: La admiro de veras.

—¡Yo normalmente no! —dice Antonia al tiempo que da un pisotón en el suelo con tanta fuerza que hace saltar los platos de la mesa. Mira a su alrededor y baja la voz—. Yo no. Creo que me sentiría sola. El mundo está lleno de cosas que hacer y yo quiero hacerlas. —Hace una pausa. Siente que el corazón le late a gran velocidad. Puede sentir que la boca se le mueve con más rapidez que los pensamientos—. Pero tampoco sé si esta vida es lo que tenía pensado. Sabes que, ahora que Saul ha sido ascendido, Paolo ya no lo será... quizá durante años. Los cambios son muy lentos. Y soy feliz. Soy afortunada, lo soy. Pero llevamos ya mucho tiempo en ese piso. —Antonia mordisquea la pajita del refresco—. Incluso Frankie trabaja ya.

—Lo sé —asiente Sofia.

Esta no se había planteado las consecuencias del ascenso de Saul, la forma en que este haría estallar su pequeña familia. Saul trabaja hasta más tarde, ahora, y Julia se pasa más tardes con Rosa o con Antonia. Ahora ella tiene un arma guardada en el cajón de la mesita de noche. Saul se la entregó metida en una bolsa de papel cualquiera y ella la aceptó como si fuera una herencia legítima. Resultaba fácil asumir un poder que hasta hace poco había sido inconcebible. Cuando se siente deprimida o abrumada, abre el cajón para mirarla: el músculo del gatillo, la carne de la empuñadura. Saber que está allí la hace sentir poderosa, nota un calor que le sube por los muslos y le baja por la columna vertebral. Sentada frente a Antonia, se plantea que quizá ese poder que tiene sea un poder que le ha sido arrebatado a otras personas.

Antonia mira más allá del hombro de Sofia.

—No sé qué hacer, Sof. Creo que me sorprendió tanto que alguien me amara que no pensé… ¡No pensé en nada más!

Antonia nota un sabor ácido en la boca; se le nubla la vista. No es de esas personas que gritan; tampoco suele dar la nota diciendo cosas raras y tristes. Es más bien una pensadora, alguien que medita, que tiende a la reflexión deliberada. Ahora la desilusión la hace temblar; teme que lo que acaba de decir en voz alta sea verdad.

Y de repente una sensación distinta crece dentro de Sofia, algo que ella intenta disipar antes de que llegue a tener nombre, pero que en su lugar se fortalece e insiste en permanecer. ¿Cuántas veces ha sido ella la que se ha encogido delante de Antonia porque su sexto sentido le indica que su amiga desaprueba lo que hace? ¿Cuántas veces ha fingido que no le gustaba su trabajo o se ha abstenido de mencionarlo delante de Antonia? ¿En qué momento ese tacto con que matiza sus conversaciones con Antonia se convirtió en una especie de envoltorio en el que no se siente a gusto? Sofia aparta la cara de su bebida, frunce el ceño, apoya los codos en la mesa.

—Tonia —empieza. Y luego se calla para asegurarse de que quiere decir lo que va a decir. Toma aire y prosigue—: La única persona que te detiene a la hora de hacer todas esas cosas eres tú misma.

El silencio cae sobre ambas. Después Antonia dice:

—Tal vez tengas razón. —Lo cual hace que Sofia se sienta cruel y despiadada: había esperado una mirada gélida, un «tú no lo entiendes»—. Pero no lo siento así.

—¿Amas a Paolo? —pregunta Sofia. Y la forma en que lo pregunta hace que Antonia tenga la sensación de que podría responder con un sí o con un no, y ninguna de las dos cosas estaría bien. Sofia lo expresa como si fuera una pregunta cualquiera.

—Lo amo —dice Antonia. Hunde el pulgar en el centro de un pepinillo cortado, convirtiendo su huella en algo pringoso—.

Pero nuestra casa siempre está en silencio, Sof. Lo amo, pero él no es feliz. Nunca pensé que acabaría viviendo en una casa triste, pero ahora me siento como si hubiera habitado en una durante toda mi vida. —La tristeza de oírlo en voz alta le hunde los hombros, le invade la cara, le inunda los ojos de lágrimas—. Debería haberme casado con alguien que no fuera de la Familia —dice—. Debería haberle hecho caso a mi madre.

Sofia coge las manos de Antonia por encima de la mesa.

—A veces —dice—, pienso en cómo habrían sido las cosas si no hubiera sido madre. —Antonia la mira a los ojos. «Si te veo, es que estoy aquí»—. Pero eso no significa que no quiera serlo, Tonia. No significa que no pueda hacer otras cosas. —«Si me ves, es que estoy aquí».

—Debería haberme ido a Egipto —dice Antonia—. A vivir en la cima de alguna montaña. ¿Te acuerdas del señor Monaghan? ¿De ese juego al que jugábamos haciendo girar el globo terráqueo?

Sofia asiente.

—Lo juego en mi cabeza —dice Antonia—. Cuando me siento perdida o inquieta. Hago girar el globo y pienso adónde podría ir.


Hace mucho tiempo ya que nadie le pregunta a Sofia para cuándo llegará un segundo hijo, algo que ella agradece. Será porque le tienen miedo, o porque no la consideran una buena madre, o por ambas cosas. Ha ascendido a un extraño mundo intermedio: se ha mantenido dentro de los confines de la Familia, pero ha abandonado el espacio de influencia de las mujeres, así que la gente no sabe muy bien cómo tratarla. Las chicas con las que iba al colegio se han convertido en mujeres altivas. Sofia se las cruza por la calle o en el mercado. Todas van por su segundo o su quinto hijo. Las esposas de los hombres que acuden a las cenas de los domingos siempre están encintas.

A veces Sofia recuerda cómo se sintió la mañana en que nació Julia, antes de irse hacia el hospital. La manera en que supo, sin lugar a dudas, que podría cabalgar esas oleadas del parto hasta alcanzar la cima del mundo. Ese poder, y a la vez la indefensión inmediata que tiñe la maternidad, la manera en que puede amar a Julia y sin embargo no ejercer el menor control sobre su felicidad, la manera en que queda reducida a un simple objeto decorativo sin voz en cuanto la gente se entera de que es madre, a pesar de que contiene todo lo necesario para crear un mundo desde la nada. Hay días en que está segura de sí misma, segura de lo que ha elegido, convencida de que puede ir en cualquier dirección que se proponga. Pero en el coche, de regreso a Brooklyn, con Antonia sentada a su lado en silencio, a Sofia la invade una súbita sensación de agobio.

Y también una leve punzada de temor ante la perspectiva de que Antonia tenga otro hijo. Estuvo a punto de no regresar después de tener el primero.


Entrada la noche, Antonia se pone de lado y estira el cuello para mirar por la ventana que hay junto al cabezal de la cama. Alarga un brazo y apoya la mano con fuerza contra el muro de ladrillos. El muro le devuelve el apretón, fresco, vivo. Antonia cierra los ojos y regresa mentalmente a los cinco años, cuando buscaba a Sofia al otro lado de la pared. Esta noche se siente como si fuera la única persona en un radio de mil quinientos kilómetros; ni siquiera Sofia puede ayudarla. Esa caverna de soledad inesperada, de decepción imprevista, la envuelve y se extiende a su alrededor, quitándole toda la luz. «Si me ves —reza—, es que estoy aquí».

Es ya octubre en Red Hook, y Saul está bajando la escalera de metal: acaba de terminar la reunión con los Fianzo. Sale al exterior y deja que la puerta se cierre sola a su espalda; el sonido resuena en el almacén y flota por el agua, como si con ese portazo hubiera dejado atrás todo Red Hook, Nueva York, las reglas de este mundo extraño en el que se encuentra.

Saul lleva asistiendo solo a estas reuniones desde julio. Pero hoy, como si Tommy Fianzo hubiera coordinado su propia transición con la de Joey, Saul se ha reunido con Tommy Fianzo Jr. «Iré al grano —había dicho este con una sonrisa avanzándole por la cara como si fuera un ciempiés—, no pienso seguir haciendo las cosas como las hacía mi padre. A él le parecía bien este acuerdo. A mí no». Tommy Fianzo Jr., con el pelo aceitoso y la nariz manchada de aceite; con esos dedos gordos como salchichas, típicos de los Fianzo, atacando las lonchas de *capocollo* de un plato que había encima de la mesa; la boca como un puñado de gusanos morados, como vísceras; rodales de vino tinto en la mesa. Saul no probó su vino; se dio el gusto de rechazar las trampas rituales de las reuniones de amigos; al menos podía dejar constancia de que no era ningún idiota.

Tommy Fianzo Jr. había mirado a Saul como si tuviera delante algo sucio. Saul se había tragado la sal y la bilis de no poder soltarle lo que le apetecía. Con cualquier otro, se habría reído en su cara, le habría dicho que «lo que te parezca bien no es problema mío». Pero la magnitud de este enfrentamiento le ha reportado seriedad; apenas puede creerse que Joey nunca haya encontrado la manera de zafarse de esta relación atrofiada y putrefacta.

«Te estaré vigilando, amigo judío», había dicho Tommy Fianzo Jr. antes de coger el sobre meticulosamente lleno de Saul y arrojarlo un cajón, dando a entender un absoluto desinterés. «No te voy a quitar el puto ojo de encima».


—Iré a pie —le dice Saul al chófer.

Este se toca el sombrero a modo de saludo y emprende la marcha. Saul gira hacia el norte para atravesar la nueva autopista. La frontera entre Red Hook y Carroll Gardens está en plena expansión: es un hervidero de nuevas construcciones, de cambios que agitan toda la zona del sur de Brooklyn.

Llevar dos trabajos se está cobrando su precio sobre Saul. Está preocupado a todas horas. Se sobresalta en público, pensando que cada retazo de conversación que llega a sus oídos versa sobre él, que cada cartera que sale del bolsillo de una chaqueta es la pistola que revelará que lo han descubierto.

Saul no sabe qué hacer.

A veces, cuando habla con Eli, saca el tema de los límites de su relación, con cuidado, intentando adivinar cuánto tiempo se imagina Eli que va a durar. «Algún día —le dice—. Todo tiene su final». Y una vez afirmó: «Por supuesto, esto no va a poder sostenerse eternamente». Eli se ha limitado a encogerse de hombros, ni siquiera ha inclinado la cabeza mientras Saul intenta abordar la pregunta de cómo saldrá de esto. Saul deduce que Eli no tiene la menor intención de dejarlo ir, pero mantiene viva la esperanza, o simplemente es terco o está desesperado.

Durante el invierno, mientras 1947 da paso a 1948, Saul y

Sofia alternan las discusiones breves e intensas con una atracción mutua que roza lo maniaco. Ambas cosas los frenan, los hacen llegar tarde al trabajo. Saul se pregunta si esa energía procede de los secretos que acarrea, si trabajar a la vez para Eli Leibovich y para Joey ha logrado darle esa electricidad, o si es su matrimonio el que se ha convertido en una corriente de alto voltaje.

Sabe que eso no puede durar eternamente.


A medida que los días se vuelven más fríos, Antonia engorda y engorda. Come a todas horas. Duerme diez horas cada noche. Robbie llega tarde dos días al colegio. Antonia se compra otro despertador, pero no ropa de talla más grande. Al final del día se aprecian marcas rojas en su barriga y en su espalda.

Antonia se aferra a su antigua vida durante tanto tiempo como puede. Hunde la barriga. Su miedo se enreda con los botones y las cremalleras que cada vez están más tensos. Deja de ir a la biblioteca a leer después de un día en que vomitó en una papelera, incapaz de aguantarse hasta llegar a los servicios. Es un pequeño fracaso, otro que se une a la lista. ¿Adónde se creía que iba, hablando en serio? ¿Un ama de casa perdiendo la mañana en la biblioteca pública? Vaya manera más tonta de convencerse de que eso cambiaba algo. Como Lina, que se entregó a la lectura para evitar ver los lazos que seguían uniendo su vida con la de la Familia que la destruyó. Algunos días Antonia se siente desesperada; otros, resignada.

Cuando se acuesta por las noches, el corazón le late con furia. Se transporta a esos recuerdos viscerales de los meses que siguieron al nacimiento de Robbie. Es una época de su vida que ella ha intentado olvidar: una aberración, un cuento con moraleja. Pero ahora la recuerda. Cada vez que cierra los ojos, se acuerda del dolor, de abrazarse con fuerza para poder mear sin partirse por la mitad. Esos meses en que supo que el mundo estaba allí, pero no conseguía formar parte de él, como si existiera una película impenetrable que la sofocase. El miedo que la invadía al estar en la misma habitación que sus seres queridos y a la vez a miles de kilómetros de distancia.

Cuando Antonia le contó a Paolo que estaba embarazada, él la estrechó entre sus brazos y lloró, y luego prometió ser más agradecido, menos quejicoso, mostrarse menos insatisfecho con su empleo, con su vida. Sigue así durante todo el invierno, diciéndole que ponga los pies en alto, que no coja peso. «¡Por el amor de Dios, Robbie, deja tranquila a tu madre!». De manera que hay momentos de felicidad absoluta en los que Antonia puede imaginarse que tiene veinte años y está casada con un hombre apuesto con el que planea tener tres hijos, y que vive en una casa grande y luminosa, que, por algún motivo, en su imaginación, siempre huele a océano.

Pero cuando Antonia sueña, Carlo siempre aparece de espaldas, fuera de su alcance. Están en la orilla del mar. El agua está tranquila y opaca; es a la vez el origen y el fin del mundo. Carlo se aleja de ella en dirección al agua. Ella lo llama con toda la fuerza de sus pulmones. Él no se da la vuelta. «¡Papá! ¡Papá!». Antonia se enfurece. Tiene los pies clavados en la arena; no consigue despegarlos del suelo para ir en pos de su papá. Ve a Carlo desaparecer en el mar.

Siempre despierta de estos sueños enojada. Consigo misma, porque tiende a dirigir su frustración hacia dentro. Pero también con Paolo. Es algo que nunca le explicará. «Estoy enfadada porque me has dejado embarazada» es un sentimiento vergonzoso y Antonia no es capaz de expresarlo en voz alta. Pero Paolo lo sabe. Lo nota por la manera en que ella se aparta de él, la forma en que se yergue cada vez que él entra donde ella está. Su respuesta es ser más amable aún, pero también trabajar durante más horas, demorándose en el despacho y llamando a Joey para pedirle tareas extra.

Y así la brecha entre ambos se vuelve más profunda. El viento de invierno se recrudece. Los meses oscuros y fríos pasan. Y la valencia del distanciamiento entre Antonia y Paolo alcanza una definitiva seriedad. Empiezan a olvidarse de cómo volver el uno con el otro.

Robbie se entera de todo sin saber muy bien cómo. Nota que existe un abismo profundo en cualquier habitación donde estén sus padres. Un abismo poblado por el silencio y la apatía. Más adelante, Robbie sabrá que fue una mala época porque apenas retendrá recuerdos de su madre embarazada. Es lo bastante mayor para percibirlo, y muy sensible, así que le afecta. Pero, en sus recuerdos, ese será un año en blanco.

Para todos los demás, será un año inolvidable.

Robbie y Julia saben con exactitud en qué consiste el negocio de sus familias, pero no cómo se lleva a cabo. A sus familias, como es natural, les gustaría que eso siguiera así durante el mayor tiempo posible. Pero cuando se acercan a su sexto cumpleaños ambos notan más puertas cerradas a su alrededor. Más susurros nocturnos entre las cuatro paredes de sus casas, más movimientos sigilosos por parte de sus padres. Estos planean. Conspiran.

La curiosidad crece en Robbie y en Julia, brota en sus estómagos y se abre paso hasta sus bocas. «¿Adónde vas, papá?», le pregunta Julia a Saul cuando este está a punto de salir un jueves por la noche. «Al Empire State», responde él. Está distraído. A Julia le encanta el Empire State. «No es verdad —dice ella—. ¿Qué haces?». Saul se ajusta el cuello de la camisa en el espejo del recibidor. «Deberías estar ya en la cama, Jules —dice él—. ¿Quieres que le pida a la *nonna* que venga a leerte un cuento?». Y luego: «Te quiero». Saul se marcha y, al oír el ruido de la puerta al cerrarse, Julia se descubre hambrienta y asustada. La información habría sido un buen alimento.

Esa noche Julia no consigue dormirse. Da vueltas en la cama hasta empapar de sudor hasta el último centímetro de sábana.

Robbie, dotado con un poco más de valor que Julia, se atreve a recorrer las habitaciones en plena noche. Su padre ha llegado de trabajar y se ha encerrado con su madre en su dormitorio: oye el leve rumor de la voz de ella contra el tono agudo de él. «Atascados», oye Robbie. «Una chapuza... legado». Y luego nada, y luego «*Minchia*!», una palabra que, si la dijera Robbie, su madre lo perseguiría por toda la casa con una pastilla de jabón para lavarle la boca. Después oye el tono meloso de su *mamma*, el que usa a veces para tranquilizarlo a él también. Y pasos. Robbie sale corriendo hacia la cocina y finge que ha estado practicando el alfabeto durante todo ese rato. Su *mamma* entra en la cocina, se lleva una mano a la espalda y se apoya en la encimera con la otra. Suelta un suspiro audible. Cuanto más engorda, más inaccesible es para él.

Robbie prometió contarle a Julia todo lo que averiguase, pero en su lugar se va a la cama, porque tiene la extraña sensación de que algo se está resquebrajando en su familia, una viga maestra que hasta ahora los ha mantenido juntos y en pie. Esa noche oye los ronquidos de su padre y se imagina a sí mismo hundiéndose más y más en la cama al ritmo de esos sonidos. Se hunde más y más hasta que atraviesa el colchón. Atraviesa el suelo. Acaba enterrado en la tierra.


La primavera llega y se va en un instante. Antonia engorda. Pasa el primer día de verano irritada y sola. Contempla a Robbie desde la ventana del salón cuando este se marcha hacia el colegio y luego se esfuerza infructuosamente por limpiar la casa, por repasar las cuentas, por leer, por hacer la lista de la compra. Va descartando las tareas una tras otra. Se dobla sobre sí misma como si fuera una ola.

No es ninguna sorpresa para ella cuando, después de comer una simple tostada, el estómago se le tensa como si alguien se lo atornillara y apenas tiene tiempo de llegar al cuarto de baño para vomitar. No le sorprende sentir un dolor sordo que la atraviesa. Llama a Lina, pero no obtiene respuesta. Llama a Sofia, que debe de estar trabajando, y al final coge un taxi hacia el hospital.

En el sueño que suele tener Antonia al amanecer, ella está de pie a orillas del océano. Carlo está a solo unos pasos de distancia. El agua avanza hacia ellos y luego retrocede, como si estuviera meciendo el descanso del mundo entero. Antonia no consigue ver del todo la cara de Carlo; esta no entra en su campo visual. Pero sí que ve las líneas de sus manos, el rictus que marca su mandíbula, la forma en que los músculos de su espalda se tensan mientras avanza a contraviento. Papá, dice ella, tengo miedo.

Ven aquí, dice él, sin moverse. Coge esto.

Antonia da un paso adelante. El agua fría le envuelve los tobillos. Cuando Antonia se mira las manos, en ellas sostiene una pistola con culata de nácar.

Paolo y Antonia bautizan a su segundo hijo con el nombre de Enzo, en recuerdo del hermano de Paolo que murió en la guerra. Antonia llora durante toda la semana que sigue a su nacimiento mientras observa sus ojos de color castaño oscuro, sus deditos largos, que son como los de Robbie y los de Paolo. Son lágrimas de gratitud por el hecho de que su cuerpo haya permanecido entero: la cicatriz del parto de Robbie se conserva intacta; el interior de su cuerpo sigue dentro y el bebé fuera, un intercambio que parece un milagro. Llora mientras abandonan el hospital y cuando se instalan en casa. Llora, y es consciente de que Paolo no lo entiende, sabe que lo está alejando, sabe que está asustado, pero no consigue reunir las fuerzas suficientes para convocarlo a su lado. Llora, y vuelve a ser ella misma. Llora de alivio, porque los nueve meses de terror han sido agotadores, porque es agotador pasarte la vida asustada, toda la vida, en realidad, desde la mañana en que tu padre desapareció, pero ahora eres una adulta con dos hijos, dos criaturas perfectamente formadas que han salido de ti, y sabes, de esa manera en que uno a veces sabe las cosas, como si el conocimiento te llegara desde arriba o desde fuera, desde algún lugar externo y eterno, que ha llegado la hora.

Coge la pistola.

Métete en el agua.

Pasan casi dos semanas. Saul, Sofia y Julia prácticamente viven en el piso de Antonia y Paolo. Acunan a Enzo y le enseñan a Robbie a coger en brazos a su hermano. Julia lo observa todo desde un rincón, fascinada pero por una vez prudente, casi temerosa. Los siete juntos son más felices que nunca.

El viernes, Saul sale a primera hora de la tarde para acudir a la reunión con los Fianzo.

Las despacha tan deprisa como puede, pero siguen estropeándole el primer viernes de cada mes, como si fueran una mancha de aceite, de vino, de sangre. La dulzura de ese nuevo sobrino lo llena de desprecio hacia Tommy Fianzo Jr., que nunca pierde la ocasión para menospreciar a Saul, para hacerlo sentir pequeño para así pretender que es más importante. Saul podría usar esa creciente familia como motivación para tener más paciencia con Tommy Jr., pero no lo hace. Hoy, en su lugar, se vuelve descuidado.

Cuando Saul abre la puerta principal como lo haría un ariete, una hoja de papel se le cae del bolsillo. Cae en el suelo como una hoja seca. Cuando avanza con paso firme hacia el coche que lo espera, el trozo de papel aterriza en el asfalto caliente. Saul no se da cuenta. No nota que le falte nada en el bolsillo durante el trayecto a casa.

«Dos guardias hoy», reza el papel. «Verano movido para los Fianzo. ¿Temporada de envíos? El invierno es más tranquilo».

El portero de Tommy Fianzo Jr. se agacha a recoger el pedazo de papel. Pronuncia las palabras para sus adentros a medida que va descifrando la escritura de Saul.

—Dile al jefe que baje —dice en cuanto lo ha leído entero.


En el piso de Red Hook, Lina se despierta sobresaltada, como si alguien la hubiera sacudido. Se ha echado una siesta porque lleva varias noches sin pegar ojo, sudorosa, como si alguna perturbación interna le impidiera soñar. Estas últimas noches, cuando por fin se duerme, despierta media hora más tarde con la piel húmeda y helada.

Con los ojos cerrados, Lina presiente un crujido en el aire, una maldición que se arrastra por el suelo y se extiende como la hiedra por la barandilla. Va a pasar algo importante.

Dos días más tarde, Sofia está sudando en la cocina.

No es verdad que no se le dé bien cocinar. Ignora que Eli dijo eso sobre ella, pero sabe que es un rumor que circula por las tiendas del barrio. Los corrillos de madres se callan cuando Sofia se aproxima a ellas con la cesta de la compra. «¿Probando recetas nuevas?», le preguntan a veces. «Hoy compra de básicos», responde Sofia, con tanta dignidad como le es posible aparentar mientras carga con el peso de la harina, los tomates, los huevos y el ajo.

Sofia se sabe las recetas de su madre igual que se sabe las oraciones de la misa del domingo. Que no las ponga en práctica todos los días no significa que las haya olvidado.

Gracias a esa memoria intuitiva, desenrolla el filete de falda, que tiende a doblarse un poco, el músculo y la sangre se contraen en la encimera. Huele a monedas. Coge un mazo pequeño y lo usa para alisarlo. Le añadirá una loncha de mortadela, una capa de espinacas y una mezcla de albahaca, perejil, nueces y parmesano. Lo enrollará y lo marinará en vino, tomates y laurel. Todas las ventanas de la casa están abiertas, los ventiladores mueven con indolencia el aire caliente de la cocina. Sofia nota el pelo pegado a la nuca.

Se oye la puerta principal. No es Saul, que llega tarde. Es

Antonia, cargada con el bebé en un brazo y una bolsa de la compra en el otro.

—Por Dios, Tonia, hace solo dos semanas que diste a luz. ¿Qué haces comprando? —pregunta Sofia. Estrecha a Antonia entre sus brazos y luego aparta la mantita que cubre a Enzo y le da un beso—. ¡Hace un calor de mil diablos y lo llevas envuelto en todas estas mantas!

Sofia espera que la voz le salga alegre, aunque no almibarada; examina a Antonia sin que se note demasiado. Se la vez agotada, pero lleva el cabello limpio. Sus miradas se encuentran. «Parece que está bien», piensa Sofia.

—¿Te encuentras bien? —le pregunta.

—Sí —dice Antonia. En realidad, está casi encantada. Ha dormido fatal y aún nota dolor, pero está tan sorprendida de haber sobrevivido al segundo alumbramiento que siente una alegría imprevista, casi espumosa. Robbie ha tenido que escapar de esas manos que quieren abrazarlo; Paolo se pregunta adónde habrá ido a parar la mujer que conocía, siempre educada y discreta. Antonia es una supermujer. Puede hacer cualquier cosa—. Voy a preguntarle a tu madre una cosa sobre el marisco —dice dejando a Sofia con Enzo en el pasillo.

Sofia intuye a Robbie, que se dirige al fondo del piso en busca de Julia. Contempla los ojos castaños de Enzo, su carita arrugada.

—¿La *mamma* se encuentra bien? —le pregunta.

Enzo no responde.

Sofia oye la llave en la cerradura y espera que esta vez sí que se trate de Saul.

Entonces oye el portazo.


Saul sabía que presentarse en la cena provocaría una conmoción; sin embargo, como no comparecer constituiría un problema aún mayor, se encuentra en el vestíbulo principal, temblando mientras se aparta el flequillo ondulado de los ojos y abre las correas del maletín al tiempo que se despoja de los zapatos. La casa huele a carne y a especias, y se le hace la boca agua. Lleva horas sin probar bocado.

—Paolo, ¿eres tú? —La voz de Antonia llega hasta él—. Paolo, te pedí que me recogieras en casa esta tarde, ¿te has olvidado?

Camina en dirección a Saul, y este tiene la tentación de girarse hacia la pared. En su lugar, se queda inmóvil, y así, cuando ella aparece se encuentra cara a cara con Saul, que llega con un ojo morado y un labio partido e hinchado. Antonia retrocede por la sorpresa.

—¿Qué te ha pasado? —dice ella.

Lágrimas de sangre le manchan la pechera de la camisa. Él no habla. Aún no se ha visto.

Antonia extiende la mano y la acerca a su cara; no se atreve a tocarla y a la vez no puede contenerse.

—Iré a por hielo —dice ella.

—Dios mío. —Sofia está en la puerta de la cocina, con Enzo en brazos—. ¡Oh, Dios mío, Saul!

Saul levanta la vista para mirar a los ojos de Sofia.

—Estoy bien —le dice.

—¿Qué te ha sucedido? —Sofia ha dejado caer al suelo un trapo manchado del jugo de la carne, de tomate, y con trocitos de piel del ajo incrustados.

—Sofia, los niños —dice Antonia.

Conduce a Saul hacia el dormitorio y cierra la puerta. Su corazón ha empezado a tocar una pieza de jazz en el interior de su caja torácica. Paolo y ella han alcanzado una especie de acuerdo de paz. Se tratan con cortesía y afecto. Paolo le prometió por la mañana que la recogería en su piso antes de cenar. Le prometió que cogerían un taxi juntos. Le prometió que no tendría que desplazarse a la cena del domingo sola y dolorida con dos niños. Pero no ha aparecido. No respondía al teléfono. Y Antonia ha tenido que agarrar a Robbie y coger a Enzo en brazos, y meterse en un taxi sin ayuda de nadie. Ha tenido que tragarse esa flema de pánico, la misma que la asalta siempre que intuye que puede haber algún problema, siempre que teme que haya sucedido algo.

Cualquier cosa podría pasar, y Antonia lo sabe. Se siente idiota por haberlo olvidado. En cuanto dejas de preocuparte es justo cuando empiezan los problemas.

Y si los hay, ella quiere mirar a los ojos a Paolo mientras él se los cuenta. Antonia piensa de repente en toda su familia, sabe que Robbie está en la habitación de Julia, con la niña, y que Enzo dormita en brazos de Sofia. Robbie y Enzo están aquí. Dónde está Paolo. El temblor que sacude el interior de Antonia crece.

Antonia coge a Enzo de los brazos de Sofia y sale del dormitorio en busca de hielo. Saul se sienta despacio en la cama. Sofia se arrodilla delante de él, lo mira a la cara y le susurra:

—Cuéntame lo que ha pasado.

Y Saul levanta la vista hacia ella y dice:

—No puedo.

Sofia se echa a reír. Su marido acaba de llegar a casa sangrando de una paliza. Claro que tiene que contarle el porqué.

—No seas ridículo.

Las manos de Sofia enmarcan las mejillas de Saul y este las cubre con las suyas propias, que están manchadas de sangre seca.

—Te quiero —dice él.

Sofia empieza a impacientarse. La frustración y la incredulidad se anudan en sus sienes y le nublan la visión.

—No te pongas condescendiente conmigo —le dice muy seria—. Dime qué ha pasado, Saul. ¿Por qué no quieres contármelo?

Dios, sienta tan bien estar enfadada. En el corazón de Sofia el miedo se agita como una llama débil, en la habitación flota una aprensión que aún no tiene nombre y ella se levanta y sucumbe a esa ira avasalladora.

—¿Qué coño ha sucedido, Saul?

—Sofia, Sofia —dice Antonia, que ha vuelto a entrar en el dormitorio sin que esta se diera cuenta—. Los niños.

—Tengo que limpiarme —dice Saul. Se levanta y flexiona las manos—. Estoy bien, lo prometo. —Se desabrocha el botón superior de la camisa y abre la puerta del dormitorio—. Todo saldrá bien.

Sofia y Antonia se sientan sobre la cama hasta que oyen el ruido de la ducha.

—Todo irá bien —dice Antonia. Lo repite para sus adentros: «Todo irá bien».

—Ya no va bien —dice Sofia. Ambas se miran con solemnidad, dos niñas que juegan a disfrazarse de mujeres—. ¿Lo has visto? Si las cosas estuvieran yendo bien, esto no habría pasado.

¿Aparece en la mente de Antonia un recuerdo borroso de Carlo, saliendo al pasillo del hotel en la noche de su desaparición, deteniéndose un momento para apartarle los rizos de la cara mientras dormía? ¿La conserva en algún lugar mudo, como señal del momento en que su propia falibilidad se reveló como algo ineludible? No hay nada que no pueda romperse.

Coge a Sofia de la mano.

—Irá bien. Seguro.


Saul deja que el vapor invada el cuarto de baño y se sienta en el retrete, completamente vestido.

Hace solo dos días que acudió a la reunión con los Fianzo. Parece que hayan pasado diez años. Los pensamientos de Saul se dispersan. Aparecen soluciones que se desintegran al instante, como espejismos.

Empieza a desvestirse. Toma una resolución firme: no puede contarle a Sofia lo que ha pasado. Tiene que enfrentarse con la familia a la hora de cenar. Siente miedo: un pánico que le salta del cerebro al cuerpo y a la sangre; que le agarrota los músculos, que le quita el aliento.

Paolo no viene a cenar. Antonia se sienta en un lugar desde el que ve la puerta, que permanece abierta para que vayan llegando los vecinos, los tíos. Cada vez que entra alguien que no es Paolo, ella siente una mano que le estruja el corazón con más fuerza. «¿Dónde está Paolo?», pregunta Rosa. «Oh, se habrá entretenido», dice Antonia. «Lo siento». Rosa sabe que miente, le tiende un brazo sobre los hombros y le da un apretón; Rosa huele a harina y a jazmín, a mondaduras de naranja y a albahaca, y Antonia desearía poder acurrucarse en su regazo para dormirse allí. En su lugar sonríe y dice «Gracias, gracias», mientras los presentes se le acercan uno a uno para acariciarle las mejillas a Enzo, para sonreírle, para soltar un aliento lleno de bendiciones demasiado cerca de Antonia, tanto que ella tiene la sensación de que está a punto de estallar. De echarse a gritar.

Se mantiene en silencio. Da las gracias.

Sofia se ha maquillado la cara, retocado los labios y recuperado la calma. Ha ahuyentado todo rastro de miedo. Lo ha convertido en ira, se ha envuelto en una capa de uranio. Ha subido las bandejas de los ravioli y la de *braciole* en su jugo aromático. Ha descorchado botellas de vino a petición de Rosa y se ha reído de un chiste que ha contado Frankie. Sofia es un plato de porcelana china. El menor golpe podría quebrarla.

Saul se las apaña para tomarse sus heridas a broma («La última vez que me pongo a trabajar después de tomarme una botella de vino a la hora de comer, ¿eh, jefe?»), aunque los gritos de Julia preguntando «Pero, pero ¿qué te ha pasado, papá?» llaman la atención de todos los invitados, y Joey permanece sospechosamente callado y Saul siente que todas sus mentiras están llamando a las ventanas, a las puertas, que golpean el techo con la intención de entrar.

Antonia consigue aguantar hasta que los platos están fregados. Se despide de Sofia con un fuerte abrazo y le dice: «Ya nos ocuparemos de esto por la mañana, ¿vale? Te llamo a primera hora». Acepta la oferta de Saul y el chófer de este la lleva a casa. Durante el trayecto, se le ocurre que su marido no ha aparecido y que el de Sofia está allí, donde puede verlo y tocarlo. Desde la parte trasera del coche contempla el hueco que existe entre los dos asientos delanteros y abraza a Enzo mientras con la otra mano aprieta la muñeca de Robbie con tanta fuerza que él se deshace de ella. «*Mamma, mamma*, ¡me haces daño!».

Cuando llegan a casa, ella se queda al principio de la escalera que sube hacia la puerta hasta que Robbie dice «*Mamma*, vamos...», e incluso entonces se mueve despacio, porque le pesan las piernas. Las ventanas del piso están vacías, negras. Oscurecidas. Paolo no está allí.

Antonia acuesta a los niños con manos temblorosas. Siente como adopta un papel que conoce demasiado bien: «Delincuente menor desaparecido, esposa imbécil sorprendida». Antonia y Paolo se han ido distanciando sin que ninguno de los dos tuviera la energía suficiente para volver a acercarse al otro. El cuerpo de Antonia recuerda el rumor de la llave de Paolo en la cerradura. La manera en que una parte de ella se tensaba, mentalizándose para soportar el aire deprimido, la nube negra que Paolo arrastraba hasta el salón. Ahora Antonia reza para oír ese ruido en la puerta. Lo recuerda y desea que suceda. Metal contra metal. Ese deseo le pone la piel de gallina, pero a las puertas del piso no hay más que silencio.

Se imagina los pies de Paolo hundidos en un cubo de cemento, su cuerpo arrastrado a los confines más alejados de Canarsie, arrojado de la Belt Parkway al estuario de Long Island. Lo imagina atado a una silla, amoratado, apaleado, mientras un Fianzo sin rostro blande unas tijeras de jardín ensangrentadas. Antonia entra en pánico. «*Mamma*, ¿estás llorando?», pregunta Robbie mientras ella intenta dormirlo apoyándole una mano cálida en la espalda. «No, *caro mio*», responde Antonia. Desvía la mirada. Tararea una vieja tonada.

Cuando Enzo y Robbie respiran de manera regular, sumergidos en unos sueños que son inaccesibles para la atenta Antonia, ella se dirige de puntillas al comedor y se acurruca en el sofá. En el fondo de su cuerpo, sus órganos vuelven a su lugar original. Las partes de ella que sostenían a un ser humano están menguando, volviéndose más y más pequeñas, hasta tal punto que pronto será imposible imaginar que alguien vivió dentro de ese cuerpo. También será imposible imaginar que ella había estado sola alguna vez. Se abraza a un cojín y siente como las fuerzas se le escapan con cada inspiración. En algún lugar, un reloj marca el paso del tiempo.

Después de la cena solo hace falta un rápido gesto con la cabeza para que Saul siga a Joey a su despacho.

Rosa los ve entrar e intenta volver a concentrarse en la limpieza. Pero no puede, ¿cómo iba a poder? Cierra los ojos y piensa en ese mundo exterior que amenaza a Antonia, a Sofia, a Julia. Es consciente de que Antonia y Sofia van a tener que enfrentarse solas a cualquier catástrofe que se les avecine.

Saul se da cuenta de que le tiemblan las manos.

El despacho tiene una puerta corredera que Joey cierra, de manera que el rumor del final de la cena parece proceder de otro mundo. Joey ofrece a Saul una copa, y Saul la agarra hasta que los dedos se le quedan sin sangre. Joey se lleva una mano a su pelo canoso, como si intentara sacar a la superficie una solución para el desastre que ha provocado Saul.

—Te has metido en un buen lío —dice Joey.

—Me estoy ocupando de ello —dice Saul. De repente tiene veintitrés años y le está prometiendo a Joey que ama a Sofia—. Puedo manejarlo.

—Yo estoy retirado —dice Joey—. Voy a creer lo que me dices.

—Gracias —dice Saul.

—Pero quiero que me prometas una cosa.

—Lo que sea.

Joey se cruza de brazos.

—Un día te dije que no podías morir cuando eras padre.

—Lo recuerdo —dice Saul.

—Pues te mentí —dice Joey—. Si te ves obligado a elegir entre ellas y tú...

—Lo sé —dice Saul.

—Confío en que podrás salir del lío en el que estás, sea cual sea —dice Joey—. Pero, Saul, si al final no queda más remedio...

—Lo sé —dice Saul.

—Prométemelo.

—Lo prometo.

¿Cómo puede alguien avanzar cuando su vida se va llenando de fantasmas que le exigen tiempo y atención? El fantasma de Carlo, que los acecha a todos, y los fantasmas de sus yoes del pasado, los exoesqueletos que todos intentan enterrar, encerrar en un armario, reconfigurar. Sus casas están a punto de explotar.

El amanecer pilla a Paolo sentado en un banco en medio del paso para peatones del puente de Brooklyn. Hacía mucho tiempo que la salida del sol no lo pillaba despierto. El día está nublado, tan fresco como puede serlo Nueva York a esas horas en julio, e igual de tranquilo. Paolo recuerda que se anuncian fuertes tormentas para esta semana. Lo leyó en el periódico, hace novecientos años, cuando se sentó a desayunar en la cocina de su casa con Robbie y con Antonia, y con Enzo, esa nueva personita.

Paolo sabe que está cansado, pero no lo percibe así: nota los brazos doloridos, los ojos rojos e hinchados. Si se queda muy quieto, tiene la sensación de estar brillando, separándose de su cuerpo. A medida que el aire se espesa, Paolo se siente como si fuera algo insustancial y desconectado del mundo. Más tarde admirará la fuerza de ello, de mantener un núcleo esencial inmutable al caos que lo rodea. Ser uno mismo, zarandeado y reforzado por las mareas del tiempo.

Debajo del puente, los coches empiezan a acelerar. Camiones grandes cargados de comida, muebles y bolsas de cemento que cruzan el East River. Coches particulares que saltan de un carril a otro, buscando su hueco, haciendo sonar las bocinas. Paolo nota que empieza a sudarle la espalda. Cae en la cuenta de que debería haber llamado a casa la noche anterior. Antonia estará furiosa. Decepcionada. Antonia a menudo está así, a pesar de que él nunca pretendió ser de esa clase de hombres que suelen provocar depresiones a escala doméstica. «No eres el hombre que yo creía que eras», se dice a sí mismo.

El cielo se ha ensombrecido a medida que salía el sol, las nubes matutinas que se dibujan en el horizonte están adquiriendo contornos siniestros. Verdes y grises. Paolo se levanta. Le queda una larga caminata hasta llegar a casa y se pregunta si logrará escapar de la lluvia.


Es el primer amanecer después de la noche más larga de la vida de Sofia.

Después de cenar, Saul se había llevado a Sofia a un rincón, le había susurrado «Lo siento» al oído y «Te prometo que todo irá bien, que no me pasará nada». Luego desapareció por la puerta principal del piso de Rosa y Joey como si nunca hubiera estado allí. La rabia de Sofia estaba compuesta de pánico, de miedo y de una amargura vacía que le retorcía el estómago. Joey la abrazó y le dijo «Acuesta a Julia», sin más explicaciones: no quería discutir con ella ni decirle qué estaba pasando. «Saul es bueno en lo suyo», dijo Joey. Sofia estaba segura de que ella se sentiría mucho mejor si alguien le contara por qué habían atacado a Saul. «Ya sé que es bueno —le contestó a Joey, desesperada—, yo también lo soy». Pero no sirvió de nada. Su deseo, tan poderoso que se le escapaba del cuerpo, llenaba la estancia, rugía y apretaba los dientes, no surtía el menor efecto sobre Saul, ni sobre Joey, ni sobre las grandes maquinaciones universales que los regían a todos.

De manera que Sofia cogió a Julia de la mano y las dos bajaron las escaleras en dirección a su piso. Julia se había pasado la cena escondida con Robbie en la cocina: jugando en susurros, sentados como indios y sudando juntos. Julia entrelaza los dedos con los de Sofia y camina a su sombra, tan cerca de ella como puede, como si fuera a fundirse con su cuerpo. «¿Por qué papá no nos cuenta qué pasa?», preguntó Julia, aunque su tono fue más bien de afirmación; hacer preguntas es la manera que tiene ella de participar en la preocupación colectiva. Lo que Julia quiere es más nebuloso: no le hace falta saber lo que sucede, en realidad, lo que quiere es no tener que preguntárselo. Tener a sus seres queridos a su alcance, para poder elegir entre ellos como si fueran caramelos.

Anoche Sofia observó cómo la niña se lavaba los dientes y, mientras estaba apostada en la puerta del cuarto de baño y contemplaba a Julia mirándose en el espejo, se percató, quizá por primera vez, de lo mucho que se había perdido. Los rituales nocturnos, el lugar donde Julia cuelga el albornoz. En qué codo quiere tener apoyado al osito cuando alguien, normalmente Saul y a veces Rosa, la mete en la cama. Y aunque Saul tuviera problemas y Joey le estuviera ocultando algo, y Paolo... (Paolo apareció de repente en su mente. No se había presentado a cenar, ¿no? Antonia tenía que estar histérica). A pesar de todo eso, Sofia se descubrió riéndose con su hija. Atusándole el pelo y acariciándole la frente.

Después de acostarla, Sofia no consiguió dormir. Se tumbó en la cama, vestida, y se resignó a pasar la noche en vela. Su enfado se enardeció. Culpó a Saul por robarle el descanso y la juventud. Lo hizo con todo su ser. Buscó con la mirada algo que destrozar. Había un vaso de agua en la mesita de noche de Saul y tuvo ganas de arrojarlo contra la pared. Pero Julia dormía en el cuarto de al lado. Sofia abrió el cajón de su mesita para mirar la pistola. ¿De qué sirve? ¿Qué utilidad podía tener un objeto de acero y piedra contra las mareas del tiempo, contra el sofocante velo de la tradición, contra el secretismo? Cerró el cajón de golpe. Volvió a acostarse con el corazón lleno de rabia.

No durmió. Pero en algún momento, en plena noche, se sobresaltó al notar que el aire le presionaba el pecho. Se levantó de la cama y se dirigió de puntillas al salón, donde se sentó frente al escritorio de Saul. «Cómo han cambiado las cosas», pensó. Qué joven era la primera vez que hizo algo así: alejarse de Julia, entonces un bebé, y de Saul, para imaginar cómo sería vivir sola. Cuánto ha aprendido desde entonces.

Sofia se irguió en la silla. Sí: ha aprendido mucho. Ya no es la recién casada ingenua, ni la madre inexperta. Ya no es alguien a quien se puede manejar.

Va abriendo los cajones del escritorio en orden. El último está cerrado con llave. Ella entorna los ojos, desliza la mano en el asidero del cajón y da un tirón tan rápido y tan fuerte que cualquiera que estuviera despierto habría tomado el ruido por el rugido de un trueno. El cajón se parte. En su interior hay pequeños cuadernos. Sofia los va abriendo sin darse cuenta de lo que ve. Páginas llenas de notas rápidas con la letra de Saul. «T. F. solo, aunque la última vez dijo que Jr. lo acompañaría este mes. Al parecer Jr. no está demasiado entusiasmado con la idea de conocerme. Un único guardia, el grandullón de nueve dedos que fuma todo el rato. T. F. dice que las cosas podrían cambiar ahora que Joey ya no está al cargo, ahora que ha dado un paso atrás».

Sofia piensa que si se tratara de un diario, o de anotaciones escritas para Joey, los cuadernos no estarían bajo llave. ¿Qué había estado haciendo Saul para necesitar ocultarlo de su familia?

Y entonces Sofia, como haría cualquiera, empieza a recordar momentos acontecidos a lo largo del pasado año. «¿Por qué no

podemos cenar todos juntos, como una familia de verdad?».
Saul se había mostrado quisquilloso, irritado, convencido de
saber lo que debían hacer las familias de verdad. Implicando con
ello que la suya no lo era. «No ha sido feliz —comprende Sofia—. Y yo no le he hecho caso».

Hay un número de teléfono escrito en la primera página de
la libreta que Sofia tiene ahora en la mano. Descuelga el teléfono
que hay en el escritorio y lo marca.

—Espero que quienquiera que sea que tenga los huevos de
despertarme por segunda vez esta noche me dé una buena razón
para ello —dice una voz masculina al otro lado de la línea.

—¿Con quién hablo? —pregunta Sofia. Lo hace con la misma certidumbre con que una vez le había preguntado a Joey
«por qué». Lo hace esperando una respuesta. No tiene ningún
derecho, pero lo exige.

—Señora —dice la voz al teléfono—, creo que le han dado
mal el número.

Ahora la voz se ha suavizado, el hombre ha bajado la guardia.

—Le aseguro que no es así —dice Sofia—. ¿Quién es usted?

—Me llamo Eli —dice Eli Leibovich—, pero estoy seguro de
que ha marcado...

Sofia ya no oye nada más porque ha dejado el auricular encima de la mesa. Hay solo un Eli cuyo número debería guardar
Saul bajo llave. El lío en el que se ha metido Saul aparece ahora
ante sus ojos con una claridad meridiana.

Como si estuviera en un sueño, Sofia cuelga el teléfono y
flota escaleras abajo hasta salir al porche, donde inspira el aire
nocturno. Cuando era niña, la aterraba la indefensión de Lina,
la forma en que una parte de ella desapareció tras la muerte de
Carlo.

La parte de Sofia que vive en Saul también desaparecerá con
él, pero Sofia, de pie y en bata frente al aire cálido que precede
al amanecer, no permitirá que eso suceda.

Al tiempo que la luz del día pinta el cielo de gris, también revela los contornos de un almacén que se alza, separado del resto, en uno de los extremos del muelle de Red Hook. Es lunes, así que van llegando los estibadores, parejas silenciosas provistas de tarteras y termos de café. El edificio quizá había sido impresionante en otra época, pero ahora, en cuanto haya luz suficiente, saldrán a la luz las grietas y los desperfectos de la fachada.

Si los estibadores mirasen con atención, podrían ver algo raro allí. Algo que recuerda a un espectro, a un cuento de hadas. Algo a lo que sus madres les habrían advertido que no se acercasen.

«¿Has visto eso?», podría preguntar uno de ellos al resto. «No», responderán los otros. Es mejor no verlo.

Pero algunos tuvieron que verla. Acechando, a la espera: una mujer descalza, despeinada, sentada en los escalones que suben al edificio mientras amanece el día.


Antonia se despierta con un dolor lacerante que le va desde la coronilla hasta uno de los lados del cuello. «Te está bien empleado —piensa mientras se levanta del suelo del cuarto de Robbie—, por dormirte». Y luego: «¿Dónde está Paolo?».

Antonia se dirige a la cocina sin hacer ruido. Los niños duermen, quietos como las aguas de un estanque. No hay rastro de Paolo en la cocina, ni en el dormitorio.

Cuando era una adolescente, Antonia se quejaba de que Lina le recordaba una y otra vez los escollos que conllevaba la vida con la Familia. Su madre tenía la sensación de haberse metido en una trampa al casarse. Ahora Antonia nota el mordisco del metal en la pierna.

«Debería haberte escuchado, *mamma*», piensa Antonia mientras se sienta en el taburete que hay cerca del teléfono, en la cocina. Lleva la mano al aparato. Desea que Paolo llame. La preocupación se le ha asentado dolorosamente en el cuello, en la espalda. Se ha aposentado en sus intestinos como si fuera plomo.

Y entonces suena el teléfono.

Antonia contesta antes de que termine el primer timbrazo.

—Paolo. —Es un ruego.

—Soy Saul.

—Saul. —Antonia nota un tirón en el cuello. Un cable de dolor le conecta las caderas a la cabeza.

—Sofia no contesta. ¿Has hablado con ella?

—Saul, ¿qué pasa? ¿Dónde está Paolo?

—No tengo ni idea —dice Saul—. Pero Antonia, no consigo comunicarme con Sofia. Llevo toda la mañana llamándola.

Los hijos de Antonia siguen dormidos. Ella lo percibe a través de las paredes. En algún lugar, algo retumba: podría ser un trueno o su propio cuerpo. Antonia agarra el teléfono con fuerza.

—¿Has probado arriba?

—No quiero inquietar a Rosa y a Joey a menos que sea imprescindible —dice Saul.

—¿Por qué no vuelves a casa y así ves cómo está? ¿Dónde estás tú?

—Solo mantenlas a salvo —dice Saul—. Solo diles cuánto las quiero.

—Saul, por favor —dice Antonia—. No cometas ninguna estupidez.

—No lo haré, Tonia, te lo prometo.

—Saul —dice Antonia—, ¿estarás bien? —No le dice: «Se lo prometí a Sofia».

—Todo irá bien —dice Saul. Se oye un clic. Ha colgado.

Antonia cuelga el teléfono. El silencio zumba en sus oídos. Resuena. Golpea.

No, el golpe viene de la puerta.

—¿Antonia? —Es Paolo.

Lo primero que piensa Antonia al verlo es que está hecho una mierda. Trae los ojos inyectados en sangre y la camisa sucia, fuera del pantalón. Va sin afeitar y da la impresión de no tenerse en pie. Ella atraviesa la cocina en dos pasos para abrazarlo, para estrecharlo contra sí misma, y lo segundo que piensa es «gracias».

—¿Qué te ha pasado? —pregunta, aunque se le antoja claramente insuficiente. Y luego—: Saul acaba de llamar. Creo que no está bien. Tenemos que ayudarlo.

—¿Te ha contado lo que pasó? —pregunta Paolo.

—No —dice Antonia—. Pero está herido. No nos dijo quién…

—Fui yo —dice Paolo.

—¿Tú?

—Siéntate —dice Paolo—. Voy a hacer café.

Antonia se sienta.

Paolo le cuenta que el domingo por la mañana recibió una llamada.

—Lo que significa que fue ayer, supongo. Me cuesta controlar el paso del tiempo —dice él. Era Tommy Fianzo Jr.—. Quería reunirse conmigo. Le dije que no. —Paolo va echando granos de café en el molinillo, los aplasta con cuidado—. Me dijo que me convenía verlo. —Se encoge de hombros—. Y acepté.

Paolo no le cuenta que una parte de él se sintió encantada de ser quien recibía esa llamada, quien estaría en peligro, quien por una vez dispondría de la información y, por lo tanto, del poder. Pero ella lo sabe.

—Quedamos en su despacho —dice Paolo—. Me contó que Saul ha estado trabajando para Eli Leibovich.

—Eso es imposible —dice Antonia.

—Lo sé. Eso mismo le dije. Pero él insistió —dice Paolo—. Me contó que a Saul se le había caído un pedazo de papel al salir de la reunión el otro día. En él había anotados detalles sobre una operación de los Fianzo en los muelles. Fianzo unió los puntos. No lo creí hasta que me mostró el papel. Sabes que Saul siempre hace una cosa rara en las aes. Era su letra. Y, Tonia,

Leibovich lleva años detrás de esos muelles. No hay otra respuesta posible. —El expreso sube. Paolo apaga el fuego y sirve dos tazas. Le da una a Antonia—. Me dijo que iban a librarse de Saul. Ya hacía tiempo que buscaba un pretexto para ello. —Paolo se aferra a la encimera. Los nudillos se le ponen blancos—. Sabe los nombres de nuestros hijos.

—Claro que los sabe —dice Antonia—, pero tiene que estar mintiendo.

—Me ofreció un trabajo… Dijo que si me encargaba de Saul… Si me encargaba de Saul, ellos me aceptarían entre los suyos. Me concederían el ascenso que nunca he disfrutado aquí. —Paolo se pasa una mano por el pelo realizando una buena imitación del gesto de Joey—. Así que fui en busca de Saul.

—¿Lo golpeaste?

—Le enfrenté a los hechos.

—Y él te dijo que no lo había hecho. —Antonia dice esto en voz alta, pero la verdad empieza a susurrar desde las ventanas.

—Lo admitió todo —dice Paolo—. Se disculpó. Dijo que llevaba meses intentando encontrar la manera de salir de esa historia.

—Nunca hay salida —dice Antonia. «Esto no está pasando». Las paredes se expanden y se contraen en torno a ella. Es lo que hacen siempre las paredes cuando un mundo viejo va a cambiarse por otro.

—Le conté que me habían ofrecido un empleo a cambio de ocuparme de él —dice Paolo—. Dijo que lo entendía. Dijo: «Hazlo». —Paolo deja la taza vacía en la encimera—. Lo golpeé. No pude contenerme. Volví a pegarle. —Paolo rompe a llorar—. Le di una y otra vez, Tonia, sin que él se defendiera en ningún momento, no hacía nada. Pero yo no iba a seguir hasta el final. Es parte de la familia. Es parte de nosotros. Yo nunca podría… ¿Acaso me cree él capaz de hacerlo?

Antonia está en el ojo del huracán. En un lugar sereno y silencioso.

—Sofia ha desaparecido —dice entonces. Y luego cruza la cocina. Se refugia en el pecho de Paolo. Siente los latidos de su corazón contra las costillas de él.


Saul está tranquilo cuando cuelga el teléfono. Lleva tanto tiempo sin dormir que el labio hinchado y el ojo morado le tiemblan, y todo su cuerpo se agita de dolor.

En mitad de la noche Saul había llegado al despacho de Paolo, que se le antojó un escondite tan bueno como cualquier otro, y había llamado a Eli Leibovich pidiéndole ayuda. Se la denegaron.

«Debo pensar en mi familia —dijo Eli—. Debo apostar por el largo plazo». Eli no protegería a Saul. No lo defendería. Saul había puesto a su familia en jaque por un hombre que, al fin y al cabo, no era más que un conocido del trabajo que hablaba con un acento parecido al suyo. Y ahora Tommy Fianzo Jr. no descansaría hasta verlo muerto.

Saul piensa en su mujer. En su hija. Lo daría todo por estar acostado con ellas, por dormir con Sofia a un lado y Julia al otro. Cada instante de su vida hasta el presente está bañado en oro. Saul comprende lo mucho que ha vivido. Cuánta carne hay debajo de su piel. Cuánto aire llena sus pulmones.

Saul se pregunta cómo debe de ser haber nacido en el lugar de Paolo. Haber crecido en el seno de una familia. Tener un padre. Trabajar sentado a una mesa todos los días, volver a casa a la hora prevista.

Y, tal y como le sucedió cuando tenía veintiún años y viajaba muerto de hambre en la bodega de un barco en dirección a América, lo invade una oleada de voluntad, de instinto de supervivencia. «Lucha», le marca su naturaleza. «Lucha», le gritan los pulmones. «Lucha», le indica el parpadeo incesante de sus ojos.

Saul los cierra.

Piensa en su madre. «Mamá —le dice—. Mamá, creo que nos veremos pronto».

Piensa en Sofia. Sabe que estará bien, pese a lo que le suceda a él. Ella es una fuerza de la naturaleza. «Si te ves obligado a elegir», le dice Joey en su cabeza. Saul sabe cuál será su elección.

Fuera, la gente eleva la mirada al cielo violáceo y reza para que llueva. El aire es tan denso como el agua. Duele al respirar.

Estamos a media mañana, y Lina Russo está bebiendo té cuando alguien llama a su puerta.

La llamada se repite. Lina apoya la taza en el platito.

En su piso, el aire está cargado de tristeza. Ese es el precio que hay que pagar por los cuidados emocionales: la tristeza de los otros permanece allí. Pero, mientras va a abrir la puerta, Lina se da cuenta de que esta tristeza en concreto es algo nuevo.

Procede de Paolo y de Antonia, que se encuentran en el umbral como un par de chiquillos. Robbie se esconde detrás de ellos; Enzo está dormido en brazos de su padre. La cabeza de Paolo cuelga como un tulipán marchito al final de su cuerpo; de Antonia emana una fuerza que nace de la desesperación, un tenso equilibrio que la mantiene en pie.

—*Mamma* —dice Antonia—, ¿podemos hablar contigo? —Tiene el semblante serio, agotado; Lina puede ver en él a la pequeña y rígida Antonia de cuando era una niña, tranquila y sosegada, haciendo los deberes o doblando su ropa mientras al mismo tiempo se construía unos cimientos a su alrededor.

Lina los hace pasar, abraza a Paolo, besa a Antonia, dice:

—¿Té?

—Claro —dice Antonia.

Lina vuelve a observarlos y dice:

—¿Ginebra?

Paolo la mira a los ojos por primera vez. Esboza una leve sonrisa.

—Mejor —dice él.

Lina los conduce a la cocina, sirve tres vasos transparentes con dos dedos de ginebra, un cubito de hielo y una rodaja de limón. Le da una galleta a Robbie y este se escabulle en silencio de la estancia.

—Venid a sentaros —dice Lina.

Paolo y Antonia se sientan a la mesa de la cocina, frente a ella. El piso huele a tierra, como si Lina hubiera estado cultivando champiñones en los rincones, dejando que el moho asomara por las paredes.

—Tenéis algo que contarme —dice Lina.

—Necesitamos ayuda —dice Antonia—. Pero no te va a gustar, *mamma*... —Siente el golpe de una gélida vara de hierro: cuánto esmero ha puesto en construir una relación con su madre sin tener que mantener conversaciones como la que hoy la ha traído aquí. Sin embargo, su madre es la única persona que será sincera con ellos.

Paolo ha pensado en mil maneras de empezar la conversación.

—Cuando Carlo... —empieza, y enseguida se para.

Lina ha enarcado una ceja. Ahora es capaz de oír el nombre de su difunto marido.

—Sí.

—Cuando Carlo quiso... salirse. —Mientras habla, Paolo desliza el nombre del padre de su esposa en la lengua, pronunciándolo como una ofrenda hacia Lina, metiéndose en una tragedia que nunca ha sido explícitamente nombrada, pero que se sienta a cenar con ellos todos los días, sigue a Robbie cuando se dirige al colegio, hunde los hombros de Antonia siempre que se instala en su lado de la cama para cepillarse el pelo por las noches. El esfuerzo que ha tenido que hacer Antonia para amarlo durante todos estos años impacta sobre Paolo como si fuera un saco de hormigón que alguien le arrojase al pecho.

—Sí.

—¿Qué hizo?

—Bueno —dice Lina. Se acomoda en la silla. Se lleva el vaso a los labios—. A mi marido —y entonces eleva ligeramente el vaso al cielo, como si brindara— no se le dio muy bien salirse. Por tanto…, ¿a qué viene esto? —Mira a Antonia, cuya cara es un mapa. Y Lina comprende.

—Se trata de Saul, *mamma* —dice Antonia. Las palabras florecen en el aire como hojas de té y, como ellas, se posan en los muebles—. Saul ha estado trabajando para Eli Leibovich. Ha estado pasando…

Lina levanta una mano. Lo mismo de siempre. Los mismos hombres metiéndose en embrollos peliagudos sin pensar en cómo saldrán de ellos.

—Nunca pensé que sería Saul —dice mirando a Paolo a los ojos. Este baja la vista hacia el vaso. Intenta no tomárselo como algo personal.

—Sofia ha desaparecido —dice Antonia.

Lina sonríe.

—¿Cómo lo sabes?

—Lo presiento, *mamma* —dice Antonia—. Puedo… —La verdad es que no sabe cómo lo sabe, salvo que cuando Saul le dijo que no lograba encontrar a Sofia algo en ella encajó esa pieza, algo en ella empezó a arder.

—Bueno —dice Lina—, tal vez no haya desaparecido. Tal vez esté resolviendo el problema.

Esto suena ambiguo incluso para Lina, porque qué podría hacer Sofia, piensa Antonia. Ni siquiera Sofia podría solucionar este problema heredado, este problema al que todas las mujeres de la Familia saben que deberán enfrentarse algún día.

—No sé a qué te refieres —dice Antonia.

Lina los mira a los dos.

—Sabéis que no hay nada que podáis hacer. Por eso habéis venido, ¿no? Para que pueda deciros que no podéis hacer nada. No tenéis opción. Saul ha tomado sus decisiones y sufrirá por ellas. Todos sufriremos.

—*Mamma...* —dice Antonia, y luego se calla.

Lina apura el vaso.

—Pero el hecho de que no haya nada que podáis hacer, ninguna opción buena, ninguna manera de salir de esta indemne, implica que tampoco hay ningún motivo para no luchar por él.

El aire se para, expectante.

Lina se inclina hacia delante para acercarse a Antonia.

—No dejéis que le hagan lo que su padre nos hizo a nosotras. Luchad por él. Usad todos vuestros recursos.

Cuando Sofia y Antonia tenían nueve años, hicieron un juramento de sangre. Así lo llamaron.

Sucedió una noche en que Antonia había ido a dormir a casa de Sofia. Se suponía que Antonia debía acostarse en el suelo, en una especie de nido que le había preparado Rosa al lado de la cama de su hija. Pero siempre que Antonia iba a pasar la noche, cuando Rosa iba a despertarlas las encontraba en la misma cama, con sus morenas piernas entrelazadas.

Esa noche en concreto se habían acostado temprano, porque estaban en noviembre y la ciudad se había apagado más pronto de lo que acostumbraba, y porque los platos de sopa de Rosa les habían dado sueño. Sofia estaba leyendo un cuento de fantasmas sobre un marinero que dedicaba la vida a buscar su pie perdido cuando su mano, que recorría inconscientemente el cabezal de la cama, se topó con un clavo suelto. «Mira, Tonia», dijo, sacándolo de la madera. Brillaba a la luz de la lámpara cuando lo sostuvo en la mano.

Sin decir palabra, Sofia se incorporó y Antonia hizo lo mismo.

Sofia cogió el clavo y lo dirigió hacia la parte más blanda de su palma. Lo arrastró por ella con los ojos entornados. Tuvo que hacerlo dos veces para que saliera sangre. Luego le pasó el clavo a Antonia, quien se arañó la mano conteniendo la respiración.

Sofia y Antonia contemplaron la sangre, las gotas rojas y espesas que manaban de las palmas de sus manos, y luego las juntaron. Ambas rezaron para que la sangre de la otra se mezclase con la suya propia. Ambas imaginaron que podían sentirlo: tan solo una gota brillante entrando en su cuerpo. Dándole fuerza.

A la mañana siguiente todo podría haber sido un sueño, de no ser por los restos de sangre seca que ambas se lavaron en el cuarto de baño. Tuvieron las manos doloridas durante una semana, ya que el clavo, que no estaba pensado para arañar la carne infantil, les había hecho una herida.

Y durante toda esa semana, ambas escondieron las manos tanto a sus madres como a sus profesores del colegio. El domingo, evitaron mirarse durante toda la comida porque estaban seguras de que no podrían contener la risa, esa clase de histeria que revela un secreto oculto. «¿A vosotras qué os pasa?», preguntó Rosa. «Nada», respondieron a coro. «Nada, estamos bien».

Antes de que Antonia se marchara, su mirada se cruzó con la de Sofia, solo una vez. Estaba parada en la puerta principal del piso de su amiga, y Rosa iba a acompañarla a casa, porque las niñas nunca están seguras del todo cuando ha anochecido. Sofia le sonrió. Y Antonia le guiñó un ojo. La sangre ajena corrió por las venas de las dos.

Y supieron que no estaban simplemente bien.

Habían alcanzado la inmortalidad.

Julia despierta en la cama de sus padres, sola. El sol está ya alto y ella se pregunta si hoy es un día festivo. Cuando no encuentra a Sofia ni a Saul en la casa, Julia sube a llamar a la puerta de la *nonna*. No alberga el menor temor.

Ante la insistencia de Antonia y Paolo, Lina se mete en un taxi con ellos, Robbie y el pequeño Enzo, y juntos se dirigen a la casa de piedra rojiza de los Colicchio, en Carroll Gardens.

Se encuentran a Rosa, sentada en el sofá, remendando calcetines. Rosa puede permitirse el comprarlos nuevos, claro, pero hoy está nerviosa y descontenta. No es que sea algo totalmente fuera de lo común que Sofia se marche sin decir nada y se olvide por completo de Julia. Al fin y al cabo, Rosa está arriba. Sin embargo, había algo solemne en los ojos de Julia esta mañana. Y Saul aún no ha vuelto a casa. Rosa no le ha exigido respuestas a Joey, pero sabe lo que está pasando. Y ha dado de comer a su nieta, remendado algunos calcetines, horneado pan según la receta de su madre y fregado las baldosas del baño hasta sacarles brillo. Ahora Rosa levanta la vista para ver a su familia en el salón: Antonia, con el bebé en brazos; Robbie, que corre en busca de Julia; Paolo, cuya mirada se posa sucesivamente en Antonia y en Rosa, y de ella va hasta Lina. Y Lina. Envuelta en una nube olorosa a mondadura de naranja y moho húmedo.

—Perdona que irrumpamos así. —Es Antonia. Tiene la cara serena.

«Es una buena madre», piensa Rosa. La pequeña Antonia.

—Pero algo va mal. Sofia y Saul han…, bueno, tenemos que encontrarlos. —Mentalmente, Antonia apoya una mano en la pared que separa su cuarto del de Sofia. «Ya voy», le dice. Aprieta la mandíbula, cambia a Enzo de brazo, y luego la siempre tranquila Antonia levanta la voz—. ¡Tío Joey!

Lina, Rosa y Paolo se quedan boquiabiertos. Desde el despacho no se oye respuesta alguna. Antonia da un pisotón en el suelo. Abre la boca y grita:

—¡Tío Joey!

Joey aparece entonces ajustándose bien el nudo de la corbata, parpadeando como una rata que de repente se expone a la luz del sol.

—¿Quién grita? —pregunta antes de ver a Antonia.

—Tío Joey —dice ella, ahora en voz baja—, ¿dónde está Saul?

Joey suspira. Contempla a su familia reunida en el salón: a Rosa y a Antonia, a Paolo y a Lina (¿Lina? ¿Cuándo fue la última vez que la vio?). Oye las voces de Robbie, Julia y Frankie en el cuarto de esta última.

—Lo siento —dice—. Lo siento mucho por él.

Antonia no le ha quitado los ojos de encima, no ha relajado los dedos lo bastante para que la sangre le haya vuelto a los nudillos. Enzo duerme recostado en su hombro.

—¿Dónde está? —pregunta. Y lo hace en tono de orden. Exige una respuesta.

—Es complicado —dice Joey—. Es muy…, muy complicado, Tonia, y yo lo lamento mucho. Nunca debería haberlo contratado. Asumo la culpa de todo.

Lo que quiere Joey, lo que ha querido siempre, es ahorrarle a su familia cualquier disgusto. Encargarse de las cosas, resolver el problema, ser el vertedero donde acaban el miedo y la ira de los otros durante el tiempo que tardan en curarse. Joey no puede creer que se encuentra de nuevo en esta situación: alguien a quien quiere va a morir. Es la única manera de seguir protegiendo a su familia. Y ha sido por su culpa.

—Tío Joey, no hay tiempo para lamentos —dice Antonia, inclinándose hacia él con tanta urgencia que parece un avión a punto de despegar—. Tenemos que pararlo, ¡tenemos que ayudar a Sofia!

—Esta es la manera de ayudar a Sofia —dice Joey con tristeza—. Las cosas funcionan así.

Joey no se imagina lo cansada que está Antonia de que le digan cómo funcionan las cosas. Así que se sorprende cuando ella se lanza sobre él, gritándole:

—¡No se trata de cómo funcionen las cosas! ¡Tú lo decidiste! ¡Decidiste cómo funcionaban las cosas cuando mi padre murió! Lo decidiste cuando contrataste a Saul, cuando lo ascendiste, cuando le diste a Sofia un trabajo que le interesa más que su propia...

Y entonces Antonia se calla, bruscamente, porque ha visto que Julia y Robbie se hallan detrás de Joey, medio ocultos por las sombras del pasillo, agazapados. Oyéndolo todo. Enterándose de cómo funcionan las cosas. Antonia logra controlarse con un gran esfuerzo.

—Vamos a salvar a Saul y a Sofia. Vamos a arreglar todo este lío. Y tú vas a contarnos dónde está él. Ahora las cosas funcionan así.

Joey mira a Antonia y siente una inmensa oleada de amor. La ve tan segura de sí misma que casi la cree capaz de lograrlo. Todo el poder que él ostenta no le impedirá intentarlo.

—¿Dónde están? —pregunta ella de nuevo. Ahora con voz tranquila.

Pero no es Joey quien habla, sino Rosa.

—El almacén de los Fianzo en el muelle —dice Rosa—. ¿Sabes dónde está?

—Claro que lo sé —dice Antonia. Jamás ha estado en él, pero sabe perfectamente dónde está—. Llevo metida en esto toda mi vida.

El silencio se apodera de la estancia, toda la casa vibra al compás de la tormenta de Antonia.

—Creo que iré a buscarlos, tú quédate con los niños —le dice Paolo a Antonia, aunque no al resto. Habla con ella en el mismo tono que usaría con un caballo nervioso. Su reconciliación se basa en la desgracia y él ignora si durará. Ni siquiera alcanza a imaginar qué cambio de marea ha traído consigo el nacimiento de Enzo; es como si no pudiera ver a Antonia, no pudiera enfocarla bien, no pudiera absorberla en su campo de visión. En un momento está alegre, y al siguiente se aleja de él, deprimida. En un momento está comprando gambas para la cena del domingo, y al siguiente la emprende a gritos contra Joey Colicchio. Paolo recuerda con qué claridad creyó ver a Antonia cuando eran novios. Ahora se le ocurre que tal vez no la haya comprendido nunca.

—Voy contigo —dice Antonia—. ¿Podéis quedaros con los niños?

Rosa dice que por supuesto o algo parecido; quiere dejar constancia de lo absoluto de la afirmación: por supuesto, para siempre, todos los niños, tanto tiempo como haga falta.

—Tú no puedes venir —dice Paolo: la idea de dejar que su esposa vaya a buscar a Sofia y a Saul a los dominios de los Fianzo es absurda.

Antonia no contesta; se limita a pasarle el bebé a Lina, le besa en la cara y en los deditos, y todos los allí presentes oyen y sienten el eco que resuena en el hueco que se abre entre Antonia y Enzo cuando ella se pone de pie y se aparta de él. En la cara de Antonia se leen las trazas de una angustia infinita, de un dolor primario. Lina la mira y asiente con la cabeza, una sola vez, con un gesto casi imperceptible.

—Tonia, escúchame —dice Paolo—. Deja que vaya yo a buscarlos.

Aun así, Antonia se mantiene en silencio. Pero cuando él va a ponerle una mano en el hombro, para devolverla a la realidad, Antonia da media vuelta y emite un aullido entrecortado, primitivo, algo tan salvaje que Paolo se ve obligado a retroceder.

—Gracias —les dice Antonia a Rosa y a Lina, luego se vuelve y sale por la puerta.

Ya sea debido a la sorpresa o a la admiración, Paolo permanece durante unos instantes en un silencio absoluto, y luego mira a Lina y a Rosa, a Enzo y a Robbie, a Frankie y a Julia, y a Joey. Y, porque no le queda otro remedio, logra encontrar su voz para decir:

—Tengo que irme.

Entonces se dirige a la puerta principal de la casa de los Colicchio.


El sol asoma por detrás del almacén de los Fianzo como un firme ariete y, casi al instante, Sofia empieza a sudar. Se le humedecen las axilas, y los pliegues de los codos y las rodillas.

Tiene la impresión de que lleva horas esperando. La mayoría de la gente notaría que la expectación les mengua las fuerzas, pero Sofia no es como los demás. Resplandece ahora tanto como cuando salió de su apartamento, antes de que amaneciera.

Ha estado pensando en Saul, y, para su sorpresa, no tanto con ira sino con orgullo. Comprende lo mucho que ha trabajado, y se percata de que parte de la atracción feroz que ha sentido por él en los últimos meses se debe a la sensación de que existía un secreto, algo que él se guardaba para sí mismo. Algo que hacía al margen de ella, al margen de su familia. Sofia siempre se ha sentido atraída por el poder, y en Saul reconocía algo nuevo, que era la encarnación del poder: él ha tomado sus propias decisiones. Ha ido en pos de algo. Saul se ha trazado su propio camino.

Cuando por fin llega un coche negro y aparca delante del

almacén, ella reconoce al instante a Tommy Fianzo Jr. Tiene los mismos ojos estrechos que tenía cuando era un crío malvado. La misma media sonrisa, que deja entrever parte de sus dientes, los mismos labios, demasiado gruesos para ese rostro. Se apea del coche y la observa con el mismo desdén de antaño.

—Me habían dicho que estabas trabajando —le dice él. Al otro lado del coche, un hombre, un guardaespaldas, también se baja del coche—. También me habían dicho que eras lista. —Sofia no dice nada—. Pero estás aquí, así que esa información debía ser falsa. Bueno, tampoco es que sea la primera vez.

Sofia, consciente de que él está disfrutando con esto, mantiene su semblante inexpresivo.

—He pensado que podríamos tener una conversación —dice ella.

—Conversar no tiene nada de malo —dice Tommy Jr.—. Cachéala —ordena, señalándola con la cabeza.

De un salto, el guardaespaldas rodea el coche y se planta frente a Sofia. Ella nota esas manos encima al instante: son toscas y desapasionadas, como si su cuerpo fuera un saco de arena o un bloque de hielo. Le presiona las costillas con los dedos, le palpa las pantorrillas y la parte baja de la espalda.

—Está limpia —le dice a Tommy Jr.

—Muy bien —dice este. Y con un gesto le indica a Sofia que lo siga escaleras arriba.

El despacho de Fianzo apesta a carne podrida, a algo parduzco y siniestro. Sofia se abstiene de respirar hondo. Tommy Fianzo Jr. le ofrece una silla antes de encenderse un puro inmenso que consigue nublarle a ella la visión y la mente. Sofia y Fianzo podrían estar en cualquier otro sitio. Podrían ser los dos únicos supervivientes en el mundo.

—Sé lo que ha estado haciendo mi marido —dice ella—. Y a juzgar por su estado, deduzco que tú también.

—¿Su estado? —pregunta Tommy Jr. Se inclina hacia delante, como si eso le interesara—. Yo no lo he tocado. —Y, anticipándose a la incredulidad de Sofia, levanta una mano—. ¡Es la verdad! De haberlo hecho, no tendría ningún problema en admitirlo. Es más, admito que me alegro de que alguien lo haya hecho.

—Claro que te alegras —dice Sofia. «Haz que se sienta seguro. Haz que piense que todo esto ha sido idea suya»—. Quería disculparme en su nombre.

—¿Y qué crees que vas a conseguir con eso? —pregunta Tommy Jr.

—No estoy pensando en conseguir nada —dice Sofia—. Tan solo creo que mereces una disculpa. Le diste una oportunidad y él te traicionó.

Tommy Jr. se plantea dónde está el engaño. Como no lo encuentra, se acomoda un poco más en la silla.

—Siempre he estado en contra de los de fuera —dice—. Esto solo se puede hacer bien si has nacido en ello. La gente..., la gente cree que es porque es judío, y está claro que no se puede negar que son..., bueno, habilidosos..., pero lo cierto es que habría tenido la misma prevención con cualquier otro, de dondequiera que fuera. Esto no es algo en lo que uno puede meterse. No se puede hacer a medias.

—Lo sé —dice Sofia—. Así es como funcionan las cosas.

—Y entonces ¿qué haces aquí? —le espeta Tommy Jr. con súbita impaciencia.

—Poseo información que me gustaría entregarte —dice Sofia— a cambio de la vida de mi marido.


Antonia y Paolo cogen un taxi hacia los muelles. No se hablan. Antonia mira por la ventanilla: las nubes han adoptado una tonalidad tan gris que casi parecen de color morado, convirtiendo el mediodía en una especie de crepúsculo bizarro. Le consta que ya no puede permanecer quieta mientras todo se mueve a su alrededor. A su familia le pasan cosas terribles en cuanto los pierde de vista. Y Antonia, que siempre ha confiado en la madurez, en el paso del tiempo, en el orden establecido, se da cuenta ahora de que nada dura para siempre.

Todo el mundo es igual de salvaje y raro que ella.

Todo es igual de inestable.

En la mente de Paolo se libra una batalla. Su esposa está en peligro. También sus amigos. Su familia. Quiere decirle al taxista que pare el coche. Quiere lanzarse sobre Antonia, inmovilizarla y protegerla hasta que el peligro haya pasado. Quiere detenerla, pero sabe que no puede hacerlo.


Tommy Fianzo Jr. se ha acomodado detrás de su mesa. El desdén sigue presente en su cara, pero dicha expresión ha quedado matizada por otra de franca curiosidad.

—¿Tienes información? —pregunta, e incluso Sofia adivina su esfuerzo por mantener un tono ligero; para Tommy Jr. el día está tomando tintes mucho más emocionantes de lo que preveía.

—Poseo información que podrías usar en beneficio propio —dice ella—, pero existen condiciones.

—No me parece que estés en posición de negociar demasiado —dice Tommy Jr.

Sofia se mantiene impasible.

—Quiero que me garantices la seguridad de Saul. No le haréis daño. Todo esto quedará enterrado.

—Tendría que ser una información muy especial para eso —dice él.

—Puedo entregarte a Eli Leibovich a cambio de Saul —dice Sofia.

Tommy se siente tan curioso como frustrado. Su padre no le ha concedido la misma autonomía que, por poner un ejemplo, Joey Colicchio ha dado a Saul. La vida laboral de Tommy consiste en una larga serie de llamadas para pedir permiso e informar sobre el día, y en llevar los libros de cuentas. Ya está harto de eso. Lo cierto es que podría atar a una silla a la hija de Colicchio y llamar a su padre. Pero es lo bastante espabilado para saber que tener algo contra Eli Leibovich supondría una gran gesta…, una gesta tan importante que tal vez le reportaría parte de la independencia que él tanto anhela.

—¿Cómo sé que me estás diciendo la verdad? —pregunta él.

—¿Cómo sé yo que no matarás a Saul en cuanto te entregue lo que tengo? —responde Sofia—. Confianza. —Se encoge de hombros—. Honor. —Y añade—: Es lo que nuestros padres habrían hecho.

—Cuéntame lo que tienes —dice Tommy Jr.

—Prométeme que Saul no sufrirá ningún daño —dice Sofia.

—No le pondré al judío una mano encima —dice Tommy.

Sofia mete la mano en el bolsillo y de él saca un puñado de libretitas con espiral de alambre.

—Aquí está todo el trabajo que Saul ha hecho para Eli —dice ella—. Creo que va detrás de estos muelles. Si lo usas con inteligencia, creo que podrás mantenerte un paso por delante de él.

Tommy se lanza sobre las libretas con avidez, estira los brazos para cogerlas mientras su semblante denota una codicia que no logra esconder.

Sofia extiende la mano para entregarle esas libretas, para empezar una guerra entre la Familia de Tommy Fianzo y la de Eli. Para salvar a su marido. Ella nota el corazón latiéndole en los dedos, en los pies, retumbando en todo el almacén. Tommy levanta la cabeza para escucharlo. También él puede oírlo. La sangre que llega al cerebro de Sofia suena como el ruido de unos pies chocando contra algo metálico. Entonces se abre la puerta del despacho, y por segunda vez en dos días, Sofia se sobresalta al ver a Saul.


Saul llega sin aliento después de haber subido las escaleras a todo correr. Un bolígrafo se cae de la mesa de Tommy Fianzo Jr. El ruido que hace al tocar el suelo es el más vulgar del mundo.

—Saul Colicchio —dice Tommy, enfatizando el apellido, sin lograr disimular su satisfacción—. Justo el cabrón traidor que deseaba ver. —Tiene el cuajo de mirar hacia Sofia, como si esperase algún elogio por su parte. Como si ella fuera a decirle: «Buena frase».

Sofia ni se entera porque tiene la vista puesta en Saul, que la mira a su vez.

—Lo siento tanto —dice él, lo cual debe de ser lo más inapropiado que ha salido nunca de su boca.

—Lo entiendo —dice ella, lo cual debe de ser lo más inapropiado que ha salido nunca de la suya.

—Contra la pared —dice Tommy Fianzo Jr., lo cual no es solo inadecuado, sino innecesario, porque está apuntando a Sofia con una pistola—. Vamos a dar un paseo.

Y Sofia comprende que ese pacto que ha estado construyendo laboriosamente con Tommy Fianzo Jr. acaba de venirse abajo, y con él, toda esperanza de que ella y Saul logren salir de esta indemnes. O simplemente salir.


El taxi se detiene a unas manzanas de los muelles. Sentado junto a Antonia en la parte de atrás, Paolo la coge de la mano.

—Por favor, quédate aquí —le suplica.

—Te quiero —responde ella.

(Paolo y Antonia, a los diecisiete años, se quedaron sin cosas que decirse en mitad de la primera cita. Las palabras se les antojaban absolutamente insuficientes).

Antonia abre la portezuela del vehículo y se baja. Echa a correr, sola.

Es mediodía, pero la luz es como la del atardecer. El aire huele a metal y a aceite de motor, como en todas las noches de la infancia de Antonia, ya que por la ventana de la cocina de Sofia entraba la brisa procedente del East River. Un aire que huele a océano y a ciudad al mismo tiempo.

Antonia avanza pletórica de energía. Las partes más profundas de su ser están ahora a flor de piel.

Y, por supuesto, no está sola. Lleva con ella a Sofia. A Carlo. Y, puesto que antes de subir al taxi pasó por el apartamento de Sofia, también lleva una reluciente y cargada pistola con culata de nácar.

Paolo corre para alcanzar a Antonia. Ella se mueve con firmeza, con rapidez, mucho mejor de lo que él habría imaginado, saltando de un contenedor a otro, resguardándose.

Delante del almacén de los Fianzo hay un vigilante. Desde su escondite, detrás de un elevado pilón metálico, ella no lo ve. Paolo intuye que en cuanto Antonia se mueva de nuevo, entrará de lleno en el campo de visión del guarda. Acelera el paso.

Paolo fue un niño valiente. Tres hermanos mayores y el peligroso camino de regreso a casa desde la escuela le enseñaron la importancia de la autodefensa, y de la defensa de sus seres queridos. Paolo era célebre en el barrio, y no solo por su maravillosa letra.

El puño de Paolo impacta contra la cara del matón de los Fianzo antes de que este tan siquiera tenga tiempo de intuir que alguien se le acerca. Paolo lo amenaza de nuevo con el puño derecho, pero luego le asesta un fuerte golpe con el izquierdo, justo debajo de las costillas. La carne blanda de esa zona se hunde; el guardia suelta un gemido. Paolo le propina un codazo en la cara. Algo cruje. «Os quiero», se dice pensando en Saul y Antonia. El matón de los Fianzo se desploma inconsciente. Paolo lo deja magullado y cubierto de sangre, tirado sobre los escalones del almacén. Sigue en pos de Antonia. «Te quiero», reza.

Antonia se oculta en las sombras con la esperanza de que Saul y Sofia estén allí. Con la esperanza de que no estén. Se mueve tan despacio como puede, con más sigilo y cuidado que nadie en el mundo.

A lo lejos, en dirección al río, distingue una pequeña nube de gaviotas que agitan las alas y graznan. Como si algo las molestase. Sofia.

Antonia se pone de pie. Está a orillas del océano.

«Venga», dice Carlo.


Antonia es pura tormenta, furia y truenos. El aire veraniego es una brisa tranquila, pero en sus oídos ruge como una galerna.


Un día, cuando jugaban, Sofia y Antonia libraron una batalla en el dormitorio de Sofia. Derrotaron a todo un ejército. Fueron las únicas supervivientes.


Antonia puede oler a Sofia. Está cerca. No hay tiempo. Con cada segundo que pasa, el tiempo se acorta. Antonia debe moverse a una velocidad imposible. Debe retroceder hacia el pasado.

Hay tres siluetas en el borde del muelle, en el borde del mundo. Una está de rodillas. Una empuña una pistola. Una es Sofia.

Antonia puede sentirlo todo.


Ahora aparece el viento, ráfagas fugaces que agitan la basura y el polvo, que rizan las aguas. Las nubes no pueden volverse más negras, pero de alguna forma lo hacen, colocándose en los bordes del cielo, anunciando una lluvia inevitable.


Antonia corre, con las piernas temblorosas y la sangre manchándole los muslos, con la piel tierna de una mujer que ha parido hace poco, con la mirada ensombrecida.

—¡Eh! —grita ella. El viento lleva su voz.

Tommy se da la vuelta.

Cuando está a seis metros del grupo, Antonia se para, apoya los pies con firmeza en el suelo y empuña la pistola. La sorpresa ha hecho que Tommy Fianzo Jr. bajara la suya. Al percatarse de que Antonia va armada, eleva las manos hasta los hombros y dice algo así como: «Eh, tranquila, cielo, no nos precipitemos».

Antonia tensa el dedo en el gatillo.

—Esto no va a terminar como tú quieres —dice Tommy Jr.

Saul y Sofia contemplan la escena en silencio. Antonia viaja al pasado.

Sabe que hace dieciocho años llevaron a Carlo al borde de ese muelle. Él se deshizo en ruegos, verdad, porque amaba la vida, porque no quería dejar de vivir. Se imaginó la cara de Antonia, los brazos de Lina, el ritmo estático de la rutina cotidiana. Era un ser vivo, verdad, en esos últimos segundos sus pulmones seguían funcionando. Estaba tomando aire cuando recibió el disparo. Antonia lo imagina todo perfectamente. El ferviente deseo de Carlo de aferrarse a la vida.

Y el disparo.

La muerte es indiscriminada. La muerte no llama a la puerta para preguntar quién hace menos falta. No se preocupa de si tiene familia, no le importa que sea uno de los motores que mueve el mundo. La muerte no se lleva a los más lentos, o a los más débiles, o a los desarraigados. La muerte pone sus manos en el corazón. Extrae algo esencial. No te pide que la sigas, pero lo haces de todos modos.

No puedes evitarlo.

Sofia y Antonia se abrazan mientras el viento arrecia; les pega la ropa al cuerpo, pero no puede colarse en su abrazo. Se dicen «Gracias, gracias» y lloran por todo, no solo por este momento, sino por sus vidas enteras, esas vidas que han pasado juntas, por la incomprensible bendición que esto supone.

Detrás de ellas, Saul y Paolo han sacado un plástico de entre un montón de ladrillos cercanos. Con él cubrirán el cuerpo de Tommy Fianzo Jr. Ya piensan en cómo hacerlo pasar por un accidente, en echarle la culpa a Eli, en presentarlo como una víctima del conflicto en lugar de como la chispa que prenda la mecha de la guerra.

Paolo y Saul se vuelven para mirar a Sofia y a Antonia. Con cada momento que están vivos, más tienen que perder.


Antonia se separa de Sofia y se mira la mano derecha.

La pistola sigue allí, su dedo aún roza el gatillo. Ahora están unidas, el arma y ella, son parte de algo. Están en el principio y en el fin. Son una elección y también la consecuencia.

Antonia pasea la mirada por el East River. Carlo está allí. Es la primera vez que ella ha podido verle la cara desde que era niña. Él la mira. «Me he pasado la vida queriendo mostrarte lo que soy, papá», le dice ella. Él lo ve todo. Sonríe. Y luego desaparece en el río.


—Gracias —dice Sofia de nuevo. «Si me ves».

«Gracias». Antonia no lo dice, pero Sofia lo oye. «Si te veo».


Y empieza a llover.

# Agradecimientos

Antes de escritora, fui lectora. Supone un privilegio incomparable contribuir con un libro a las bibliotecas que tanto adoro.

Esto seguiría siendo solo un documento de Word abierto detrás de mis otros trabajos de no haber sido por Dana Murphy, que ama a esta familia tanto como yo. Me admira la compasión, la honestidad y la reflexión que pones en tu trabajo, y me siento muy afortunada de contar contigo en este camino. Gracias, amiga mía.

Tara Singh Carlson ha regado la semilla que planté en el centro de este libro; gracias a sus cuidados, esta ha crecido mucho más de lo que nunca imaginé. Gracias por tu visión enriquecedora y por la confianza que depositaste en mí. Trabajar contigo me ha convertido en una escritora mejor.

Entre la gente de Putnam, también me gustaría destacar a Ashley Di Dio, Bill Peabody, Janice Barral, Katy Riegel, Monica Cordova, Madeline Hopkins, Katie McKee, Nicole Biton, Brennin Cummings, Cassie Sublette, y la antaño miembro de Putnam Helen O'Hare. Aún me sorprende que tantas personas rebosantes de talento hayan dedicado su tiempo, su esfuerzo y su experiencia a mi historia. Gracias por hacer un libro tan hermoso.

Me resulta posible trazar una línea que una todos los libros que he leído hasta llegar a este. Quizá eso sea menos cierto en libros posteriores, pero esta es mi primera obra y todo está aquí.

Sin embargo, debo una mención especial a *Christ in Concrete*, de Pietro di Donato, a la fabulosa ficción sobre Nueva York escrita por Kevin Baker, a *El padrino* de Mario Puzo, y por supuesto a *Los Soprano*, que, aunque no sea un libro, posee unos personajes poliédricos que me ayudaron a entender la importancia de lograr que la violencia y el amor coexistieran en la misma página. La publicación *Origins of the Sicilian Mafia: The Market for Lemons*, de Arcangelo Dimico, Alessia Isopi y Ola Olsson me inspiró directamente una de las escenas importantes. Antonia no habría leído la misma traducción de *Las metamorfosis* que leí yo, pero siento un gran apego por mi ejemplar, traducido por Charles Martin.

Mi gran red de parientes y amigos desempeñaron las funciones de refugio emocional, campamento base, chef privado y primera lectura. Esto no existiría sin vosotros.

Mamá, eres mi estrella polar. Soy lo que soy gracias a ti.

Papá, gracias por enseñarme a leer y a rugir.

Mi hermano, Adam, sigue los dictados de su corazón; siempre lo ha hecho; él me ha dado el valor para hacer lo mismo.

Nancy Veerhusen, Jana McAninch, Emma McAninch y Violet Wernham expandieron mis conocimientos sobre la familia, y ahora soy más cariñosa, más comprensiva y más lista gracias a ello; el libro es mejor gracias a ello.

Estoy inmensamente agradecida al clan Galison-Jones-Freymann. Mia y Sax, gracias por alojarme durante el primer otoño que trabajé en este libro. Debo agradeceros que, junto con Marion y Gerry, compartierais conmigo vuestra familia y sus historias, y por indicarme dónde se venden las mejores rosquillas de Nueva York. Carrie y Peter, gracias por permitirme escribir en vuestra casa de Wellfleet, que ha resuelto cualquier clase de bloqueo que pudiera tener. Gracias por ofrecer un hogar en la Costa Este a esta californiana.

Katie Henry ha sido un modelo a seguir desde los dieciséis años; gracias por hacerlo y por contestar todas mis preguntas histéricas. Espero llegar a moverme por el mundo con una fracción de tu gracia y tu sentido del humor. Rob, gracias por el tour por la Avenida Arthur. Emily Beyda leyó un primer borrador cuando yo estaba segura de que no podría escribir ni una palabra más y sus consejos me permitieron seguir adelante. Tessa Hartley me acogió en su casa durante ese mismo otoño nómada en que me puse en serio con esto; parte de lo que hay aquí se escribió en su porche de Nueva Orleans. Ezra y Nick Paganelli son los custodios oficiales de mi alma y mi salud mental; gracias por los pasteles, los chupitos y los escalopines, por las cenas dominicales y por los gritos. Lo único que hace falta saber de Alyssa May Gold es que, pese a que vivimos juntas cuando teníamos diecinueve años, sigue dispuesta a ser mi amiga. Pero, para colmo, es una fuerza de la naturaleza, una artista incisiva y sensible que me ha sacado de incontables baches emocionales y creativos. Mis profesores Laura Slatkin y Christopher Trogan me regalaron muchas de las historias que más adoro, y todo un nuevo lenguaje en que plantearlas. Kathryn Grantham y el personal de la librería Black Bird han constituido un apoyo inimitable mientras corregía; gracias por el privilegio de pasar mis días de trabajo hablando con gente acerca de libros. Y pecaría de desconsiderada si no cito en estos agradecimientos a Fresh Direct, el gato, sin cuyo persistente peso sobre los pies jamás podría haber permanecido sentada el tiempo necesario para terminar ni un solo capítulo.

Nunca estuve sola en todo esto, ni siquiera cuando técnicamente sí que lo estaba. Sam, amarte es el honor de mi vida. Si lo único que hubiera recibido en la vida fueras tú, *dayenu*.

Y en cuanto a ti, lector, la verdad es que no puedo creerme que estés aquí. Me siento agradecida y honrada. «Gracias» no alcanza a expresar todo lo que te debo.

«Para viajar lejos no hay mejor nave que un libro».

EMILY DICKINSON

# Gracias por tu lectura de este libro.

En **penguinlibros.club** encontrarás las mejores
recomendaciones de lectura.

Únete a nuestra comunidad y viaja con nosotros.

**penguinlibros.club**